专家审定委员会

励志版名著的6个关键词

“领悟性阅读”是人生成长过程中不可或缺的要素。如何用精品名著唤醒天性、唤醒心灵、点燃智慧之灯，同时兼顾学生学习的现实需要呢?

第一个关键词：价值阅读——“成就有价值的人生”

有价值的人生从价值阅读开始。在阅读的重要性与紧迫性已成为共识的情况下，最根本的问题就是读什么和怎么读。为此，励志版名著致力于通过对经典名著的价值解读，培养学生一生受用的品质。

第二个关键词：励志——“本书名言记忆”

一句名言可以影响人的一生。在供学生阅读的众多名著版本中，励志版名著是以励志为核心理念的。一本好书，必能启迪人心，滋养人的精神。因此，我们专注于传递名著中宝贵的人生经验和成长智慧。

第三个关键词：兴趣——“无障碍阅读”

针对阅读经验较少的学生，励志版名著依据《现代汉语词典》《辞海》《汉语大词典》等权威辞书对疑难字词进行注释，并参考相关资料对人物、好句等进行注解，从而帮助学生实现名著的无障碍阅读，激发学生的阅读兴趣。

第四个关键词：导学——“名师导学3-2-1”

名师门下出高徒。励志版名著邀请全国一线名师、教研员倾力把关“名师导学3-2-1”，强调在导学的基础上自主学习，把阅读延伸到书外。

第五个关键词：彩图——“图说名著”

全品系七百多幅精美插图，配以言简意赅的文字，达到“图说名著”的生动效果，这对提升学生的阅读兴趣，使其更好地理解每一本名著的意蕴，无疑会有很好的帮助。

第六个关键词：课标——“全课标素质解读”

强调课标与素质阅读的结合，是本丛书明显的特征。各版本语文教材中所选用的名著篇目，都在其中占有一席之地，倡导了“每一本名著都是最好的教科书”的理念。

简言之，我们殚精竭虑，注重每一个细节。因为，一个人物，拥有一段经历；一段故事，反映一个道理；一本好书，可以励志一生。

让名著发挥它人生成长导师的基本功能吧!

励志版名著编委会

励志版名著结构体例图

开宗明义　整体解读

全书导读是针对全书的综合性内容简述。内容涵盖作者、故事情节、主题等方面。通过全书导读，读者不用读全文，也能知道这本书整体叙述了什么。

图文并茂　相得益彰

精美的彩色插图，完美呈现经典情节，让读者在阅读文字的同时，有身临其境的感受，增加其阅读的乐趣。

名言启迪　励志人生

丛书特别关注名著中所传递的宝贵人生经验和成长智慧，分类整理了每本书中适合青少年收集的名言。

兼顾教材与素质培养

在供学生阅读的众多名著版本中，励志版名著是以励志为核心理念的，突显出关注素质成长的编辑宗旨。

无障碍阅读　分析与引导

注音释义，扫除字词障碍；批注点评，扫除理解障碍；成长启示，扫除感悟障碍。

查漏补缺　总结知识点

针对应试的需要，同时为了便于检测阅读效果，编者联合一线教师对每本书的重要知识点进行整理，以考题的形式帮助学生查漏补缺。

名著阅读专项规划方案

阅读不仅仅能让学生学会考试，还在某种程度上决定了学生应对未来生活和学习的基础能力。只有掌握了阅读的本领，学生才能更好地学习其他知识，才能更自信地融入社会，拓展更广阔的成长空间。

要使阅读学而有用，在短时间内提升阅读能力和文学素养，系统科学地阅读尤为重要。为此，我们为学生制订了一份科学合理的名著阅读计划。

阅读阶段	阅读要点	中小学生课外阅读推荐	推荐理由与检测	阅读量与阅读方法
第一阶段	掌握阅读（或流畅读）阶段（7～8岁）。这个阶段学生的知识和语法积累不足，认知能力有限，所以应适当避免阅读的复杂性。	《唐诗三百首》 《弟子规》 《三字经》 《成语故事》 《稻草人》 《木偶奇遇记》 《伊索寓言》 ……	励志版名著，由阅读专家及各省教研员为青少年专门打造，兼顾教材与素质培养，注重快乐阅读、无障碍阅读。 检测：能熟练阅读并复述1～3本必读名著的内容。	读 4 ～ 8 本名著（兼顾中外），以兴趣阅读为主，精读不少于 1 本，每周阅读时间不少于 6 小时，以便从小就养成良好的阅读习惯。
第二阶段	为学习新知而阅读（9～13岁）。前期（低年级）可以阅读无须专业知识铺底就能理解的书籍，后期（高年级）需要增加阅读的难度。	《三国演义》 《西游记》 《水浒传》 《城南旧事》 《格林童话》 《安徒生童话》 《鲁滨逊漂流记》 《汤姆·索亚历险记》 《海底两万里》 ……	励志版名著的书目，由中国的阅读专家和欧洲著名的内容提供商艾阁萌提供；借鉴了国外的兴趣阅读与素质培养的经验；辅以导读与思考题，可同时满足课堂教学的需要。 检测：能熟练引用名著内容并应用到写作当中。	读 8 ～ 16 本名著。应遵循由浅入深的原则，在关注 2 ～ 3 个品质主题的基础上，逐渐提高鉴赏能力。精读 3 本名著，每周阅读时间不少于 6 小时。
第三阶段	通过阅读，多角度了解人生（14 ～ 18岁），从一个初级阅读者逐渐成为一个成熟阅读者。要努力积累知识、发展潜力，学会理解与反思，达成个人目标。	《朝花夕拾》 《骆驼祥子》 《繁星·春水》 《格列佛游记》 《童年》 《简·爱》 《钢铁是怎样炼成的》 《假如给我三天光明》 《老人与海》 ……	励志版名著，从易至难，指导学生完成阶梯式阅读。它可以满足这个年龄段的学生对社会、对人生的好奇与探索。它保留了名著引导读者认识人生的特点。 检测：是否具有精读、反思、举一反三的能力。	这一阶段是青少年品质形成的重要时期，应增加精读书目数量，结合专项品质（如专注、乐观、进取、尊严等），进行重点阅读，以形成分析、反省、批判等综合能力。要记读书笔记。每周阅读时间不少于6小时。

注： 励志版名著依据教材，但绝不仅仅服务于考试。如通过对《老人与海》的专项阅读，学生能够培养勇敢不屈、顽强坚毅的意志品质。这套名著强调对学生素质品质形成与成长的帮助。

彩插励志版

丛林故事

CONGLIN GUSHI

〔英〕鲁德亚德·吉卜林 著

黄子锋 译

南方出版社

·海口·

图书在版编目(CIP)数据

丛林故事 / (英) 鲁德亚德·吉卜林著 ; 黄子锋译. —海口 : 南方出版社，2017.11 (2023.4 重印)

(新课标必读名著 : 彩插励志版)

ISBN 978-7-5501-4179-7

Ⅰ. ①丛… Ⅱ. ①鲁… ②黄… Ⅲ. ①童话－英国－近代 Ⅳ. ①I561.88

中国版本图书馆 CIP 数据核字(2017)第 281295 号

丛林故事

CONGLIN GUSHI

〔英〕鲁德亚德·吉卜林　著　黄子锋　译

责任编辑:文　静
出版发行:南方出版社
社　　址:海南省海口市和平大道 70 号
邮政编码:570208
电　　话:(0898)66160822
传　　真:(0898)66160830
印　　刷:肥城新华印刷有限公司
经　　销:新华书店
开　　本:920mm×1280mm　1/16
印　　张:16
字　　数:162 千字
版　　次:2017 年 11 月第 1 版
印　　次:2023 年 4 月第 8 次印刷
定　　价:24.80 元

如何进行价值阅读

——《丛林故事》一书以“莫格里的成长过程”为例进行解读

故事简介

《丛林故事》是一部经典的儿童文学作品，书中生动地讲述了“狼孩”莫格里与各种动物在丛林里发生的冒险故事：他向棕熊巴鲁和野象哈迪请教丛林法律和生存技巧；他跟着黑豹巴希拉、狼族首领阿克拉和岩蟒卡阿锻炼狩猎本领……最后，莫格里不仅和动物们结下了深厚的友谊，还成长为一个有着美好品格，受丛林动物尊敬的少年。

价值解读

1. 关于勇敢

莫格里在丛林生活时曾受到很多敌人的威胁：一心要吃掉他的谢尔汗，企图杀死他的老猎人布尔迪奥和白色眼镜蛇，打算入侵丛林的红毛狗……但坚强的莫格里并没有退缩，而是勇敢从容地面对敌人，运用自己的才智战胜了对手，最终成为了丛林之王。

价值启示：生活从来都不是一帆风顺的，时常会出现风浪。在挑战面前，一味地畏缩不前只会被无情地击垮。所以，要有一颗勇敢的心，以坚强的意志大胆地与每一场惊涛骇浪搏斗，相信我们最后一定能迎来碧海蓝天。

2. 关于善良

虽然丛林是个弱肉强食的世界，但因为有丛林法律的保护，有友善的丛林动物，莫格里也耳濡目染地成长为一个善良、热爱和平的少年。比如他初到人类村

庄时，经常被小孩子欺负和嘲弄，但他始终忍耐着，没有教训他们；又如，虽然他十分憎恨陷害米苏亚的村民们，但他从来不愿为了报复而展开杀戮，只是让丛林吞没了村庄，赶跑了他们。

价值启示：善良，能让人的灵魂变得高尚，善良的人才能体会到不经意间的幸福，才能感受到生活中最微小的快乐。善良的人，也往往会受到我们的尊敬和爱戴。如果我们都懂得善良的含义，那人与人之间就能多一份包容，多一份温暖。

3. 关于责任

在狼族长大的莫格里，虽然曾被狼族驱逐，但是当红毛狗来袭，狼族陷入危急存亡的关头时，莫格里义无反顾地担起了自己的责任，发誓要保卫狼族，并拼尽全力与红毛狗战斗。他时刻为集体着想，勇于承担责任，让每位读者都对他肃然起敬。

价值启示：人生路上，我们都肩负着不同的责任：要对自己的成长和未来负责、对他人嘱托的事情负责、对集体的荣耀负责……有责任意识的人，才会竭尽全力地完成自己该做的事，才会获得源源不绝的动力来勇敢前行。

△ 就在狼爸爸的正前方，站着一个刚会走路的幼儿，他赤身裸体，有着棕色的皮肤，正抓着一根低矮的树枝。从来没有这么一个脆弱娇嫩、长着漂亮酒窝的小家伙在晚上造访狼的家啊。只见他抬起头，望向狼爸爸，天真地咧嘴笑了起来。一颗纯洁、无畏的心，就如一束阳光，能刺破黑暗，给人温暖，就连凶猛的野兽也会被深深地打动。愿我们都拥有美好的心灵，让生活多一点阳光。

△ 莫格里迷迷糊糊地感觉到，有很多强壮结实的小手摸着他。他往下看，发现巴鲁在低沉地吼叫，巴希拉露出了獠牙，蹿到树上。猴民们很得意地尖叫道：“巴希拉发怒了，他注意到我们了，所有的丛林兽民都佩服我们的捕猎本领，羡慕我们的机智灵活！”猴民为了获得丛林兽民的注意和认同，不择手段地掳走莫格里。其实，要赢得别人的尊重，靠的是高尚的品行和过人的才能，而绝不是哗众取宠的丑态和卑劣的手段。

△ 牛群如一川急流往下直冲，沙石泥土在他们周围飞溅，尘沙笼罩整个河谷。一只只瞪着眼的牛喷着粗气往下冲，就像山洪暴发时滚动的巨石。隆隆的牛蹄声震耳欲聋，仿佛就要山崩地裂——再威武的老虎，也不可能活着走出这个河谷。众人拾柴火焰高，面对困难，如果我们团结一致，共同应对，那么就能像聚集起来的牛群一样，所向披靡。

△ 莫格里借着暗淡的光线，看见一条他生平从未见过的巨大的眼镜蛇。这条眼镜蛇的身体是象牙般的白色，可眼睛却是血红的，就像红宝石一样。在白色眼镜蛇身后，堆积了各种各样的宝藏：金币银币足足有五六英尺深，它们撑破了原本装着它们的麻袋，滚落在地上，形成了一个小沙丘；钱币里还埋着一个三英尺长的象叉……贪婪常让人迷失自我，抛弃道德，只有保持善良的内心、理性的目光，才能抵制住诱惑。

△ 阿克拉为了狼族，顽强地与红毛狗搏斗，最后，他倒在了莫格里身边。莫格里轻轻地将阿克拉那血肉模糊的脑袋放到了自己的膝上，然后用手搂着他那已被撕裂的脖子。“我不是说了吗？这将是我的最后一战。”阿克拉喘着气，费力地说，“很精彩的狩猎，你怎么样，小兄弟？”每个人都应该有集体意识，有集体荣誉感，多为集体贡献自己的一份力量，当我们为集体尽心付出的时候，自我的价值才能得到升华。

△ 莫格里要离开丛林了，他把胳膊紧紧地搭在巴鲁的脖子上，止不住地抽泣着。巴希拉舔着他的脚，祝福他：“祝你在新的人生路上狩猎快乐，丛林之王，巴希拉永远爱你！”卡阿感叹道：“蜕皮是一件艰难的事情啊！”真正的友谊弥足珍贵，拥有一份真挚的友谊，能够为我们增添无穷的快乐，请好好珍惜我们的朋友。

全书导读

《丛林故事》是英国著名作家鲁德亚德·吉卜林(1865—1936)的代表作,也是其最具影响力和最受读者欢迎的作品。本书出版至今已有一百多年,被译成多种语言,广为流传,经久不衰,一直被视为儿童文学中的经典。

在《丛林故事》中,作者以新奇独特的想象,勾勒出一幅神秘的充满异域风情的印度丛林画卷,讲述了“狼孩”莫格里与各种动物在丛林里发生的冒险故事:当莫格里还是个幼儿时,他误入了狼穴,结果被狼妈妈收养,还成了西奥尼狼族的一员。在丛林中,棕熊巴鲁和野象哈迪教会了他丛林法律和生存技巧;黑豹巴希拉、狼族首领阿克拉和岩蟒卡阿训练他的狩猎本领,而老虎谢尔汗、猴民以及红毛狗等动物则带给他诸多的困难与挑战。正因有这些丛林朋友和劲敌,莫格里才得以成长为一个聪明勇敢的少年。他平息了狼族的叛乱,借水牛群的力量战胜了老虎谢尔汗,还与卡阿、狼族共同击退了红毛狗的入侵……书中每个故事都是曲折跌宕、扣人心弦的,让人手不释卷。同时,透过这些故事,我们可以深切感受到纯真友谊的美好、团结互助的温暖,懂得在各种困难和逆境面前要坚强勇敢,并充分发挥自己的才智和能力。

吉卜林除了设置惊心动魄的故事情节外,更是塑造出各种打动人心的动物形象,如威武机敏的巴希拉、憨厚博学的巴鲁、孔武有力的卡阿……这些角色个性鲜明,灵魂饱满,还保留着动物原始的野性和自由的特征,在每位读者的心中都留下了难以磨灭的印象。

名师导学 3－2－1

3 个阅读要点

◎主人公莫格里虽是一个虚构的人物，但作者把他写得有血有肉，使一个机智顽皮的少年形象跃然纸上。我们在读莫格里的冒险故事时，要认真挖掘他的心路历程，并能发现他身上体现出的优秀品质。

◎作者刻画了多位动物角色，我们在阅读过程中不仅要弄清他们和莫格里的关系，更要找出每种动物不一样的个性特点，并细心体会作者为什么要赋予他们这样的个性。

◎作者在书中除了描绘出一个神秘壮阔的丛林世界，还创造了一套“丛林法律”，这套“法律”对我们的成长具有很多正面的参考价值和指导意义，我们在阅读时不妨好好思考“丛林法律”能带给我们什么启示。

2 个知识要点

◎书中的动物并非像一般动物文学作品中的那样被简单拟人化，而是完全保留了动物的原始特征。这种独树一帜的写法值得我们借鉴。

◎书中描绘了许多令人惊叹的丛林景色，这些景色衬托和推动了人物的内心变化，也烘托了故事气氛，要注意用心体会和学习借鉴。

1 个成长要点

◎莫格里作为人类闯进丛林，却得到了很多善良动物的接纳，与他们成为了亲密的朋友。特别是棕熊巴鲁和黑豹巴希拉，他们自狼族大会救下莫格里开始，就成了莫格里在丛林中不可或缺的伙伴——既是倾囊相授的良师，也是共同进退的挚友。莫格里因为巴鲁和巴希拉而获得了成长，他们也因莫格里而得到了难忘的经历和欢乐的笑声。比如当丛林面临严重干旱时，他们互相扶持，一起笑迎困难，挽手渡过了困境。朋友就像生命中的一片丛林，有了这片丛林，我们的生命才有生机，才有活力，才有不一样的风景。

目 录

CONTENTS

第一章 “青蛙”莫格里

导读

狼爸爸和狼妈妈收养了一个被老虎谢尔汗当成食物的人类幼儿，并为其取名“莫格里”。在棕熊巴鲁和黑豹巴希拉的支持下，莫格里成功被西奥尼狼族接纳。可是，始终对莫格里虎视眈眈的谢尔汗，聚集了几头狼准备策动一场狼族的叛乱。莫格里会遇到怎样的危险？他又该怎么办呢？

蝙蝠蒙释放出黑夜，
鹞（yào）鹰朗恩把它带回了家。
牛群都被关进了牛棚或者茅屋，
因为我们将要大展身手，恣意放纵，
这是个属于巨钳、利爪以及尖牙的夜晚。
啊，听那呼唤声——祝大家狩猎快乐！
一切遵守丛林法律的兽民！

——《丛林夜歌》

这是西奥尼山里一个闷热的晚上，七点钟，睡了一整天的狼爸爸醒了。他睁开眼睛，挠了挠痒，将爪子一只接一只舒展开来，想赶走那残留在爪尖的丝丝倦意。狼妈妈躺在一旁，灰色的大鼻子埋在了她那四只翻来滚去、不停尖叫的狼宝宝身上。

柔和的月光倾泻进他们居住的山洞里。“嗷呜!”狼爸爸望向洞外，说：“又该去打猎了!”他正想纵身跳下山，一个长着毛茸茸的大尾巴的小个子身影挡在了洞口。“祝您好运啊，狼大王！也祝愿您高贵的孩子们好运！愿他们拥有一口锐利洁白的牙齿，好让他们不会忘记在这世界上还有饥肠辘辘的可怜人!”

说话的是一只叫塔巴吉的豺狼，他专门吃残羹剩饭，还经常到村里的垃圾堆里找破布和烂皮革吃。塔巴吉诡计多端，又喜欢四处搬弄是非、造谣生事，所以印度的狼都瞧不起他。但大家又挺害怕他，因为塔巴吉比丛林里的任何兽民都容易犯疯病。一旦犯病，他就会在森林里横冲直撞，见谁咬谁，就连老虎遇上发疯的塔巴吉，都急忙跑着躲开。毕竟，犯疯病对于野兽来说，是最丢脸的事了。这种病，人们称之为“狂犬病”，而兽民们管它叫——“狄沃尼”。

“好吧，你进来瞧瞧，”狼爸爸冷冷地说道，“不过，我这里可没有什么吃的。”

“对于你们而言，确实没剩什么吃的，”塔巴吉说，“但是对我这种卑微的小人物来说，一根干瘪的骨头就是一顿美味的大餐了。我们这伙豺民，还有什么可挑剔的呢?”他边说边往洞穴的深处钻，很快就找到了一根还带点肉的公鹿骨头，于是便坐下“咔嚓咔嚓”地啃了起来。

很快，地上的骨头连渣都不剩了。“谢谢你们的款待!”塔巴吉舔着嘴唇说，“啊，大王！您的孩子们是多么的高贵，多么的漂亮啊！他们多年轻！眼睛多大！哎哟，真是的，我怎么会忘了呢，这可是大王的孩子，天生就是了不起的男子汉啊!”

塔巴吉心里清楚，其实当着别人的面夸他们的小孩子是非常不吉利的事儿。但看着狼爸爸和狼妈妈一脸不自在，他得意极了。

塔巴吉依旧坐着不走，享受那恶作剧带来的片刻快感。然后，他又不怀好意地说道：“您知道吗，谢尔汗大王要换猎场了，从下个月起，他就要在这附近的山里打猎。当然，这都是他亲口告诉我的!”

谢尔汗，是一只住在二十英里（英美制长度单位，1 英里等于5 280 英尺，合 1.609 3 公里）外的瓦因良加河畔的老虎。

“他没有这个权利!”狼爸爸听了，愤怒地吼道，“根据丛林法律，他可没有权利在不预先通知大家的情况下搬迁猎场。他会把方圆十里内的猎物都吓跑的，而且……我最近都得为我的孩子猎取双份的食物呢!”

这时，狼妈妈插话了：“他妈妈管他叫‘伦格里’（印度土语，瘸子的意思）可不是无中生有的，他生下来就瘸了条腿，所以只能捕杀毫无防备能力的耕牛。瓦因良加的村民们都快恨死他了，如果他现在敢来招惹这儿的村民，村民们肯定会来搜捕他。他倒好呀，猎捕完就走得远远的，但到时候丛林被村民烧起来的话，我们连藏身的地方都没有了，只能带着孩子们离开这儿。哼，我们还真是得感激谢尔汗呢!”

“需要我转达你们的感激之情吗?”塔巴吉幸灾乐祸地问。

“滚出去!”狼爸爸怒喝道,“滚去和你的主子一块打猎吧。今晚你已经把坏事做尽了!”

“我这就走,”塔巴吉不紧不慢地说,“你们去听听吧,谢尔汗已经到下面的林子里了。其实我完全不用来提醒你们。”

狼爸爸竖起耳朵,果然听见穿过小河的山谷下面,有老虎粗野低沉、怒气冲冲的嚎叫声。显然,老虎什么都没逮着,不过他可不在乎整个丛林都知道这件事。

“真是个傻瓜!”狼爸爸带着嘲讽的口吻说,“还没开始打猎就弄出这么大的动静!难道他以为我们这儿的鹿都像瓦因良加的肥牛一样蠢吗?”

“嘘,他今晚要捕猎的不是牛也不是鹿,”狼妈妈说,“是人!”

此时,老虎的哀嚎声变成了低沉的呜咽,仿佛是从四面八方传来的。这种声音往往会吓得露宿在外的樵夫和吉卜赛人迷失方向,结果自己跑到老虎的嘴边。

“人?!”狼爸爸露出一口锋利的白牙,“呸!难道池塘里的甲壳虫和青蛙还不够他吃吗,竟然还要吃人?而且还是在我们的地盘上!”

丛林法律可不是毫无根据地规定野兽不能吃人的,除非他是在教自己的孩子如何捕杀猎物——即使是这样,也必须在自己的部落或氏族的猎场外进行。制定这条法律的真正原因在于:一旦杀了人,就意味着迟早会遭到人类的报复——白人们会骑着大象、扛着枪出现,而数以百计的有着棕色皮肤的人会敲着锣、点起火把和爆竹来反击。到那时候,丛林里的所有兽民都得遭殃。

而丛林兽民们则是这样理解的:人类是所有物种中最软

弱、最缺乏自卫能力的，所以捕杀人类有违丛林里的公平原则。他们还有一个“千真万确”的说法——吃了人之后，身上会长疥癣（jiè xuǎn，由穿孔疥虫在皮肤中，尤其在动物头、脸部钻穴寄生所致的一种螨病），牙齿也会掉光。

呜咽声越来越大了，最后突然变成一声洪亮的、仿佛是用尽了全身力气的吼叫，“嗷呜——”接着，又是一声低沉的呜咽。“他没抓住，”狼妈妈判断，“怎么回事呢？”

狼爸爸刚跑出去不远，就听见谢尔汗在灌木丛间跌跌撞撞地走着，嘴里还嘟嘟囔囔骂个不停。

“哈哈，这个蠢货肯定是跳到了樵夫的篝火堆上，结果把脚烫伤了！”狼爸爸轻蔑地哼了一声，“塔巴吉是和他一起的。”

“有东西朝山上来了，”狼妈妈的一只耳朵抽搐了一下，说道，“我们得小心点儿！”

说完，山洞旁边的灌木丛簌簌地响了起来，狼爸爸蹲下身子，正准备跳起。接下来，最神奇的一幕出现了——狼竟停在了半空中！原来，狼爸爸在腾空而起的时候，突然看清了自己要扑的目标，于是设法止住了自己。结果当他跳到四五英尺（英美制长度单位，1英尺等于12英寸，合0.304 8米）的空中时，又原地落了下去。

“瞧，是一个人！”狼爸爸惊呼，“一个人类的小孩！”

就在狼爸爸的正前方，站着一个刚会走路的幼儿，他赤身裸体，有着棕色的皮肤，正抓着一根低矮的树枝。从来没有这么一个脆弱娇嫩、长着漂亮酒窝的小家伙在晚上造访狼的家啊。只见他抬起头，望向狼爸爸，天真地咧嘴笑了起来。

“这就是人类的孩子吗？我还从来没见过呢。快，把他带到我的身边来。”狼妈妈说。

狼习惯用嘴叼住狼宝宝，只要力道把握得很好，就算叼住的是一枚鸡蛋，也不会把鸡蛋弄碎，所以当狼爸爸轻轻叼着幼儿的背部，将他放到狼宝宝中间时，幼儿的皮肤上没有留下一点儿齿痕。

“真小啊！光溜溜的，而且他一点儿也不怕我们！”狼妈妈看着这个幼儿，温柔地说。幼儿在狼宝宝中间挤来挤去，想靠近狼妈妈温暖的身体。“啊哈！他居然跟我们的孩子们一起吃奶呢，原来这就是人类的孩子啊！狼族里有谁说过自己的孩子里有一个人娃娃呢？”狼妈妈很得意地说道。

“我倒是偶尔听说过这样的事儿，但在我们的狼族里，或是在我这辈子中，这种事至今也没发生过。”狼爸爸说着，又把目光投向幼儿，“他身上连一根毛都没有，多么脆弱啊！我用脚轻轻一碰就能把他弄死了，可是你瞧，他看着我们呢，居然一点儿也不怕。”

突然，山洞里一片漆黑，洞口的月光消失了。狼爸爸抬起头，发现谢尔汗把他的大脑袋和宽肩膀塞进了洞口。塔巴吉跟在谢尔汗后面，尖声尖气地叫嚷着：“大王，没错，就是这儿，他是从这里进去的！”

“谢尔汗光临鄙舍，我们真是荣幸啊。”狼爸爸虽然嘴上这么说，但眼里充满了怒火，“谢尔汗，你想要什么？”

“我来找我的猎物——一个人类的孩子，听说他到你这边来了，”谢尔汗说，“他的爸妈都跑掉了，把他给了我。”

谢尔汗的脚刚刚被樵夫的篝火烧伤，痛得他满肚子怒火。但狼爸爸知道，谢尔汗是根本进不了洞口的，因为这对老虎来说实在是太窄了，而且他的肩膀和前爪已经挤得无法动弹，就像一个想打架的人，却被塞在木桶里一样（恰当生动的比喻，写出谢尔汗的窘态)。

于是狼爸爸说："在丛林里，狼是自由的，我们只听从狼族首领的命令，而不是随便听那些满身条纹、专杀耕牛的家伙的。现在，这个人类的孩子归我们了——是杀是留，由我们来决定。"

"由你们来决定？这是什么话！凭我杀死的公牛起誓，我真的要屈尊钻到你们的狗窝里，夺回属于我的战利品吗？你知道你现在在跟谁讲话吗？是我，谢尔汗！"

老虎发出了雷霆般的咆哮声，整个山洞都被撼动了。这时，狼妈妈立刻放下孩子们，跳上前来，她的两只眼睛发出幽幽的绿光，直直地瞪着谢尔汗那冒火的眼睛。

"听好了，谢尔汗，我是拉克莎（印度土语，魔鬼）。这个孩子是我的，你这瘸腿的家伙——他是我的！我要让他活下来，和狼群一起奔跑，一起捕猎。等着瞧吧，你这个吃人的怪物，总有一天他会亲自猎捕你的！现在，滚回去吧，否则我会让你比出生的时候还瘸！赶紧滚！你这个挨烧的野兽！"

狼爸爸一脸惊讶。他差点就遗忘了过去那段时光——当时，狼妈妈在狼族里呼风唤雨，"魔鬼"的称号可不是浪得虚名，而自己也是在打败了五只公狼后，才赢得了狼妈妈的芳心。谢尔汗可能会与狼爸爸一决高下，但却不敢和狼妈妈较量，因为他知道狼妈妈占据了有利的地形，而且看她此刻的样子，已经是置生死于度外了。所以，谢尔汗唯有一边咆哮，一边退出了洞口。

刚出了洞口，他就破口大骂："每条狗都只会在自己的院子里瞎叫！大家等着瞧吧，看看狼群怎样处理这个人类小孩吧！到最后他还是会落进我的肚子里的！哼，你们这帮大尾巴的盗贼!”

狼妈妈气喘吁吁地瘫倒在宝宝们中间，狼爸爸表情严肃地说：“谢尔汗说得没错，这个孩子得交给氏族的成员们来决定去留，他们会同意吗？你还坚持收留他吗？”

“收留他！他夜里光着身子、忍受着饥饿，独自一人来到这儿，可是一点儿都不怕我们！你看，他已经和我们的孩子挤在一块儿了。况且，如果那个瘸腿屠夫得逞的话，他一定会逃回瓦因良加，到那时候，村民们会来找我们寻仇的！所以，我当然要收养他了!”狼妈妈下定了决心。

“好好躺着别动，小青蛙，噢，你这个莫格里（印度土语，青蛙的意思）——我要叫你青蛙莫格里！小莫格里啊，现在谢尔汗要猎捕你，你得快快长大，将来有一天你要亲手猎捕他!”

狼爸爸一脸担忧，说：“可是，狼族会怎么看呢？”

根据丛林法律，氏族里的狼如果结了婚，就可以退出自己的氏族，但只要他的宝宝能站立了，就必须带着他的宝宝出席每个满月之夜的狼族大会，让大家认识这些小狼。通过了检阅之后，小狼才能自由地四处跑动。另外，在小狼们没有独立地捕获第一个猎物之前，狼族里的任何成年狼决不能以任何借口杀死他们，否则就会被处死。我们只需略加思索，就能发现这么做是非常必要的。

日子一天天过去，小狼们已经稍微能跑动了。狼爸爸和狼妈妈带着小狼们还有莫格里来到了议事岩，参加这晚的狼族大会。议事岩是一个布满了石块的小山丘，足以容纳上百头狼。

那只直挺挺地躺在岩石上的独身大灰狼，就是氏族的统领——阿克拉，他不仅身手不凡，并且足智多谋，有足够的资格担任统领。在他的岩石下方，蹲坐着四五十只大小各异、毛色不同的狼——有身经百战、长着貛（huān）色毛皮的老狼，也有血气方刚、自以为能独自杀死公鹿的三岁黑色幼狼。阿克拉担任首领已经有一年了，他深谙人类的处事方式，因为他年轻的时候曾两次掉进他们的捕狼陷阱，有一次还被人狠揍了一顿，当作死狼扔在路的一边。

议事岩安静得很。狼爸爸狼妈妈们围坐成一个圈，看着自己的小狼们在中间互相打闹。时常会有一两头老狼不动声色地走近小狼，仔细观察一番，再轻轻地走回自己的位子；有的时候，狼妈妈会把自己的孩子推到月光下，生怕孩子被漏掉了。阿克拉则在上方的岩石上喊道："我们都清楚丛林法律，大家就按规矩，仔细看看吧，嗷——狼们！"

终于轮到了"青蛙莫格里"，狼爸爸把他推到了圈子中间，狼妈妈紧张得脖子上的鬃（zōng，马猪等颈上的长毛）毛都竖了起来，可是莫格里却无忧无虑地坐在月光下，把玩着手里几颗被月光映照得闪闪发亮的鹅卵石，笑得天真无邪。

阿克拉头都没抬一下，只是嘴里不断重复着那句话："看仔细了，大家！"突然，岩石后面传来了一声低沉的咆哮，那是谢尔汗在叫嚷："这个小孩是我的，把他还给我！自由的兽民要一个人类的孩子干什么？"阿克拉连耳朵都没转动一下，依然在说着："狼们，看仔细了，自由兽民只听自由兽民的命令，别人的一概不用理会！"

这时，岩石下面响起一片低沉的嗷叫声。一只四岁的幼狼再次将谢尔汗的问题抛给了阿克拉："既然我们是自由的兽民，那么要一个人类的孩子干什么呢?”

丛林法律规定：如果狼族对接纳一只小狼存在争议，那么氏族里至少得有两位成员站出来为他说话，他才能留在氏族——除了那个孩子的父母之外。

“那么，有谁愿意站出来替这个孩子说话吗?”阿克拉说，“自由的兽民，难道没有人出来说话吗?”没有人回答。

狼妈妈已经做好了战斗的准备——如果还没有狼愿意站出来的话，狼妈妈不在意掀起一场战斗，即使要用尽她生命中的最后一口气。

正在这时，被允许参加狼族大会的唯一一个异类兽民巴鲁站了出来，他是只爱打瞌睡的棕熊，专门负责教小狼们丛林法律，算是他们的老师。由于巴鲁只吃坚果、块茎和蜂蜜，所以他被允许在丛林中的任何地方走动。

“我来替这个人类的孩子做辩护吧，这个小孩不会伤害你们的，虽然我笨嘴拙舌的，但我说的都是实话。让他加入狼群吧，让他和狼群一起奔跑，我会亲自来教他。”

阿克拉点点头，说：“现在已经有一位辩护人了，还差一位，还有谁愿意站出来吗?”

一个黑影“嗖”地跃进圈子的中间，是黑豹巴希拉。巴希拉浑身漆黑，他那在月光下仿佛泛着波纹一般的豹斑，简直漂亮极了。丛林里，所有兽民都认识他。因为他不仅像塔巴吉一样狡猾，还跟水牛一样勇猛，跟受伤的大象一样疯狂，所以大家都对他敬而远之。但巴希拉的嗓音异常温柔，甜润得像树上滴下的野蜂蜜似的，而且他的皮毛比绒毛还要柔软（形象的比喻，刻画出巴希拉的特点）。

巴希拉开口说话了：“噢，阿克拉，以及各位自由兽民，我知道自己没有权利加入你们的会议，但丛林法律规定——如果对怎样处理一个新出生的宝宝有争议，并且还没有到杀死他的地步，那就可以由谁出一笔钱来买下他的性命。法律也没有规定谁有权买，谁没有权买，我说得对吗？”

“对！对！”那些总是饿着肚子的幼狼都两眼放光，连声赞同，“听巴希拉的话吧，谁都可以买下这个孩子的性命，法律是这么规定的！”

“我知道我没有发言权，但希望大家能允许我说说。”

“说吧，巴希拉！”二十只幼狼齐声喊道。

“杀死这样一个毫无防备能力的幼儿，是非常可耻的事啊。另外，我敢肯定，这个孩子长大后会帮助我们猎取很多猎物。刚才，巴鲁已经站出来替他做了辩护，现在我愿意再加一头刚抓的肥大公牛，就在离这儿不到半英里的地方，只要你们能根据法律收留这个孩子，这不难吧？”

整个狼群顿时乱哄哄的，几十个声音嚷道：“留下他又如何，他受不了冬季的严寒和夏季的酷暑，活不了多久的！再说，这样一只光溜溜的青蛙能给我们造成什么伤害！让他留下吧！我们去找那头公牛！”接着，又传来阿克拉低沉的喊声：“看仔细了，大家——看仔细了，狼们。”

莫格里还在专心玩着手中的鹅卵石，丝毫没有留意到狼一只接一只地从自己身边走过。狼们仔细端详了他一会儿后，就纷纷下山去吃那头牛了，最后只剩下首领阿克拉、黑豹巴希拉、棕熊巴鲁和莫格里一家。

谢尔汗在黑暗里不停地咆哮，他非常愤怒，因为狼群居然同意收留一个人类的孩子。“哼，你就咆哮去吧！”巴希拉低声说道，“我相信，总有一天这个光溜溜的家伙会了结了你的生命。否则，我就白跟人类打交道了。”

阿克拉点点头，表示赞同：“做得好，人类可聪明着呢，没准儿以后能帮上我们的大忙。”

“没错，关键时刻他一定能成为我们的好帮手，毕竟没有谁能永远当一个氏族的首领。”巴希拉说。

阿克拉没说话，他陷入了沉思：“每个兽群的首领都有年老衰弱的一天，我也不例外，我会越来越虚弱，直到最后被手下杀死，取代自己的位置。不久之后，新的首领再被杀死，如此循环……”

“把他带回去吧，”阿克拉对狼爸爸说，“好好养育他，让他成为一名合格的自由之民。”

于是，多亏了巴希拉的那头公牛和巴鲁的一番好话，莫格里终于加入了西奥尼狼族。

十年时间转瞬即逝，大家可以充分发挥自己的想象力，去猜想这期间莫格里在狼群中的精彩生活。而我们在此就不花笔墨去赘述了，因为如果要把这段生活都写出来，那得写好几本书呢！

莫格里和小狼们一同成长，当然，他还是个小孩子的时候，他的兄弟们就已经是成年公狼了。狼爸爸把自己毕生本领全都传授给了他，让他了解丛林里一切事物的含义，甚至是熟悉树木和小草的每一次响动、夜间的每一阵暖风、猫头鹰的每一声啼叫，还有小鱼在水面跳跃的每一种溅泼声……莫格里都能把这些明明白白地分辨清楚。

平日里不用学习的时候，莫格里就在阳光下打盹儿，饿了就起来觅食，吃完了再接着睡；感觉身上太脏或者天气炎热的时候，他就跳进丛林的池塘里游泳；巴鲁曾经告诉他，蜂蜜与坚果和生肉一样美味可口，因此每当他想吃蜂蜜了，就会爬到树上去采。爬树，是巴希拉教会他的，刚开始莫格里只会像树袋熊那样死死地搂住树干不放，后来就像灰猿一样，可以在树枝间跳来跳去了。

每个月氏族召开大会时，莫格里都在场，他发现当他用目光死死地盯着某一头狼看时，对方都会被迫垂下眼睛，不敢与他对视，所以莫格里常常紧盯他们，以此为乐趣。很多时候，莫格里会帮他的朋友们拔出那些扎进脚掌心的长长的刺，因为扎在皮毛和脚掌的刺会令狼非常痛苦。黑夜里，他还很喜欢溜下山，躲在庄稼地里好奇地观察屋子里的村民，他对人充满了警惕和不信任，因为，巴希拉曾带莫格里去看过人类的陷阱——在灌木丛中藏得非常隐蔽的装着活门的方匣子，那次要不是巴希拉提醒，他可能已经走进去了。

莫格里最喜欢和巴希拉一起来到幽暗的丛林深处，昏昏沉沉地睡上一天。到了夜晚，莫格里就会看巴希拉怎样捕猎。巴希拉饿的时候，几乎什么猎物都杀，莫格里也一样，但有一种动物他们是不会杀的，那就是耕牛。自莫格里刚懂事起，巴希拉就告诉过他，永远不要去碰牛，因为他是以一只公牛为代价才加入了狼群。“整个丛林都是属于你的，”巴希拉对莫格里说，“只要你足够强大，你可以捕杀一切，但看在那头赎买你的公牛份上，你不能杀死或吃掉任何一头牛，不管是小牛还是老牛。这就是丛林法律。”莫格里由始至终地遵守着这个约定。

莫格里渐渐长大了，就像所有成长中的男孩一样，他不知道自己正慢慢习得各种各样的知识，生活在丛林里的他，仿佛除了要考虑吃的东西外，其他事情都不用去操心了。

狼妈妈常常叮嘱莫格里，一定要提防仇人谢尔汗，而且将来必须要杀死他。狼妈妈的这番话，如果是一头真正的小狼听了，可能就会牢牢记住，可莫格里毕竟只是个人类的小男孩，所以他很快就忘了这个忠告。

莫格里经常会在丛林里遇见谢尔汗。阿克拉随着年纪越来越大，身体也越来越衰弱，谢尔汗便趁机和狼族中一些年轻的狼交朋友，他让他们跟在身后，分享他吃剩下的猎物。要不是阿克拉已经无法严格执行自己的职权，他才不会允许这样的事情发生。

可惜，这些年轻的狼已被谢尔汗奉承得晕头转向——谢尔汗挑拨说，他很好奇，为什么如此出色的年轻猎手，甘愿被一只垂死的老狼和一个人类领导。谢尔汗还说：“我听说，你们在氏族大会上都不敢和他对视，是吗?”年轻的狼们知道谢尔汗是在嘲笑自己，个个气得毛发都竖了起来，大声地咆哮。

消息灵通的巴希拉早就听说了这些事，他不止一次地警告莫格里：“谢尔汗是你的敌人，早晚有一天他会杀了你的!”莫格里却总是不以为意，笑着说：“我有氏族的兄弟，还有你和巴鲁，虽然巴鲁很懒，可是你们肯定会帮助我的，我还有什么好害怕的呢!”

在一个非常暖和的日子里，莫格里头枕着巴希拉漂亮光滑的毛皮，躺在丛林深处的草地上。巴希拉突然想起前几天从豪猪伊基那里听来的一件事儿，脑袋里蹦出了一个想法，于是对莫格里说：“嘿，我的小兄弟，谢尔汗是你的敌人这件事情，我对你说过多少次了?”

“就像那棵棕榈（lǘ）树上的果实一样多!”莫格里懒洋洋

地回答，他不会数数，自然说不出那有多少了，“什么事儿呢，我困了，巴希拉，谢尔汗不就是个尾巴长、爱吹牛的家伙，跟孔雀莫奥一样！”

“现在可不是睡觉的时候啊。这件事情大家都知道，我、巴鲁，还有整个狼群，甚至那些蠢鹿们都知道！塔巴吉那只豺狼也曾告诉过你！”

“哈哈！”莫格里笑着说，“前不久塔巴吉还来找我，这家伙粗鲁地骂我是光溜溜的人崽子，连挖花生都不配！于是我打算教训教训他，就一把拎起了他的尾巴，往棕榈树上摔了几下。估计，他现在会懂规矩的！”

“瞧瞧你做了什么蠢事！虽然塔巴吉很惹人讨厌，但他能够告诉你很多与你息息相关的大事，清醒一点儿吧，我的小兄弟！尽管谢尔汗不敢在丛林里杀死你，但是你要知道，阿克拉的年纪已经越来越大，他很快就连一头鹿都杀不了了，到那时候，他就不再是氏族的首领。而当年狼族大会上看过你的那些狼也已经老去，年轻的狼又受了谢尔汗的蛊惑，认为狼群里不该有人类……还有，你再过不久也要长大成人了。”

“可是长大成人又怎么样呢？长大了就不能和兄弟们一起奔跑了吗？”莫格里说，“我从小在丛林里长大，一直都遵守着丛林法律，我还帮很多狼拔过脚掌心的刺，他们肯定是我的兄弟啊！”

巴希拉直起身体，半眯着眼睛说：“小兄弟，过来摸摸我的下巴。”

莫格里伸出手摸了摸巴希拉的下巴——光滑的皮毛中，有一小片光秃秃的地方。

“这是项圈留下的印记。整个丛林里没有任何一位兽民知道我身上这个记号，小兄弟，我是在人群中出生的，生活在奥岱（dài）波尔王宫的一个笼子里，我的妈妈就是死在了那里面。那时，我从未见过丛林，人类把我关在铁栏杆后面，用铁盘子来喂我。直到一天晚上，我想起我巴希拉是一只豹子啊，并不是人类的宠物！于是，我那天用爪子砸开了那条烂锁，逃走了。正因为这样，狼族大会那天我才会用公牛赎下你。也正因为我懂得人类的计谋，所以在丛林中，我甚至比谢尔汗更可怕！你说对吗？”

“是的，”莫格里说，“丛林里的所有兽民都怕你，只有我莫格里不怕！”

“噢，你是人类的孩子啊，”巴希拉温柔地说，“就像我回归丛林一样，你最后也要回到人类的世界里去——当然，只要你在狼族大会上不被杀害的话。”

“他们为什么想要杀死我呢？”莫格里不解地问。

“看着我的眼睛。”巴希拉说。莫格里冷静地盯着巴希拉的眼睛。可是不到半分钟，巴希拉就把头扭开了。

“看见了吗？这就是原因。没有狼敢和你对视，就连我这个在人群中长大的豹子也不行，而且我还是爱你的。他们恨你，因为他们不敢正视你；因为你太聪明，能挑出他们脚掌心的刺；因为你是人……”

“我之前都不知道有这些事儿！”莫格里紧锁起他那两条浓黑的眉毛，有点忧伤、有点不快地说。

“丛林法律是怎么说的？先做再说，但你做事情太随意、太直接，他们早就看出来你是人类了！学聪明点吧！我有预感，如果阿克拉在下一次的狩猎中抓不到猎物，狼群肯定会造反，他们会召开大会反对阿克拉和你，到了那时……到了那时……有办法了！”巴希拉突然激动地跳了起来，“你快去山下人类居住的屋子里摘一点红花回来，到了危急关头，你就多了一位比我和巴鲁，还有爱你的狼们都强大的朋友了！快去取红花吧！”

巴希拉所说的“红花”，就是指火，丛林里的所有兽民都非常怕火，只是兽民们不知道它的名字叫作火，因此他们用了上百种说法来描绘它的恐怖。

“红花吗？”莫格里说，“那不是每天傍晚在人类的屋子外面开的花吗？我这就去取一点儿回来。”

“这才是我的小人儿！”巴希拉自豪地说，“它种在小罐子里，马上去拿一个回来，放在身边，危急关头再拿出来用！”

“好，我这就去，但……”莫格里又想了想，他搂住巴希拉的脖子，深深地盯着他的大眼睛，说，“我的巴希拉啊，你肯定这都是谢尔汗那家伙搞的鬼吗？”

“就凭那把令我获得自由的被砸破的锁起誓！我很肯定，小兄弟！”

“好吧，我向着那头救了我性命的公牛起誓，我会和谢尔汗算一笔账，或者再多算一点！”莫格里说完，调皮地蹦跳着跑开了。

“我们的莫格里已经完完全全是个大人了！”巴希拉边自言自语，边躺了下来，“啊，谢尔汗，这再也不是你十年前捕获的小青蛙了！”

莫格里已经远远地穿过了丛林，炙热的内心驱使他飞快地奔跑起来。当傍晚的薄雾开始弥漫时，他回到了狼穴，喘着气望向山谷下面。小狼们都出去了，可狼妈妈仍留在洞里，她一听莫格里急促的呼吸，就知道她的青蛙在为一些事儿而发着愁。

“你怎么了，我的孩子？”狼妈妈关切地问。

“还不是因为谢尔汗说了些疯话！”他回答道，“对了妈妈，我今晚要去庄稼地那边捕猎！”说完，莫格里就冲出了洞口，穿过了灌木丛，来到山谷下的一条小河边。他停住了脚步，从那里，传出了狼群的呐喊声和猎物低沉的呜咽声，还有那些年轻的狼发出的怪腔怪调的嚎叫：“阿克拉！阿克拉！让我们的独狼首领来展示一下他的厉害吧！上啊，阿克拉！”

接着，莫格里听见了阿克拉朝猎物扑去的声音——咬空后牙齿的碰撞声，还有微弱的痛苦的叫唤声（通过声音的描写，表现出阿克拉孤立无援的状态）……

莫格里实在听不下去了，他继续赶路，一路狂奔至庄稼地里，这时身后的叫喊声已经完全听不见了。“巴希拉说的是实话，”他喘着气，紧靠着小屋窗外的茅草堆坐下，“明天，是阿克拉和我的重要日子啊。”

他将脸贴近窗户，观察炉子里的火。只见农夫的妻子站起身来，往火里添了几块黑黑的块状东西。到了第二天清晨，在白茫茫的大雾中，他又看见农夫的孩子把烧得通红的木炭放进了一个里面抹了泥的柳条罐，然后用毯子裹起罐子，转身走了出去，照顾圈里的母牛。

“就这么简单？”莫格里心想，“一个小孩都能做到的事，那有什么可怕呢！”于是，他转过屋角，走到小男孩面前，夺走了他手里的罐子，然后转身跑进雾中。小男孩吓得站在原地大哭起来。

莫格里抱着罐子往丛林里走去，“他们长得跟我真像呢，”

莫格里一边学着那个女人的样子往罐子里吹着气，一边想，“如果我不给它喂点东西，这玩意儿估计就会死了。”于是他从地上捡了些干树枝和树皮丢进罐子里。

走到半山腰时，莫格里就碰上了巴希拉，他的毛皮上还挂着清晨的露珠，在那闪闪发光。

“阿克拉昨晚失手了，”巴希拉沉重地说，“那些年轻的狼本想昨晚就把他杀死，但又想连你一块儿处置。现在，他们正在漫山遍野地找你呢!”

“我去了山下的庄稼地，你看!”莫格里说着，晃了晃手中的罐子，“我准备好了。”

“好样的！我曾见过人类把干树枝扔进去，一会儿树枝的一头就开出红花来。你不害怕吗?”

“为什么要怕呢？我记得——应该不是在做梦，在我变成狼之前，我躺在这个红花旁边，感觉又暖和又舒服。”

整整一天，莫格里都在洞穴里守着他的罐子，还不时地往罐里扔干树枝。火越烧越旺，莫格里又找了一根满意的树枝，准备让它开出红花。晚上，塔巴吉来到狼洞，态度傲慢地通知他去议事岩参加狼族大会。莫格里突然放声大笑起来，塔巴吉吓得赶紧跑掉了。来到议事岩后，莫格里依旧笑个不停。

独狼阿克拉坐在原本属于他的那块岩石旁边，表示着氏族首领是空缺的。谢尔汗和追随他的那些年轻的狼在会场上大摇大摆地走来走去，放肆地大笑，满脸嚣张和得意。巴希拉挨着莫格里坐下，那个火罐则夹在了莫格里的两膝间。

氏族成员都到齐后，谢尔汗率先发言——在阿克拉壮年的时候，他可没有这种胆子。

“他根本没有资格讲话，”巴希拉低声对一旁的莫格里说，“你站出来反驳他吧，他这狗崽子，肯定会吓怕的！”

莫格里用力地跳了起来，喊道：“自由的狼们！为什么要由谢尔汗来主持氏族大会呢？难道他是我们狼族的首领吗？这只瘸腿的老虎没有资格站在这里！”

“现在狼族首领的位置空着，所以我才被邀请来发言主持。”谢尔汗说道。

“是谁邀请你来的？”莫格里问道，然后他又愤怒地望向谢尔汗身边那些年轻的狼，“难道我们是豺狼吗，非得讨好这个专门捕杀耕牛的屠夫？选谁当狼群的首领，只有我们狼说了算！”

顿时台下响起一片吵嚷声：“你又有什么资格发言？闭嘴吧，你这个人崽子！”“让他继续说，他也是我们狼族的一员！”……眼见大家吵得不可开交，狼族的长老们吼道：“大家都别吵了，听‘死狼’的话吧！”当某一天，狼群的首领未能杀死他的猎物，尽管他还活着，但仍会被叫作“死狼”，而在通常情况下，这头狼也是活不长的。

阿克拉缓慢地抬起头，有点疲惫地说道：“自由的狼们，还有你们，追随谢尔汗的豺狼们，我带领你们捕杀猎物已经好多个季节了，在这期间我们都是满载而归，而没有一头狼掉进陷阱或者受伤残废，不是吗？而这次捕猎失败，我想大家心里都很清楚，那是因为我被陷害了！你们故意把我引到一头强壮的公鹿那里，好让我当众出丑，这真是聪明的一招啊！现在，你们已经有足够的权利和借口在议事岩上杀死我了。不过，我想问问，由谁来结束我的生命？根据丛林法律，我有权利让你们一个一个轮着上。好吧，那谁先来呢？”

会场陷入了一片沉默，没有一只狼敢出来和阿克拉决一生死，谢尔汗愤怒地咆哮起来："呸！他不过是一个垂死的蠢货，我们用不着和他一般见识，反正他也活不了多久。倒是那个人崽子，他活得太久了！原本他就不过是我嘴里的一块肉，可这十几个季节里，这个一直想当狼的人，给丛林制造了多少麻烦啊！我真的受够了，把他交给我吧，否则我一辈子都在这捕猎，连一根骨头都不给你们剩下！你们睁大眼睛看清楚，他是人类！我恨他，恨到骨缝里去了！"

狼群里再次骚动起来，一半多的狼都在叫嚷："一个人类和我们有什么关系？让他回到他要待的地方去吧。"

"难道你们想让他招来村民对付我们吗？"谢尔汗怒吼着，"还是乖乖把他交给我吧，大伙儿别忘了，我们谁都不敢和他对视！"

阿克拉又抬起头，说："这十年来，莫格里跟我们同吃同睡，还替我们抓捕猎物，而且他从来都没有违反过丛林法律，我们有什么理由杀了他？"

"并且，当初狼群接受他的时候，我是用一头公牛作为赎金的。虽然这头牛一文不值，但我巴希拉的尊严可不是那么容易就能被你们践踏的！我绝对会为了捍卫我的尊严而大战一场！"黑豹巴希拉也发话了。

"就为了十年前的一头牛？"狼群传出喊叫声，"我们可不管这十年前的剩骨头呢！"

"那你们十年前的承诺呢？"巴希拉愤怒地露出了白牙，"啧啧，你们还真是自由兽民啊（巴希拉这句话是讽刺狼群背信弃义，不遵守约定）！"

谢尔汗又不耐烦地咆哮起来："不管怎么说，人类的孩子绝对不能和丛林兽民共同生活！把他交给我吧！”

“虽然莫格里和我们的血缘不同，但他确实是我们的兄弟啊！”阿克拉据理力争（根据事理，努力争辩或尽力争取），“但你们这些胆小鬼居然想在狼族大会上杀死自己的兄弟！我早就听说了，你们在谢尔汗的教唆下捕杀耕牛，还在黑夜里去村民家里抢夺人类的小孩！说实话，我这条不值什么的老命即将耗尽，可我到底还是狼族的首领，因此我在此承诺——放了这个孩子，等我的死期到来那天，我保证我不会反抗，这样至少可以保住狼族里三条生命。照我的话办吧，如果你们非要置他于死地，那只会背上屠杀无辜兄弟的骂名，要知道，他当初进入氏族时，是遵照了丛林法律的，不仅有巴鲁站出来为他说话，黑豹巴希拉也付了赎金！”

“可是他是人类！——人类！”狼群在咆哮，大多数的狼开始集结在谢尔汗的周围。

“现在看你的了，”巴希拉对莫格里说，“我们除了战斗以外，已经没有其他选择！”

莫格里直直地站起来，抱着火罐站在议事岩中间，他对着会场打了一个大大的哈欠，心里有着说不出的滋味——愤怒、疑惑、忧伤、不舍……他一直视为同族的狼啊，却从来没告诉过他，他们是多么恨他。

“你们听好了！”莫格里喊道，“你们不用再乱叫嚷了！你们今晚不停地说我是人——其实如果你们不说，我宁愿一辈子做一只狼。但是你们说得对，我不是你们的兄弟，从今以后我也不会把你们当作兄弟看待。我是人，要像人一样叫你们狗，你们想干什么，不想干什么，轮不到你们决定，因为这由我说了算——所以今天，我特意带来了让你们这些狗害怕的红花!”

说完，莫格里把手中的罐子砸在地上，烧得通红的木炭瞬间点着了一片苔藓，火苗顷刻乱窜，狼都吓得不停地往后退。莫格里把那根合适的树枝伸进火中，点着，把它举过头顶不停地挥舞起来，吓得狼都战战兢兢地低声嗷叫。

巴希拉压低声音在一旁说:“莫格里，现在你是胜利者了，救阿克拉一命吧，看在他一直是你朋友的份上。”

高傲坚强的阿克拉从未向谁低过头，但此时他却用求助的眼神望着莫格里——赤身裸体的莫格里纹丝不动地站在那里，黑色的长发披散在肩后，在摇曳的火光照耀下，无数的黑影在舞动。

“好!”莫格里环顾着四周，说，“你们的确是狗，而我是人类，我要回到人类的世界里去。我会忘记这十年间的生活，忘记和你们之间的友谊。但是，我比你们仁慈多了，因为我不会把你们出卖给人类，也不会让人类伤害你们!”说着，他用脚踢了一下火堆，顿时火星四溅，“但是在走之前，我还有一笔账要算!”

莫格里径直走向了正发呆似的看着火焰的谢尔汗。他大步走上前去，揪住谢尔汗的下巴上的一簇虎须:“站起来，你这只狗!不然我把你这身毛皮都烧掉!”

谢尔汗耷拉着耳朵，双眼紧闭——因为燃烧着的树枝靠得太近了。

“你这个专门捕杀耕牛的屠夫，你不是想在今天的狼族大会上杀了我吗?看好了，我们人类是这样教训你们这些狗的!”说着，他拿起树枝在谢尔汗的脑袋上抽打。谢尔汗吓得一动不动，呜呜地哀叫着。

“呸！滚吧，烧焦了毛的丛林小猫！记清楚了，下回我再来议事岩的时候，我一定会披着你谢尔汗的毛皮！另外，我走了之后，阿克拉可以自由地生活，我不允许你们伤害他，好了，我不愿再看见你们在这儿坐着，摆出一副很了不起的样子……快滚吧，你们这群狗！”说完，莫格里挥舞起手中的树枝，一时间火星乱飞，狼们的皮毛被烧着了，惨叫着跑开。

到最后，只剩下了阿克拉、巴希拉和十几只站在莫格里这边的狼。突然，莫格里的内心抽痛起来，他从来没有这么痛苦过，他哽咽了一下，便哭起来，泪水止不住地往下掉。

“这是为什么？这究竟是为什么啊？”莫格里问道，“我多么希望我不用离开丛林，这究竟是怎么了，我要死了吗，巴希拉？”

巴希拉温柔地安慰莫格里：“别怕，我的小兄弟，这只是人类的眼泪。你已经长大成人了，从现在开始，丛林已经容不下你了。尽情地哭吧，莫格里，让泪水尽情地流下来吧。”于是莫格里瘫坐在地上，放声大哭起来，哭声响彻了整个丛林，他感觉他的心都要碎了。

“好吧，”莫格里无可奈何地说，“既然如此，那我唯有回到人类的世界中去了，但我得先去跟妈妈告别一下。”说完，他跑回到狼穴，趴在狼妈妈的怀里又痛哭了一场，四个狼兄弟也伤心地哭嚎起来。

莫格里对四个兄弟说：“你们不会忘了我吧？”

“怎么会呢，只要嗅到你的足迹，我们就能找到你了！你回去之后，也要常到山脚来找我们聊天，晚上我们也可以去庄稼地做游戏啊！”

“孩子，早点回来！”狼爸爸依依不舍，“噢，聪明的孩子，我和你妈妈都老了。”

“是啊，早去早回，我最疼爱的小青蛙！要知道，我对你的疼爱比对我自己孩子的疼爱还要多啊！”狼妈妈又忍不住哭了。

“我一定会回来的，到时候，我会把谢尔汗的皮铺在议事岩上！”

“再见，亲人们，朋友们！再见，巴希拉、巴鲁，还有阿克拉，转告丛林里的朋友们，你们可都别忘了我！”

黎明即将到来，莫格里独自一人走下山，去找那些被称作“人”的神秘动物。

西奥尼狼族的猎歌

天将破晓，黑鹿开始鸣叫，
一声，两声，三声！
黑鹿双脚一蹬，跃了起来，
在那鹿群觅食的林中小河边，跳起——
我跟在他身后，独自在观察，
一次，两次，三次！

天将破晓，黑鹿开始鸣叫，
一声，两声，三声！
前方侦查的狼，悄悄地回来了——
他要把消息带给整装待发的狼群，
我们循着黑鹿的气味，搜寻，
一次，两次，三次！

天将破晓，狼群开始嚎叫，
一声，两声，三声！
我们如幽灵一般穿过丛林，
不留下一丝痕迹！
我们的眼睛已经穿透了黑夜，
我们的舌头开始在颤抖，嗷！嗷！
一声，两声，三声！

成长启示

莫格里自幼在丛林长大，并不知道“红花”是怎样“开”出来的，但是他通过细心观察庄稼地的农夫一家，学会了使用“红花”，还知道如果“不给它喂点东西，这玩意儿估计就会死了”。最后，莫格里带着“红花”来到议事岩，赶跑了谢尔汗，帮助阿克拉平息了狼族的叛乱。由此可见，平常不论是学习还是生活，学会留心观察可以开拓我们的眼界，使我们有效地掌握解决问题的方法。用心去观察世界吧，用自己的慧眼去发现万事万物的奥秘。

要点思考

1. 狼爸爸和狼妈妈为什么要收养莫格里呢？
2. 莫格里是怎样成为西奥尼狼族中的一员的？

写作积累

●饥肠辘辘　搬弄是非　造谣生事　横冲直撞　无中生有

幸灾乐祸　不紧不慢　腾空而起　浪得虚名　破口大骂

身手不凡　足智多谋　笨嘴拙舌　敬而远之　息息相关

不可开交　满载而归　一文不值　战战兢兢　火星四溅

●他睁开眼睛，挠了挠痒，将爪子一只接一只舒展开来，想赶走残留在爪尖的丝丝倦意。

●巴希拉的嗓音异常温柔，甜润得像树上滴下的野蜂蜜似的，而且他的皮毛比绒毛还要柔软。

●赤身裸体的莫格里纹丝不动地站在那里，黑色的长发披散在肩后，在摇曳的火光照耀下，无数的黑影在舞动。

第二章　卡阿的狩猎

导读

一天，莫格里因为不愿学习丛林法律，被巴鲁打了一巴掌。生气的他，在不知情的情况下跑去和卑劣无礼的猴民玩，结果猴民盯上了这个聪明的小人儿，还把他掳走带到“冷穴”去。于是，紧张的巴希拉和巴鲁连忙请求岩蟒卡阿帮忙，然后他们三个一起朝“冷穴”飞奔……

身上的斑点让花豹十分得意，
头上的犄角令水牛充满自豪，
保持整洁，强壮的猎手会因光鲜的皮毛而被称赞。
当你发现公牛能够将你撞翻，鹿角可以将你顶伤，
请别喋喋不休地告诉我，
因为我们在十个季节前就已知道。
不要欺负弱小的幼兽，要待他们如你的兄弟姐妹，
他们虽然又小又胖，却可能是熊妈妈的宝贝。
捕猎成功的小兽总会骄傲地说：“没人能与我为敌。”

可是，丛林很大，幼兽很小，他需要学会不断思考，不断成长……

——巴鲁格言

我们倒回去讲莫格里被逐出西奥尼狼族，找谢尔汗复仇之前的故事。那是棕熊巴鲁还在教莫格里学习丛林法律的日子。这个严肃的大块头棕熊很喜欢这个聪颖的学生，因为其他小狼只愿意学跟他们相关的丛林法律，当他们一旦学会背诵“狩猎歌谣”，就会溜之大吉。“悄无声息的脚步，穿透黑夜的眼睛，能听到十里之外风声的耳朵，还有那锋利雪白的獠牙……这一切就是我们兄弟的特点，除了塔巴吉和那些令人厌恶的鬣（liè）狗。”——这就是美妙的“狩猎歌谣”。

可是，莫格里学到的远远要比这多，因为他愿意学习更多的知识。黑豹巴希拉偶尔会拖着懒洋洋的身子，穿过丛林来看看他的徒弟过得怎么样。当莫格里向巴鲁背诵每天的学习要点时，巴希拉就会打着呼噜，将头倚在树边。

莫格里什么都学得很好。他学会了像迅捷的猴子一样爬树，也学会了像水蛇一般游泳，因此教授丛林法律的巴鲁还教了他关于树和水的法则：如何分辨腐烂的树枝和完好的树枝；如何有礼貌地跟野蜂对话；如果中午惊扰了树上的蝙蝠蒙，如何向他们道歉；如果要跳到水蛇之间游泳，如何提前打招呼……任何一个丛林兽民都不希望被打扰，都会对陌生的入侵者迅速地发动攻击。所以，巴鲁就教会了莫格里一个口号——“生客捕猎口号”。只要丛林兽民在自己领地之外的地方捕猎，就必须高喊这种特殊的口号，直到那个地方的领主做出回答。如果要将“生客捕猎口号”翻译出来，那意思就是："恳请让我留在这里捕猎吧，我真的太饿了。"然后对方会回答："那就为填饱你的肚子觅食吧，但不能为了玩而在这里捕猎。"

莫格里确实从巴鲁身上学会了很多东西，但当一个问题被重复上百遍时，他就会觉得无聊，不愿继续学下去。终于有一天，"厌学"的莫格里被巴鲁打了一巴掌，虽然只是轻轻的一巴掌，莫格里还是气呼呼地跑了。巴鲁着急地对巴希拉说："他是个人类的小孩，必须学会所有的丛林法律啊！"

"可是，你要知道他还小啊，"黑豹巴希拉一向宠着莫格里，"他那么小的脑袋瓜子，怎么可能把这些冗长的条例都装下呢？"

"难道丛林里有谁因为弱小而不被杀害吗？不！所以我才会去教他这些东西，我才会轻轻打他，以免他忘记了！"

"这叫轻？你懂得什么是轻吗，老熊掌？"巴希拉咕哝着说，"他的脸都被你打肿了！还轻呢，哼！"

"我是爱他的，我宁愿他浑身上下被我打青，也比他在外面受到其他兽民的伤害要强啊，"巴鲁真挚地回答，"我把所有的丛林密令都教给他，可以让他得到鸟儿、蛇以及四条腿的猎手的保护，在丛林里不受到半点儿伤害。为了记住这些话而挨一下打，不值得吗？"

"好了好了，别把这小人儿打死就行，他可不是你用来磨爪子的大树干啊！那些丛林密令究竟是什么？虽然我不是为了寻求帮助，但我倒是很愿意帮别人的。"巴希拉亮出他那锋利的铁青色的爪子说，"我挺想知道这些丛林密令的。"

"我让莫格里告诉你吧，如果他还愿意说的话。过来，青蛙兄弟！"说着，巴鲁朝树上喊道。

“我的脑袋现在就像住满蜜蜂的树，哼!”莫格里从树上跳了下来，不高兴地抱怨道，“我是来找巴希拉的，不是你，老胖子巴鲁!”

“我才无所谓呢。”巴鲁嘴上这么说，但心里很难过，“好吧，就把我教你的丛林密令背给巴希拉听听吧。”

“哪个族的语言呢?”莫格里骄傲地炫耀道，“丛林里有很多种语言呢，我都学会了。”

“你只是学会一点皮毛而已，小青蛙，还不算多呢！你瞧瞧啊，巴希拉，他从来不会感谢他的老师！你背背猎手们的密令吧，伟大的学者!”

“你和我，我们流着同样的血。”莫格里用熊的腔调说——所有捕猎者都用这种腔调。

“还不错，现在背鸟民的。”

莫格里背了一篇，最后还发出鹞鹰的唿哨声。

“接着是蛇民的。”巴希拉说。

“嘶——嘶——”莫格里模仿得惟妙惟肖，简直完美至极。

因为自己出色的表演，莫格里很得意地为自己鼓起掌来。他跳到了巴希拉背上，用后脚跟踢着巴希拉光亮的皮毛，还冲着巴鲁做了一个奇怪的鬼脸。

“看看！挨点打还是挺值的吧，”棕熊巴鲁满意地说道，“将来你肯定会感激我的。”然后，他又转过头告诉巴希拉，他怎么向无所不知的大象哈迪求得这些密令，哈迪又怎样带莫格里到池塘边跟一条水蛇学习蛇的语言（巴鲁无法发出那些音）……“现在，即使莫格里在丛林里遭遇不测，都不会有鸟儿、蛇和野兽伤害他的，他很安全。没有什么好害怕的!”巴鲁拍着他的大肚皮，得意地说。

巴希拉压低声音，提醒道："除了他自己的族群外。"接着，他冲着莫格里大喊，"小心我的肋（lèi）骨，小兄弟，你踢上蹬下的干什么呢！"

此刻，莫格里正在巴希拉的背上撒野，他一边拽着黑豹的皮毛，一边用脚不停地乱踢。

"小鬼，你是想把我的肋骨踢断吗？"巴希拉吼道。

见黑豹和棕熊注意到自己了，莫格里便高声喊道："我要有属于我自己的族群，整天带领他们在这些树枝上穿行。"

"说什么蠢话呢，异想天开的梦想家！"巴希拉说。

"这可是真的啊，我们还要用树枝和泥巴砸老巴鲁。"莫格里继续说，"他们已经答应我的，哼！"

"啪！"巴鲁的大熊掌把莫格里从巴希拉的背上提了起来。莫格里躺在那两只大熊掌里，看见了棕熊非常生气的脸。

"莫格里，"巴鲁严肃地说，"你居然和猴民混在一起！"

莫格里又看了看巴希拉，想知道他是不是也生气了，结果发现巴希拉的眼睛如绿宝石一般冰冷。

"那群猴民没有法律，饥不择食，你居然跟他们走在一起，真够丢人的！"

"巴鲁打疼了我，"莫格里很委屈，"我就逃了，那些灰猿从树上下来安慰我，只有他们关心我……"说着说着，莫格里用力地抽了一下鼻子。

"那群猴子也会关心人？"巴鲁愤怒地说，"真是太阳从西边出来了！后来怎样了？"

"然后……然后他们就给了我一些坚果和别的好吃的，他们……他们还把我抬到树上，说我是他们的同类，只不过我没有尾巴而已……还说，以后要我做他们的首领。"

“他们没有首领，”巴希拉说，“他们撒谎，他们从来都不会说实话。”

“他们可善良了，还让我再去找他们呢。为什么我不能找猴民玩？他们和我一样也是两条腿站立啊！他们从来不打我，还每天带我玩，我要去找他们！坏巴鲁，放开我！”

“听着，小人儿，”棕熊愤怒地说，他的声音低沉得像一个炎热夜晚的闷雷，“我教给你丛林里所有兽民的法律，但唯独没有树上的猴民的。那是因为他们没有法律，而且已经被丛林驱逐在外了。他们没有自己的语言，只会将偷听来的话拼凑成句。他们的生活方式和我们完全不一样——没有首领，没有记忆，自以为了不起，却能为一个掉下来的坚果嘻哈大笑。所以，丛林兽民都不会和他们来往，我们永远不会在猴子出没的地方活动，包括喝水、玩耍、猎捕食物……除了今天，你听过我提起猴民吗？”

“没有。”莫格里低声地说。

“在丛林里，不会有关于猴民的话题，大家甚至当他们不存在一样。可是这群数量众多、邪恶肮脏的猴子，总是希望让丛林的兽民注意到他们。不过，就算他们把坚果和粪便扔到我们头上，我们也不会搭理他们！”

巴鲁刚说完，高处的树枝间突然传来阵阵尖叫声和跳跃声，坚果、泥巴和小树枝就像雨点般砸了下来。

“我以后再也不允许你跟他们打交道，”巴鲁警告莫格里，“所有丛林兽民都不允许和他们来往！”

“对，莫格里，”巴希拉附和道，“我觉得巴鲁早就该提醒你远离猴民了。”

“谁会料到他居然能跟这些卑鄙的猴子一起玩呢，唉！”

小杂块又像雨点般落了下来，巴鲁和巴希拉带着莫格里，狼狈地逃开了。

巴鲁说得一点儿都没错，猴民生活在树上，而丛林兽民很少抬头，所以他们通常互不相犯。但如果猴子们发现了病狼，或者受伤的老虎、熊，就会想方设法去折磨伤员——猴子们先向他们丢树枝和坚果，引起他们注意后，又会用奇怪的音调唱些难听的歌，挑衅他们到树上打斗。有时候，猴子们会毫无目的地展开一场内部恶斗，然后把那些死猴子扔到丛林兽民可以看见的地方。猴民一直希望有自己的首领，制定自己的法律和习俗，但或许是因为他们的记性太差了，所以他们总是半途而废。为了安慰自己，猴民还编造了一句格言："丛林明天要考虑的问题，猴民现在就想过了。"

正因为兽民们从来不去注意他们，所以当莫格里说找他们一起玩的时候，猴子们高兴极了，当然，他们也看见了棕熊巴鲁气急败坏的样子。本来，猴民们并没打算采取什么行动，但其中一只猴子想出了一个了不起的主意，他告诉其他猴子，把莫格里留在猴族，那将大有用处——因为莫格里可以把树枝编成挡风板，所以，如果把他抓住，他就可以教大家怎么做这玩意儿了。经那猴子一说，猴民们都认为他们这次真的有个首领了，而且会成为丛林里最聪明的一族，所有丛林兽民都会注意到他们，嫉妒他们。

于是，猴子们一直跟在巴鲁、巴希拉和莫格里身后，想找机会把莫格里带走。到了午睡时间，充满愧疚的莫格里躺在黑豹和棕熊之间，他心中暗暗决定，不再和那些可恶的猴民扯上关系了，想着想着，他就睡着了……

接下来，莫格里迷迷糊糊地感觉到，有很多强壮结实的小手在摸着他的腿和手臂。他透过摇摆的树枝往下看，发现巴鲁在低沉地吼叫，巴希拉露出了獠牙，蹿到树上。猴民们很得意地在高处的树枝上蹦跳，尖叫道："巴希拉发怒了，他注意到我们了，所有的丛林兽民都佩服我们的捕猎本领，羡慕我们的机智灵活！"

在树上，猴民有固定的路线、交叉路口和上落的位置，全是离地五十到七十英尺高，但他们能来去自如，即使在晚上也能轻松地跑动。此时，两只强壮的猴子合力架着莫格里，在树枝间荡来荡去，一次就能越过二十英尺远——要不是因为莫格里，他们的速度会是现在的两倍。尽管莫格里被弄得头晕眼花，但他很享受这种疯狂的"疾走"——即使离地面高得吓人。

有时候，莫格里透过静寂的丛林，能看见很远很远的地方，就像坐在了桅杆顶端的人一样，能望见数英里之外的海面；有时候，树枝和树叶又会像鞭子一样打在脸上，而那两个"护卫"带着他几乎冲向地面……就这样，猴群飞跃着，吆喝着，带着他们的俘虏莫格里，在树间的"猴路"一直前进。

有一阵子，莫格里既害怕，又恼火，但后来他知道挣扎是徒劳的，便开始想办法。"首先得给巴鲁和巴希拉传话，告诉他们猴子要去的地方……但是以猴子这种速度，大概他们会远远落后。"莫格里向下看去，可满眼都不过是树梢，于是他又望向天空。

在远处的蓝天上，鹞鹰朗恩正在高处盘旋，寻找着丛林中的猎物。这时，朗恩看见猴子好像挟着什么东西，于是便飞低看看是不是什么好吃的。突然，他吃惊地叫了一声，因为

他听见被猴子拽上树顶的莫格里喊出了丛林密令："你和我，我们流着同样的血！"朗恩怔了一下。此起彼伏的树枝令男孩忽隐忽现，正当朗恩盘旋到下一个树顶上方时，刚好看见了男孩那张棕色的脸。"记住我的路线！"莫格里喊道，"告诉西奥尼狼族的巴鲁和议事岩的巴希拉！"

"你叫什么名字，小兄弟？"朗恩从没见过莫格里，虽然他早就听说过丛林有个人类的孩子。

"我是青蛙莫格里，请记住我的路——线！"最后的几个字是莫格里尖声喊出来的，因为此时他已经被猴子们荡到了空中。朗恩点点头，向高处飞去，最后他看上去就只有一粒灰尘那么大。鹞鹰朗恩在空中盘旋着，他那双望远镜一般的眼睛紧紧地盯着猴民前进的路线。

"他们肯定跑不远，"鹞鹰朗恩笑道，"这帮猴民总是爱找新鲜事儿干，但这次，我没看错的话，他们惹上大麻烦了。巴鲁可不是任人欺负的老猎手，而巴希拉，也不是只会猎杀山羊啊！"

就在这期间，巴鲁跟巴希拉又愤怒又伤心，就像要发狂一样。巴希拉拼命往高处爬，想看清楚猴民逃跑的方向。"你为什么不提醒莫格里呢，"巴希拉冲着可怜的巴鲁咆哮，"你不警告他，就算把他打死了又有什么用呢！"

巴鲁正在笨拙地向前奔跑，企图能追上猴民，他气喘吁吁地说："赶紧的！加快速度！我们或许能追得上。"

"就你这速度？连一只受伤的母牛都追不上啊！你这头笨熊——你这样跑一英里，骨头都得散架了，我们还不如坐下来想想办法呢，要是追得太紧了，猴子们可能会把他从树上甩下来的！"

“哎呀，对了！猴子们可能觉得带着他太累了，早就扔下莫格里了啊！那些该死的猴子一定做得出来！他们曾经往我头上扔死蝙蝠，还叫我吃烂骨头，把我引到野蜂巢，让野蜂把我蜇死，甚至把我跟鬣狗埋在一起……啊！我是最倒霉最悲惨的熊了！呜呜，莫格里，我的莫格里，为什么我不提醒你注意猴民，却只是打你脑袋呢！我真不应该打他，如果打得他把丛林密令都忘记了，那小青蛙就很危险了（用巴鲁的语言展现巴鲁憨厚的性格特征）！”

巴鲁用熊掌抱住双耳，摇着头在痛哭。

“他刚才还准确地背诵过呢，”巴希拉不耐烦地说，“巴鲁啊，别哭了，想想我黑豹如果像豪猪伊基那样，在地上翻滚大哭，丛林的其他兽民会怎么想？”

“我才不在乎他们怎么想呢，我可怜的莫格里啊，也许他已经没命了。”

“如果猴子们把他摔下来，我倒是不太担心，莫格里既聪明又受过训练，而且他有一双令丛林兽民恐惧的眼睛。只是猴民住在树上，谁也拿他们没办法。”巴希拉若有所思地说。

“哎呀，我真是笨！”巴鲁猛地站起来说，“我记得大象哈迪曾说过，‘一物降一物’，而猴民最害怕的就是岩蟒（mǎng）卡阿了。卡阿和猴子一样熟练地爬树，还能在晚上偷猎幼猴。只要我们一提卡阿的名字，那些猴子们肯定吓得连尾巴都会冒出凉气，哈哈，我们赶紧去找卡阿吧。”

“卡阿凭什么帮我们？他可不是我们族群的，没有脚，还有一双邪恶的眼睛。”巴希拉说。

“卡阿确实是个狡猾的老猎手。但他有一个永远都填不满的肚子，只要我们答应给他些山羊作为谢礼就可以了。”巴鲁满怀希望地说。

“听说他每吃一次就要睡上一个月，估计他现在正在睡觉呢！再说，如果他只吃自己抓的羊的话，那怎么办?”巴希拉不太了解卡阿，心中充满了疑虑。

“如果是那样的话，我们两个老猎手出马，还怕他不答应吗?”巴鲁向巴希拉使了个眼色。

他们找了很多地方，最后终于在一块暖和的岩石上找到了卡阿。岩蟒卡阿正在午后的阳光下欣赏着自己的新衣——过去的十天里，卡阿一直“隐居”在此等待蜕皮。现在，蜕皮后的卡阿看起来闪亮闪亮的——他的大脑袋贴在地面上移动着，不时将三十英尺长的身子盘成各种美妙的曲线，还不停地吐出红色的舌头，好似在思考着下一顿大餐。

“看来他还空着肚子呢，”巴鲁看到卡阿身上棕黄斑点相间的新衣，小心翼翼地对身旁的巴希拉说，“当心了，巴希拉！卡阿每次换完皮都有点眼瞎，很容易向他附近的兽民发起进攻。虽然卡阿是无毒的蛇，但如果被他用身体缠住，很容易就一命呜呼了。”

巴鲁说得没错，卡阿是无毒蛇。事实上，卡阿根本看不起那些毒蛇——他一直认为，那些毒蛇都是胆小鬼，只会用卑鄙的手段捕杀猎物。

“狩猎快乐，卡阿!”巴鲁在远处大声地喊道。可惜蛇民都有些耳背，卡阿听不出是谁在说话，于是他盘起自己的身子，低着头，随时准备发动进攻。巴鲁见状，唯有再次提高音量向卡阿打招呼，直到第三次，卡阿才听到棕熊憨厚的声音。

“大家狩猎快乐!”卡阿回答，“噢，原来是巴鲁，什么风把你吹来了？巴希拉居然也来了，狩猎快乐啊！你们是来带给我猎物信息的吗？我现在已经饿得发晕了，就像一口枯井一样！”

“我们正在打猎呢！”丛林教师巴鲁知道，要和这个大块头谈判是需要一些技巧的。

“啊，真的吗？那请允许我和你们一起去吧！”卡阿说，“你们都是捕猎高手，但我要爬半个晚上，一连在树上守好几天才能捕到一只小猴子。唉！况且现在的树枝跟我年轻时不一样了，要么太烂，要么太枯，很容易就会被折断。”

“或许是你现在变重了吧，看你这庞大的身材！”巴鲁笑着说。

“嗯，我的身体确实是有点长。”卡阿自豪地说，“但事实上，还得怪这些树太脆弱啊。我记得上一次捕猎的时候，我差点儿就摔了下来——其实就差那么一点点——这尾巴在树上卷得不紧，从树上滑了下来，结果把那帮猴民给吵醒了，该死的猴子们就用最难听的话骂我，太狠毒了！”

“是骂你……没腿的黄蚯蚓吧……”巴希拉低声咕哝着，假装很努力地回忆着旧事。

“咝咝咝——他们竟然这样骂我吗？”卡阿愤怒地吐着血红的舌头。

“上个月他们就是这样在丛林里到处传谣的吧……你知道我们都不会理睬他们的，可是他们的话确实太难听了，他们还说你的牙全掉光了，连小山羊大的食物都咬不动——这些猴子真是恬不知耻（做了坏事满不在乎，不以为耻。恬，tián）。”巴希拉说。

蛇极少表露出自己的愤怒，尤其是像卡阿这样谨慎的老岩蟒。可是今天，巴鲁和巴希拉居然看见卡阿喉咙两侧的大吞咽肌剧烈地鼓着。

“猴民好像转移了地盘，”卡阿强抑怒火，故作平静地说，“今天我出来晒太阳的时候，听见他们在树上乱喊乱叫。”

“那——那肯定是我们要追踪的猴民。”巴鲁有点激动，但还是把后面的话咽了回去，因为丛林兽民都不会对猴民的举动产生兴趣——至少在巴鲁的记忆中，他是第一个表达出对猴民的关注的。

“巴鲁和巴希拉，你们可是丛林里优秀的猎手，但你们居然要追踪这些猴民……看来，一定是发生大事了。”卡阿很好奇。

“其实呢……”巴鲁说，“我只是教小狼们丛林法律的老师，又老又笨，而这位巴希拉……”

“是这样的，”巴希拉直截了当地说，他知道现在没必要再拐着弯说话了，“卡阿，那些偷吃坚果的猴民把我们的小人儿抓走了，或许你已经听说过他的事。”

“嗯，我记得豪猪伊基跟我讲过，有个人类加入了狼群，当时我不敢相信，毕竟伊基总是喜欢道听途说（从道路上听到，在道路上传说，指传闻的、没有根据的话）。”

“千真万确！丛林里从来都没有过这么出色、这么聪明、这么勇敢的小人儿，”巴鲁滔滔不绝地说着，“他是我最爱的学生，他日后一定会将他老师的名字——我——巴鲁传遍整个丛林，但最重要的是，我——我们都爱他！你明白吗，卡阿？”

“咝咝——”卡阿摇晃着脑袋说，“我也知道爱是什么，我还想起了几个故事，让我讲给你们听听……”

“卡阿，讲故事得找一个宁静的夜晚，而且是在大家都吃饱喝足的时候啊”，巴希拉赶紧截过话头，“现在莫格里落在猴民手上，而整个丛林的兽民都知道，他们只害怕卡阿！”

“那些叽叽喳喳、虚荣又愚蠢的家伙，他们当然怕我了！”卡阿说，“可是，这小人儿落在他们手里那真是糟糕啊！就像那些坚果，一旦被他们玩厌，就会被无情地扔掉……为什么他们就喜欢做一些令人意想不到的怪事呢！对了，他们不是在背地里骂我‘黄鱼’吗？”

“呃……是黄蚯蚓……无腿的黄蚯蚓，”巴希拉说，“还有一些更加难听的，我说不出口。”

“哝——我是时候去提醒一下这帮猴民，要对主子放尊重点了，既然他们的记性这么差，那我们为什么不让他们长长记性呢！好了……他们带着小人儿到哪去了？”

“我猜是朝太阳下山的地方去了吧，”巴鲁说，“我们还以为你知道呢，毕竟你是他们的克星啊，卡阿。”

“我？怎么会？虽然我是他们的克星，但如果不是碰巧撞上的话，我才不会吃他们，还有那些青蛙——那些水面上绿色的恶心东西。”

“咦——咦——往上看！往上看！西奥尼狼族的巴鲁！”

巴鲁抬头一看，原来是鹞鹰朗恩。朗恩从天空俯冲下来，翅膀边上的羽毛在阳光下闪耀着光芒。鹞鹰朗恩本该睡觉了，但他一直在丛林中寻找巴鲁——可丛林里的树叶太浓密了，老是挡住他的视线。

“有什么事情？”巴鲁问。

“我刚才看到莫格里被猴民挟持了，他让我给你们传个话儿。我看到他被猴子们带过了河，到猴城冷穴里去了。那些喜怒无常的猴子大概会在那儿待上一夜，也可能是十个晚上，或者仅仅一小时。我已经吩咐蝙蝠们继续监视他们了。好了，我的任务完成了，祝各位狩猎快乐！”

“感谢你，朗恩！”巴希拉喊道，“下次捕猎的时候，我一定会把猎物的头留给你，你是丛林里最好的鹞鹰！”

“不客气，那小男孩会说丛林密令，我必须全部照办。”朗恩盘旋到高空，飞向自己的家。

“看来莫格里没忘记我教他的丛林密令。”巴鲁欣慰地说，“这么小的人儿，居然能在危急关头记住鸟民的丛林密令，真是个聪明的家伙！”

“那些话可是被你‘打’进他的脑袋瓜里的，”巴希拉说，“我也为他骄傲。不废话了，我们赶紧去冷穴吧！”这个被称为“冷穴”的地方，其实是一个荒废的古代城市，藏匿在丛林的深处，但丛林兽民都知道在哪儿，而且一般的兽民是不会靠近这个人类居住过的地方的，除了野猪还有猴子。只有遇上非常严重的干旱，兽民们才会为了冷穴那些破旧水槽、还有池子里的水而光顾这里。

“我们全速前进也得走半个晚上。”巴希拉说。

巴鲁表情严肃起来，急切地说：“放心，我会尽可能地加快速度！”

“巴鲁，你紧跟在后面吧。我和卡阿先行一步了。”

“即使我没有脚，我也能跟上你们四条腿的，甚至比你还快一些！”卡阿充满自信地说。

笨重的巴鲁使劲地跑了一段路，就不得不坐下来喘气了，结果很快就落在了后面。而巴希拉用箭一般的速度向前飞奔，卡阿则一声不响地与他齐头并进。他们来到一条山间小溪时，巴希拉一跃而过，而卡阿要从水中游过去，所以巴希拉领先一步，可是卡阿一回到地面，又立刻追了上来（对比描写，表现出卡阿的速度之快）。

这时候，夜幕开始降临。巴希拉带着敬佩之情对卡阿说：“我敢发誓，你的速度绝对不比我慢。”

“都怪这饿瘪了的肚子……”卡阿说，“一想到那些该死的猴子骂我是有斑点的青蛙，我恨不得再快点过去教训他们！”

“是蚯蚓，不是青蛙！”巴希拉纠正道。

“无所谓了，都一样！我们继续赶路吧。”说着，卡阿拼尽全力地往前爬去。

冷穴里，猴子们还沉浸在抓来小人儿的喜悦中，完全忘记莫格里的朋友们了。莫格里从来没见过印度城市，虽然这里现在已经是一片废墟，但还能依稀地看出它昔日的华丽与辉煌：小石子铺成的道路一直延伸到残破的大门，大门上满是锈迹的铁链上还挂着几块朽烂的木头。城墙早就坍塌了，树木蔓延（像蔓草一样向周围扩展。蔓，màn）到墙外，野生的藤蔓（téng wàn）也从塔楼的窗户爬了出来，密密麻麻地覆盖了墙面。

一座屋顶已经化为尘埃的宏伟宫殿覆盖了整个山顶，庭院中的大理石装饰、喷泉池早已破裂，表面布满了青苔。国王御用的大象曾经生活的院落里，鹅卵石早就被破土而出的野草和小树分隔开来，四处散落。从宫殿往下张望，那一排排没有屋顶的房子让整个城市看起来就像黑幽幽的蜂巢。在四条路相汇的广场上，有一块看不出模样的石头，那是昔日的一座神像。还有一些小坑，那是以前的公共水池。圆屋顶已消失的庙宇旁边，长出了野生的无花果树。

猴子们把这个地方称为他们的城市——猴城，以此来讽刺居住在丛林的兽民。但他们从来不知道这座城是为什么而建造，又应该怎么利用，所以猴民只是到处乱跑，到处搞破坏。直到有一天他们开始厌倦这里了，又会回到树顶生活一段时间，企图引起丛林兽民的注意，如此周而复始……

傍晚的时候，猴子们才把莫格里带进冷穴。长途的跋涉把莫格里累坏了，筋疲力尽的他只想倒头就睡。可是猴子们却毫无倦意，他们手拉着手跳起了舞，唱着一些胡编乱造的可笑歌曲。还有一只猴子发表演说："这次我们能将莫格里抓回来，是我们猴民历史上的一个里程碑啊！莫格里可以把树枝和柳条编织在一起，为我们避雨防寒……"猴子们嚷着让莫格里露一下手艺，于是莫格里捡来一些藤蔓，编了起来，猴民也努力地模仿着，但没过几分钟，猴子们就失去了兴趣，又开始永不停歇地打闹，他们四处蹿上跳下，或者去拉其他猴子的尾巴，互相攻击。

"我饿了，"失望的莫格里说，"我是这一带丛林的客人，给我来点吃的，或者让我打猎去。"

于是，二三十只猴子又蹦又跳地去给莫格里找坚果和野生木瓜，可在回来的路上，猴子们又无故地打闹起来，采好的果子连带回来都嫌麻烦，结果全都扔了。莫格里等得又气又饿，唯有自己在空城里找吃的，他不时喊出"生客捕猎口号"，可是都未得到任何应答。他感觉自己来到了一个糟糕透顶的地方。"巴鲁对猴民的评价一点也没有错，"莫格里心想，"他们没有法律，没有捕猎口号，也没有首领——除了习惯疯言疯语和小偷小摸。要是我死在这里，那真的只能怪自己了。不过，我一定要想办法回到丛林里，就算巴鲁要打我一顿，也总比留在这里和愚蠢的猴民们一起生活要好得多!”

莫格里刚走到城墙边，就立刻被猴子们拉了回去，他们告诉他生活在这里会多么的快乐，还用手掐莫格里，强迫他表达感激之情。莫格里咬紧牙关，半句话都不说，任由猴子们胡闹。

虽然满肚子怒火的莫格里又饿又困，但当二十多只猴子轮流宣讲着他们是多么伟大、聪明、温柔，莫格里试图离开是多么愚蠢的时候，莫格里还是忍不住大笑起来。猴子们继续高喊：“我们是丛林里最出色的族群！我们是伟大的，自由的，世代猴民都是这么说的，这肯定是千真万确的事儿!”他们又对莫格里嚷道：“你这个新来的，记得为我们给丛林兽民传话，这样他们就能注意到我们了。现在，我们就将我们最优秀的地方都告诉你吧!”于是，成千上万的猴子全都聚集在露台上，专心地倾听他们自己的演说家唱的颂歌和说的赞词。当每个演说家停下来喘气的时候，台下的猴子们就会一起欢呼：“没错！这是事实!”而当猴子们提问莫格里，或者让他发表看法时，莫格里只好无奈地眨着眼睛，连连点头说：“是的，是的。”

“豺狼塔巴吉肯定把他们都咬了个遍，不然他们怎么会这么疯狂!”莫格里心想，“天已经黑了，难道这些猴子从来不睡觉吗？咦，这片云要飘来遮住月亮了，要是这云能再大点该多好啊，那我就可以趁黑逃走了！可惜我现在真的太累了……”

巴希拉和卡阿藏在城墙下面的沟渠中，也望着同一块云彩，他们知道数量如此庞大的猴民是极具杀伤力的，所以他们都不愿铤而走险（指因无路可走而采取冒险行动）。的确，猴民只会在以百对一的有利时机下战斗，而任何一个丛林兽民都是必输无疑。

“我去西墙那边，”卡阿低声说，“西墙边的斜坡对我很有利，我可以从那里迅速冲下去，不然他们必定成群地扑到我的背上，可是——”

“我知道，”巴希拉说，“真希望巴鲁也在这里搭把手，可现在我们只能尽力而为了，等到那片云遮住了月亮，我就扑到露台上去，他们好像挟着小人儿在那里举行什么仪式。”

“狩猎快乐，朋友！”卡阿神情严肃，扭着身子朝西墙滑去。西墙估计是受损最少的，岩蟒卡阿费了好些功夫才找到能往上爬的石头路。

这时候，云已经将月亮遮住了，莫格里正在盘算着该怎么逃走，突然听见了巴希拉在露台上轻快的脚步声。就在那一瞬间，黑豹已经无声无息地冲上了斜坡——面对众多的猴子，巴希拉知道撕咬是浪费时间的，于是他用锋利的爪子迅速地撕刮左右两边的猴子。围坐在莫格里身边的五六十圈猴子破声地在尖叫，被击中的猴子们则在地上不停地打滚。当巴希拉轻松地越过倒下的猴子时，一只猴子大喊：“只来了他一个，我们把他杀了！杀啊！”顿时，一大群猴子扑向巴希拉，对他又抓又咬，还不停地用手捶打着。与此同时，五六只猴子举起莫格里，把他拖上了一个破屋顶，然后从中间的窟窿把他推了下去。普通的人类小孩，如果从这十五英尺高的地方掉下去，很可能把骨头都摔断，但莫格里按照巴鲁教的办法，轻松地让双脚着了地。

“在这里等着吧，”猴子们站在上面嚷道，“我们去收拾了你的朋友再来陪你玩……如果那些毒蛇会留你一条生路的话，唧唧——”

“你和我，我们流着同样的血。”莫格里迅速模仿蛇的声调说出丛林密令。他已经清晰地听见，四周的垃圾里传来窸窸窣窣的声响，为了保险，莫格里又重复了一遍密令。

“嗞——这个小家伙会我们的口令！大家放松戒备吧！”几个低沉的声音说道。听起来，这座废墟应该是眼镜蛇的居所。“小兄弟，你站着别乱动，不然会踩伤我们的！”

莫格里只好努力地站着不动，他透过窗孔向外看，只听出激烈的搏斗声——猴子们的叫喊声，还有巴希拉弓身扑向敌人时发出的沙哑的吼声。自巴希拉出生以来，这是他第一次陷入生死攸关（关系到生存和死亡，指生死存亡的关键）的境地。莫格里非常担心巴希拉，毕竟猴子太多了，巴希拉很有可能寡不敌众（人少的一方抵挡不住人多的一方）。

“巴鲁一定在附近，巴希拉不会孤身奋战的。”莫格里想。这时他又想起露台下面的那个水池，便大声喊道：“巴希拉，到水池那边！到水里去！在水里他们伤害不了你！”

巴希拉分辨出是莫格里的喊声，他知道莫格里安然无恙后，身体仿佛充满了力量。他一边沉默地迎击围攻的猴子，一边不顾一切地逐步往水池的方向移动。

此时，靠近丛林的废墟边上，传来了巴鲁的吼叫，这头老熊奋力地赶来了。“巴希拉！”他喊道，“我在这，我在往上爬呢！哎呀！石头太滑，我太难站稳了！等着我，巴希拉！我要来收拾你们了，该死的猴子们！”他刚爬上了露台，猴子们就像潮水般瞬间淹没了他。巴鲁艰难地露出自己的脑袋，然后伸出有力的前掌搂住尽可能多的猴子，“啪啪啪”地像用船桨划水一样，猛烈地抽打着身边的猴子。

“扑通！”随着撞向水面的一声巨响，莫格里知道巴希拉跳进水池了，猴子们可不敢入水迎战。巴希拉躺在水里，喘着粗气，他的头刚露出水面，就看到那些离他有三步台阶远的猴子在张牙舞爪，发疯似的尖叫，如果巴希拉跳出水面去帮巴鲁，猴子们肯定立刻包围他。他以为卡阿在关键时刻逃跑了，无奈之下，只能抬起下巴，绝望地向卡阿呼救："你和我，我们流着同样的血。"巴鲁即使被猴群压得快无法呼吸，但听见威武的黑豹巴希拉居然在求救，还是忍不住偷笑起来。

卡阿刚爬过西墙，他为了不失去地面上的任何优势，几次将身体蜷起来又松开，确保每一寸身体都处于备战的状态。

而这时，巴鲁仍顽强地和猴群搏斗着，水池四周的猴子们围着巴希拉，在愤怒地叫嚣着，蝙蝠蒙频繁地拍打着翅膀，为丛林兽民传达战况，大象哈迪也不时大声吼叫，仿佛是在给巴鲁加油。远方，分散的猴民们也都被吵醒了，纷纷从树间"猴路"赶来冷穴加入战斗，打斗声还惊动了方圆几英里的鸟民……

卡阿终于来到战场了，他调动起全身的力量，凝聚到头部，准备给猴子们猛烈的一击。你可以想象，卡阿此刻就是一支冲击的长矛，或者有半吨重的铁锤——而且要知道，一条四五英尺长的岩蟒朝着一个人的胸部猛击时，就能把人打倒在地，何况卡阿有三十英尺长。他瞄准围攻巴鲁的猴群的中心地带，沉默果断地出击，真所谓一击毙命，根本不需要第二次进攻。围攻巴鲁的猴子们马上散开了，他们惊恐地叫着："是卡阿！快跑！快跑啊！"

猴民对卡阿的恐惧早已渗入到血液当中，他们祖祖辈辈流传着关于卡阿的古老故事——卡阿是暗夜里的神偷，在树上无声地滑行，轻而易举地虏走最强壮的猴子。卡阿还能伪装成干枯的树枝，即使最聪明的猴子也发现不了，直至他被这根树枝捉住。卡阿是丛林里所有猴子都害怕的对手，没有一只猴子敢正面对着他，也没有一只猴子能活着走出卡阿的“拥抱”（穿插讲述卡阿的厉害，暗示战局的转变）。猴子们歇斯底里地叫着，恐慌地躲避到墙壁和那些房子顶上。

猴子们全都散开了，巴鲁深深地喘了一口气，尽管他的皮毛比巴希拉厚实得多，但在那些猴子们的围攻下也伤得不轻。卡阿张开大口，仅发出一声细长的嘶鸣——“咝咝！”顷刻间，所有亡命逃跑的猴子都如定住一般，整座冷穴鸦雀无声，只能听见树上曲背蹲着的猴子把树枝压弯时发出的嘎吱声。巴希拉跳出了水池，抖动着湿漉漉的身子。突然猴子们又鼓噪起来，有的蹿到更高的城墙上，有的死死地抱着那些神像的脖子……透过窗孔观战的莫格里，高兴得手舞足蹈，从门牙缝里挤出猫头鹰一般的叫声，表达他对猴子的不屑。

“快把小人儿从那边的房子里救出来，我快撑不住了！”巴希拉喘着气说，“我们带上他赶紧走吧，猴子们还可能攻过来！”

“不用紧张吧，没我的命令，他们可不敢轻举妄动！”卡阿又咝咝地叫了一声，猴城再次陷入一片寂静。“抱歉我来晚了，兄弟，但我好像听见了你的……丛林密令。”显然，卡阿这是对巴希拉说的。

“我……”巴希拉迟疑了一下，“我可能在打斗时喊了一声吧……巴鲁，你伤着了吗？”

“这些该死的猴子差点儿把我扯成一百只小熊！天哪，我受伤了！”巴鲁说着，抖了抖双腿，“卡阿，我们——我和巴希拉，谢谢你！”

“不客气，小人儿在哪儿啊？”

“我在这儿呢，我爬不出来！”莫格里喊道，他头顶上方的破房子的窟窿离他太远了。

“快把这小家伙带走吧，他就像孔雀莫奥一样跳来跳去，会把我们的小蛇踩死的。”里面传来眼镜蛇的声音。

“哈！”卡阿听了，轻声笑起来，“哈，这小人儿哪里都能交到朋友啊！往后站，小人儿。你们也快躲开，毒民们。我要把墙撞倒了。”

卡阿绕着房子仔细地观察一番后，在大理石做的窗格上发现了一处裂缝。他先用头在窗格上轻轻撞了两三下，测了测距离，然后便用尽全力猛击了六下。窗格轰然倒塌，随着一片烟尘和碎片的跌落声化为乌有了。莫格里轻盈地跳了出来，扑到巴鲁和巴希拉的中间，亲昵地搂住他俩的脖子。

“你受伤了吗？”巴鲁温柔地抱起莫格里。

“我一点事儿都没有，只是现在又饿又气。可是……哎呀，这些猴子太狠了，我的兄弟们！你们都在流血呀！”

“那帮猴子也是。”巴希拉边舔着自己的嘴唇，边看了看四周倒下的猴子。

“这点伤算什么呢，只要你没事就好，我的小青蛙！你是我的骄傲啊！”巴鲁呜咽起来。

“这些话放以后说吧，”巴希拉冷冰冰地说，莫格里不太喜欢这种音调，“这是卡阿，多亏了他，我们才赢得这一仗，而你才能保住这条小命。按照我们的习俗，你得好好谢谢他，莫格里。”

莫格里转过身去，看见一条巨大的岩蟒在自己头上一英尺高的地方，摆动着脑袋。

“你就是小人儿莫格里?”卡阿笑着说，“你看上去不太像那些猴民，你的皮肤太光滑了。不过，你还是得小心点儿，当我刚换完皮的时候，或许会把你错当成小猴子。”

“你和我，我们流着同样的血。”莫格里回答，“我的命是你今晚救下来的，从今以后，我的猎物就是你的猎物!”

“哈哈，那太谢谢你了，小兄弟，”卡阿眨着眼睛说，“像你这么勇敢的猎手，有什么捕捉不了的呢，下次你打猎的时候，我一定要跟着你。”

“我什么都不杀……我太小了……但我会把山羊赶到容易捕杀的地方。如果你有空的话，可以来看看我说的是不是实话。我的双手可有本事了，要是你将来有需要，我会把我们在这儿欠你的债全部还清，包括巴鲁和巴希拉的。你们三位都是我的老师，祝愿你们狩猎快乐!”

“说得不错!”听着莫格里得体的道谢，巴鲁不由得称赞起他来。

卡阿把头轻放在莫格里肩上。“小兄弟，你有一颗勇敢的心和一张有礼貌的嘴，”卡阿说，“它们会让你在丛林里所向披靡。但是朋友们，现在还是赶紧离开吧，月亮要落下去了，你们也该回去睡觉了，接下来的‘表演’你们还是不看为好。”

月亮落到山后了，成群的猴子团团挤在屋墙和城墙上，远看就像田野里在风中摇晃的谷穗。这时，巴鲁走到水池旁喝水，巴希拉开始梳理他的皮毛，卡阿则扭动着身子，滑到露台中央。这时，只听见“啪”的一声，卡阿用力地将上下颚(è)合上，把所有猴子的目光都集中在自己身上。

“月亮下山了，”卡阿幽幽地说，“还有些亮光，你们能看清吗？”

墙上传来一阵颤抖的声音——“我们看得清，尊贵的卡阿！”

“好。现在我要开始跳舞了——卡阿的饥渴之舞，你们别乱动，认真看着！”

卡阿扭着身子转了两三个圈，脑袋左右摇晃着，将身体变换出不同的造型：圆圈、软边的三角形、正方形、五边形……然后他又不紧不慢地将身体一圈圈地盘起，嘴里还喃喃地哼着低沉的歌……天越来越黑了，卡阿舞动着的身影若隐若现，但鳞片摩擦的声音依旧清晰。

巴鲁和巴希拉也像石头似的一动不动，喉咙里发出低吼，脖子上的毛都竖了起来，莫格里在一旁看着，感到十分奇怪。

“猴民们，”黑暗中，再次传出卡阿的声音，“没我的命令，你们敢动动手脚吗？”

“没有你的命令，我们连手指头都不敢动，尊贵的卡阿！”

“好，那你们就向我这边走一步。”

所有猴子无力地往前挪了挪，巴鲁和巴希拉也僵硬地向卡阿的方向迈了一步。

“离我再近一点！”卡阿咝咝地说。于是他们全都向前移动了一点。

莫格里赶紧用手拍了拍巴鲁和巴希拉，两只在梦游似的大野兽这才惊醒过来。

“请把手放在我的肩上，”巴希拉低声说，“哎呀！别把手拿开，不然我肯定被卡阿吸引过去了。”

“不就是卡阿在露台上绕圈圈嘛，”莫格里不以为意地说，“我们回去吧。”于是，他们经城墙上的一个裂口溜回了丛林。

“噢!”站在树下的巴鲁浑身发抖，说，“我再也不敢和卡阿打交道了!”

“卡阿比我们知道的都要多啊!”巴希拉也哆嗦起来，“当时我还留在那里的话，我可能自己走到他的喉咙里去了!”

“月亮再升起之前，相信很多猴子都已经走进他的肚子里了。”巴鲁说，“他会有一场愉快的狩猎啊——运用他那可怕的魔法。”

“这究竟有什么了不起的?”莫格里不能理解岩蟒的蛊惑，“我只不过是看见一条大蛇在黑夜里傻傻地转圈。对了，他的鼻子上都是伤呢，哈哈!”

“莫格里，”巴希拉很生气，“别忘了，他鼻子上的伤都是你害的！还有我和巴鲁，为了救你都被咬伤了。而且我们因为这件事，好几天不能安心地狩猎了。”

“这没什么，”巴鲁不在乎地说，“我们已经把小人儿要回来了。”

“是的，你说得对，但他确实是浪费了我们捕猎的许多大好时光，还让我们受了这么重的伤。而且，最重要的是我们的颜面都丢尽了！记清楚了，莫格里，我巴希拉，一头黑豹，还要被迫向卡阿求救！还有，刚才卡阿跳舞时，我和巴鲁居然也像那些愚蠢的猴民一样被糊弄着！所有这一切，小人儿，都是因为你去和猴民们一起玩!”

“是的，”莫格里很伤心地说，“我错了，我感到非常难过。”莫格里伤心地哭了起来。

“嗯！丛林法律是怎么说的，巴鲁?”

巴鲁不忍心再让莫格里受罚，但他也不敢篡改丛林法律，于是咕哝说：“懊悔永远不能推迟惩罚。但是……巴希拉，他太小了。”

“这我当然知道，可是他犯了错误，就必须要接受惩罚。莫格里，你还有什么意见吗?”

“没有，我的确做错了，还连累你和巴鲁受了伤，受罚也是应该的。”

巴希拉疼爱地在莫格里的背上轻打了六下——对豹子来说，这几下连睡梦中的小豹子都吵不醒。但对一个七岁的人类小孩而言，这可是一顿恨不得躲开的暴揍。挨完打后，莫格里打了一个喷嚏，沉默地站在那儿。

“好了，一切都过去了，”巴希拉说，“跳到我的背上来吧，小兄弟，我们回家了!”

丛林法律的一个美妙之处，就是惩罚过后大家都不会记仇。

莫格里趴在巴希拉的背上，很快就睡着了。他睡得很沉，就连回到狼穴，从黑豹身上回到狼妈妈的旁边，他也没有醒来。

猴民行进曲

我们在无忧地荡着秋千，
连挂在半空的月亮都会嫉妒我们!
难道你不羡慕我们这种绝技?
难道你不希望拥有这样特别的手臂?
你是不是从未想过，你的尾巴——
可以弯曲成丘比特的弓箭?
你生气了吗，但——别太在意，

兄弟啊，你的尾巴也是垂在后面的。

我们在参天大树的顶部围坐，
追忆着我们曾经的美好岁月；
梦想着我们今后的辉煌前程，
不消一两分钟，所有事儿都能完成——
那些伟大高尚的成就，
只要我们肯去想，自然而然就能实现。
你总说我们健忘，但——别太在意，
兄弟啊，你的尾巴也是垂在后面的。

所有的语言我们都听过了，
不管是鸟兽，还是蝙蝠；
无论长着皮、鳞还是羽毛的——
我们都能混在一起，流利地说出来！
厉害！完美！再来一遍！
人类的腔调也难不倒我们！
让我们一起模仿……但——别太在意，
兄弟啊，你的尾巴也是垂在后面的！
这就是猴民活着的方式！

快点加入我们，在松林间蹦跳，
荡着野葡萄藤，轻盈地在空中滑行。
凭着我们制造的麻烦，凭着我们高贵的喧嚷，
我们发誓，一定要做出举世瞩目的事业！

成长启示

巴希拉、巴鲁和卡阿救出被猴民掳走的莫格里后，在巴希拉的要求之下，莫格里按照丛林法律，真诚地感谢了卡阿，也诚恳地向巴希拉和巴鲁道了歉，并接受了该有的惩罚。每个人都会有犯错的时候，当我们犯了错误，父母、老师或其他长辈可能会严厉地批评我们，甚至对我们进行出惩罚。但我们并不应该埋怨和逃避，重要的是知错就改，吸取经验和教训，并感谢这些指出我们错误、助我们成长的人。

要点思考

1. 猴民和遵从丛林法律的兽民有什么区别？

2. 猴民为什么要掳走莫格里？

写作积累

●恬不知耻　道听途说　铤而走险　生死攸关

●然后他又不紧不慢地将身体一圈圈地盘起，嘴里还喃喃地哼着低沉的歌……天越来越黑了，卡阿舞动着的身影若隐若现，但鳞片摩擦的声音依旧清晰。

第三章　老虎！老虎！

导读

莫格里离开狼族后，在人类的村庄当了个牧童。但不死心的谢尔汗发誓要找他报仇，还埋伏在村庄附近。于是，莫格里在狼兄弟和阿克拉的帮助下，借愤怒的水牛群把谢尔汗踩死了。当他回到村口时，竟发现村民都站在那儿。是不是因为莫格里为民除害，大家列队欢迎他呢？

狩猎成功吗，英勇的猎手？
——兄弟，守候猎物的时光必然漫长且寒冷。
你盯上的猎物呢？
——兄弟，它依然藏在草丛里。
你引以为傲的能力去哪儿了？
——兄弟，它已从我两腹间无声地溜走。
你如此匆忙，赶着去哪儿呢？
——兄弟，我要回家，在那儿长眠。

我们倒回第一个故事接着讲下去。莫格里在议事岩与狼群大战后，他离开了狼穴，下山来到村民居住的庄稼地，但是莫格里还不想停下，因为这里离丛林太近了，他清楚自己在之前的狼群大会上结下了至少一个死敌。

于是，莫格里继续前行，顺着山谷的一条泥泞小路，稳步小跑，大约过了二十英里地后，他终于来到了一个完全不认识的地方：山谷变得开阔，一片大平原上，零星散落着许多岩石，一些小溪穿过岩石，缓缓地流淌着。远处，在平原的尽头是一个小小的村庄，村庄里面还有一大片牧场，牧场还与平原另一头的一片茂密的丛林相接。平原上，到处是水牛和黄牛在吃草。那些放牛的小男孩们，突然看见了赤身裸体、野人似的莫格里，顿时大叫着跑开。紧接着，几乎每个印度村庄都会出现的黄毛野狗也狂叫起来。莫格里自顾自地继续向前走，因为他实在太饿了，一心想找点东西吃。他来到了村口，发现傍晚用来挡门的一大片荆棘丛已经被挪到门的一边去了。

“哼！”莫格里在夜间觅食的时候，也曾遇到这样的障碍。他心想，“看来这里的农民们也很害怕丛林兽民啊。”他靠着大门坐了下来，不一会儿，一个男人向他这边走来，莫格里立刻张大嘴巴，用手往嘴里指，表示他想吃东西。那个男人见状，一脸惊慌地跑回村子唯一的一条街上，还大喊着祭司（专职掌管祭神活动的人）的名字。祭司是个穿白色衣服的大胖子，前额还有一个红黄色的记号。不多时，祭司来到门口，身后还跟着一百多人，大家都盯着莫格里，指指点点地议论着。

“人类真是没礼貌，”莫格里自言自语地说，“简直像灰猿一样。”莫格里把长发甩到脑后，紧皱着眉头，瞪着眼睛打量那群人。

“有什么好怕的呢？”祭司说，“他不过是个从丛林逃出来的狼孩罢了，你们看他手脚上被狼咬过的伤痕。”

“哎呀！”两三个妇女异口同声地叫起来，“可怜的孩子啊，竟然被狼咬成这样了！瞧，他是个帅小子啊，他的眼睛就像深红的火焰……咦，米苏亚，他和你那个被老虎叼走的孩子还真像呢。”

“让我看看，”一个手脚都戴着沉甸甸的铜环的女人走了过来，她凝视着莫格里，说，“没错，他和我儿子长得真像。可怜的孩子啊，他太瘦了。”

祭司很机灵，他知道米苏亚是村庄里最富有的村民的妻子。于是他望了望天空，然后很神圣地开示：“被丛林夺走的孩子，今天归还给我们了，把孩子领回家吧，我的姊妹，别忘了向祭司表达谢意，因为他能看透未来（借祭司简单的一句话，衬托出他贪婪的本性）。”

“这大概就像狼群接纳我时的仪式了，”莫格里心想，“好了，我已经变成人了。”

人群逐渐散去的时候，米苏亚已把莫格里带回她的屋里。屋里摆放着一张红漆木床，一个用来储存粮食的雕有奇特花纹的大陶柜，五六口铜锅，一尊被供奉在壁龛里的印度神像，墙上还挂着一面做工精良的大镜子，那是从镇上的集市买来的，村庄里可没有这么贵重的东西。

米苏亚拿来了一大杯牛奶和几块面包给莫格里吃，然后抚摩着他的脑袋，凝望着他的眼睛。她心里暗暗认为：“这真是我的孩子，当年被老虎拖进丛林的孩子，他回来了。”她情不自禁地轻声喊起来：“纳图，噢！我的纳图。”可惜莫格里不知道这是他的名字。“孩子啊，难道你忘记那天我给你穿上新鞋子了吗?”她摸了摸莫格里的脚，这双脚如鹿角般坚硬。“噢，不!”她伤心地说，“这双脚就像从未穿过鞋一样，可是……你真的很像我的纳图，你就当我的孩子吧。”

莫格里开始有点不自在，一是因为他没在屋顶下面生活过，二是因为他听不懂人类的语言。他想：现在我又傻又哑的样子，就像人类闯入丛林一样。我一定要先学会人类的语言。

要像人一样说话，这对莫格里来说并不是难事。记得还在丛林的时候，莫格里就曾经学过公鹿的鸣叫，练习过与小野猪交谈。只要米苏亚一开口，莫格里就马上模仿一遍，结果在天黑前，他已经记住了屋内很多东西的名称。

但要睡觉休息的时候，莫格里发现他遇到了麻烦——晚上，小屋就像丛林中用来猎杀兽民的陷阱，他根本睡不着。所以等他们关了门之后，莫格里便悄悄从窗户爬出去了。“随他去吧，”米苏亚的丈夫说，“他肯定是不习惯睡在床上吧。如果他真想做我们的儿子，他是不会离开的。”

莫格里躺在干净的草地上，尽情伸展筋骨，但他刚闭上眼睛，一个柔软的灰色鼻子开始不停地蹭他的下巴。原来是狼妈妈最大的儿子——灰兄弟。

“嘿!”灰兄弟说，“跟踪你跑了很久，总算找到你了！醒醒吧，小兄弟，我给你带来了消息。”

“丛林一切都还好吗?”莫格里高兴地拥抱了他。

“一切都好，除了被红花烧伤的谢尔汗。现在，听好了。谢尔汗已经逃到远方去，但他发毒誓，只要皮毛长好了，就会回丛林找你报仇，还要亲自埋葬你的骨头。”

“这可不一定呢，我当时也曾立下我的誓言啊。不过我今天真的累坏了，被今天那些新玩意儿弄得太累了。灰兄弟——以后你要常给我带点大家的消息呀。”

“你不会忘记你是头狼吧？那些人使你忘记丛林了？”灰兄弟有点焦急地说。

“从来不会！我会一直记住你们，我永远爱我们的狼穴。但我也永远记得，我是被狼族赶出来的。”

“好吧，小兄弟，我要回去了。下一次我下山的话，会在牧场边的竹林等你。”

一晃三个月过去了，莫格里从未离开过村庄，就连一步都没踏出过村子的大门。每天，他都忙于学习人类的生活方式和习俗：他不得不在身上围了一块布，但这被束缚着的感觉令他很恼火；他又得学怎么用钱，可他依然一窍不通；至于学习耕种，莫格里始终搞不懂其意义何在。

还有一件事令莫格里十分生气，那就是村里一些小孩常常会故意戏弄他，因为他不会玩游戏，说话时还常常发错音。幸好，丛林法律要求他保持冷静——在丛林打猎的时候就必须要这样做。不然的话，莫格里早就教训这些小孩了。但另一件事令莫格里感到些许自豪，因为村里的人总是说他力大如牛，而在丛林生活时，莫格里和野兽们比起来只不过是个弱者。

莫格里还弄不清人与人之间在种姓上的差别（种姓制度是印度的社会等级制度。按规定，种姓之间界限森严，虽然印度在1947年独立后予以废止，但实际上仍有很大影响）。有一次，村里陶匠的驴失足掉进了一个土坑，莫格里一把抓住驴的尾巴，把驴拉了上来，然后又帮陶匠将陶器装好，运到集市上卖。大家得知此事后，都非常震惊，因为陶匠只是贱民，他的驴就更加卑贱了，莫格里帮助他简直是大失身份。所以，在祭司的建议下，莫格里成了村里的雇工，被分配去平原放牧水牛，以免又在村里制造麻烦。可莫格里听到这个消息，满意极了。

这天晚上，成为雇工的莫格里获得了参加村庄晚会的资格。那是一个在一棵无花果树下举行的聚会，雇工围坐在石台边，抽烟、聊天。布尔迪奥是村里的老猎人，总爱带着托尔牌的老式滑膛枪待在这里。

每次聚会，大家都会闲谈至深夜，他们说完一些神鬼故事后，布尔迪奥就会给大家讲关于丛林野兽生活的故事，这时外围的小孩个个都听得目瞪口呆，如痴如醉。

不过，莫格里毕竟在丛林里生活了很久，当听到布尔迪奥瞎编的一些故事情节时，他就会情不自禁地大笑起来。尽管莫格里努力遮住自己的脸，但所有人都能看见他那笑得发抖的双肩。

这时候，布尔迪奥正将那只叼走米苏亚儿子的老虎描述成是鬼魂上身的，而那个鬼魂就是几年前村里一个放债的老头。“我就知道这是真实的，”布尔迪奥有声有色地说，“当年那家伙在暴动中被打了一顿，后来他走起路来就一瘸一拐了；我说的那只老虎，我敢肯定它也是瘸腿的，因为它的脚印总是一深一浅。”

“对，对，肯定是这样的。”村里的老人们都点着头说。

“简直胡说八道，”莫格里忍不住高喊，“那只老虎一生下来就是瘸腿的，这件事丛林里的所有兽民都知道。而你居然说这只比豺狼还要胆小的老虎身上附着一个放债人的鬼魂，什么疯话啊！”

布尔迪奥惊讶得无言以对，人们也抬起头来望着莫格里。

“哈！原来是丛林里的小野人，你知道什么呢?”布尔迪奥冷笑说，“既然你这么聪明，怎么不去把那瘸腿老虎的皮剥下来？政府正悬赏一百卢比要他的命呢。要是你做不到，那就别在长辈说话的时候插嘴!”

莫格里站了起来，边走开边说：“我在这听了一个晚上，布尔迪奥的话除了那么一两句是真的，其余没有一个字是事实，我怎能相信他这样胡编乱造呢!”

布尔迪奥被莫格里的无礼激怒得大喘粗气，老人们都说：“这孩子确实应该去放牛了。”

印度很多村庄的小孩子们，都是一大早就把水牛群赶到平原放牧，到了晚上才回来。又大又壮的水牛能把一个成年人踩成肉泥，但它们任由这些够不着它们鼻子的小孩儿呼喝和欺负。孩子们和牛群待在一起时是足够安全的，就连老虎都不敢偷袭。但要是孩子们贪玩，独自跑开了，那他们随时都有可能被老虎给叼走。

第二天黎明，莫格里骑在拉玛——领头的大公牛背上，穿过村庄的大街往牧场走。那些蓝灰色的水牛，跟在拉玛的后面，依次地从牛圈里面出来。莫格里拿着一条磨得光滑的长竹竿当鞭子，轻轻地抽打着水牛。水牛最喜欢在水塘或泥沼边活动，因为这样就可以一边晒太阳，一边在泥沼里打滚。莫格里把水牛们赶到了平原尽头——河流流出丛林的地方，然后就从拉玛的脖子上跳了下来，快步走进了竹林，去找他的灰兄弟。

“哎呀，”灰兄弟说，“我在这等了你好多天了，你为什么要赶牛呢?”

“这是村里的命令，”莫格里说，“我现在负责给村里的人放牛。兄弟，你有谢尔汗的新消息吗？”

“谢尔汗已经来到你这片地方，之前他在这里等了你很久，但是都扑了个空，现在他已经回去了，毕竟这里的猎物不多。但是，他已经下定决心要杀你了。”

“很好，”莫格里从容地说，“以后要是谢尔汗不在的话，你或者其他兄弟就坐在平原边的岩石上，那我一走出村子就能看到你们；要是谢尔汗来了，你们就在平原中央那棵树下的小溪边等我。这样我就不会自己跳入虎口了。”

再次告别了灰兄弟后，莫格里把水牛们转移到一片阴凉的地方，然后就躺下睡觉了——在印度放牧，估计是世界上最悠闲的工作之一。哞哞叫着的牛儿们在四周的草地上踱来踱去，接着陆续钻到泥沼里，只把鼻子和瞪着的眼睛露在水面上。到了傍晚，渐渐传来放牛娃的吆喝声，平原上的牛儿们便迟钝地聚在一起，一个挨着一个穿过灰暗的牧场，回到村子的牛棚里……

莫格里每天就带着牛群们到泥沼那边去。每次平原边的岩石上都会出现灰兄弟的身影——这就说明谢尔汗还没有回来。于是，莫格里就优哉游哉地躺在草地上，在睡梦里回到那段属于丛林的美好时光。当然，莫格里即使是睡着了，也时刻留意周围的动静，哪怕谢尔汗的瘸腿迈出了一步，他都能清晰地听见。

日子一天天地过去，这天莫格里没有在岩石上看到灰兄弟的身影，于是他带着水牛群来到与灰兄弟约定的小溪边。灰兄弟就在那里坐着，他背上每一根毛都竖立起来。

“谢尔汗躲了一个多月，就是想让你放松警惕。我听说昨晚他和塔巴吉已经翻过了山，紧紧地追踪着你，相信他们很快就会找到这里来了。”灰兄弟紧张地说。

莫格里皱了皱眉头。“我才不怕谢尔汗，但是塔巴吉太狡猾了，不知道他出了什么诡计。”他说。

“不用怕，”灰兄弟得意地舔了舔嘴唇，说，“天刚亮时，我碰到了塔巴吉，在他的脊骨被我打断之前，他就对我坦白了他那些蹩脚的计谋。今晚，谢尔汗会在村口专门等你，现在他们都藏在瓦因良加河谷里呢。”

“他今天吃过东西了吗？还是什么都没抓到？”莫格里追问道，他明白这个问题的重要性——那是与他的生死密切相关的（为后文埋下伏笔）。

“他早就吃饱喝足了，黎明时他吃了一头野猪！兄弟，你要知道，他从来不会节食，哪怕为了复仇。”

“噢，哈哈！”莫格里不禁笑了，“这个蠢货，难道他真以为我会等着他睡醒来抓我吗？要是知道他现在的具体位置，我带十个兄弟就能干掉他了。可惜，这些水牛嗅不到他的气味，就不会无故攻击他，而我又不会水牛们的语言……你看，我们能不能绕到他的足迹后面，好让水牛们嗅出他来？”

“他们特意在瓦因良加河里游了很远，把气味都隐匿起来，很难追踪。”灰兄弟说。

“这肯定是塔巴吉的主意，谢尔汗可不会思考。”莫格里用手指轻敲着嘴唇，思索着，“我没记错的话，谢尔汗所在的河谷可是条大峡谷，从这里出发也不过半英里的路程。我可以领着水牛群从丛林里面绕过去，一直把他们带到河谷的一头，然后直冲下去——但是，我们必须把下面的出口也堵起来，不然谢尔汗就会从另一头溜走了。灰兄弟，你能协助我把水牛分作两群吗？”

“恐怕我办不到……但我已经带来了一个出色的帮手。”灰兄弟转头跑进一个洞里。不多时，一个莫格里再熟悉不过的灰色大脑袋探了出来。闷热的空气被一阵苍凉的嗷叫声划破——一头在午间猎食的独狼在咆哮。

“阿克拉！阿克拉！”莫格里激动地拍着手，“哦，阿克拉！我的好兄弟。我就知道，你是不会忘记我的！好了，现在有件大事儿需要你帮忙，阿克拉。我们要把牛群分成两拨，一拨是公牛和耕牛，一拨是母牛和小牛。”

于是，两头狼在牛群里跳舞般地钻进钻出，牛群呼哧地喷着鼻息，仰摆着头，慢慢分成了两群。两群水牛的前蹄都响亮地猛撞着地面，似乎随时要向前冲锋。阿克拉与灰兄弟漂亮地完成了分工的任务——就算是村里的六个男人合力来做，也不可能这样干脆利落地把牛群分开。

“还有什么指示？”阿克拉喘着气说，“他们又要跑到一块了！”

莫格里立即跳到拉玛背上：“阿克拉，把公牛赶到左边去，灰兄弟，等我们走了，你就把那些集中好的母牛和小牛赶到河谷的另一头。”

“赶多远？”灰兄弟问，他喘着气，在牛群里扑来扑去。

“赶到河谷两岸的山坡足够高的地方，高到谢尔汗跳不上去。”莫格里向灰兄弟喊道，“你让牛群在那儿待着，等着我们冲下来。”

莫格里安排妥当后，就和阿克拉带着公牛群风似的飞奔出去，灰兄弟则在母牛和小牛前拦着，待阿克拉和莫格里把公牛群赶远了，他便领着母牛和小牛往河谷的另一头出发。

“干得好！阿克拉！你再吓吓他们，他们就能冲过去了。

嘿哈！这比追赶公鹿要疯狂啊。你能料到这些家伙能跑得这么快吗？”

“想当年……我……我还捕猎过这些家伙呢。”阿克拉气喘吁吁地说，“我是要把他们往丛林里面赶吗？”

“对！转弯！快让他们转弯！拉玛已经怒气冲天了，唉，要是他能知道，今天我有多需要他该多好呢。”

公牛群成功转入了丛林，一路横冲直撞。其他放牛娃们远远望见，吓得拔腿就往村庄里奔跑，哭喊着说水牛都发疯了，跑掉了。

莫格里的计划其实很简单：带牛群在山上绕一大圈，绕到河谷一头后，就将公牛们赶下山，把谢尔汗夹在公牛群和母牛群之间。他知道，吃饱喝足的谢尔汗，不可能有力气再和他们战斗，而且谢尔汗也跳不上河谷的两旁。

终于，莫格里领着牛群来到了瓦因艮加河谷的上入口边，一块陡峭险峻、直插入河谷的草地上。他仔细观察河谷两岸，均是悬崖峭壁，密密地长满了藤蔓，瘸腿老虎根本不可能在上面找到立足点。莫格里十分满意，他知道这次几乎是瓮中捉鳖（比喻要捕捉的对象无处逃循，下手即可捉到，很有把握。鳖，biē）了。

“让他们歇口气吧，阿克拉，”莫格里说，“让他们尽情地喘气，牛群还没嗅到谢尔汗的气味呢。谢尔汗已经落进我们的陷阱了，就让我告诉他是谁来了。”

接着，莫格里朝着河谷底大喊，回声在岩石间“跳跃”，传得老远老远。过了好一段时间，河谷里终于传回一声懒洋洋的、带着倦意的吼叫，看来那头肚子鼓鼓的老虎已经醒来了。

“是我，莫格里！我要把你带回议事岩去！”莫格里说完，立刻对阿克拉说，“快！赶牛群下去！把他们赶下去！”

阿克拉大吼一声，牛群便如一川急流往下直冲，沙石泥土在他们周围飞溅，尘沙笼罩整个河谷。还没深入河谷底，拉玛就嗅到了谢尔汗的气味——已经没有机会将发飙(biāo)的牛群制停了。

“哈哈!”莫格里在拉玛的背上大笑，“这下你该知道厉害了!”瞪着眼的牛群喷着粗气往下冲，就像山洪暴发时滚动的巨石。隆隆的牛蹄声震耳欲聋，仿佛就要山崩地裂——再威武的老虎，也不可能活着走出这个河谷。

谢尔汗听见水牛群雷霆般的脚步声，立刻往下逃跑，他又想从旁边溜掉，但笔直的两岸根本无法抓稳。沉甸甸的肚子令他越跑越慢，更别提要和水牛大军决一死战了。牛群继续向前冲撞，狭窄的河谷底充满了回响。

谢尔汗艰难地跑到了河谷的出口处，可是母牛群在前方阻挡了去路。莫格里已经看到了谢尔汗转过了身子——老虎知道，比起护着小牛的母牛群，公牛群容易对付得多。突然，拉玛被绊了一下，打了个趔趄，踩着一些软绵绵的东西过去了。就在这时，双向的两群水牛撞在了一起，一些水牛被掀得“四蹄朝天”。两群牛彼此用角抵撞着，蹄子相碰着，不停地喘息着……

莫格里看准时机，从拉玛的脖子上跳下来。他拿着棍子挥舞着，对阿克拉说：“快，阿克拉！快把牛群分开，不然他们只会互相践踏。”说完，莫格里又回过头冲着公牛们大喊，“嘿！拉玛！嘿！嘿！我的孩子，冷静下来！已经结束了!”

阿克拉和灰兄弟又在牛群中钻进钻出，轻咬着水牛的腿，终于拦住继续往河谷冲的牛群。莫格里也设法让拉玛掉转了头，其他牛群都跟随着拉玛，离开了河谷。

曾经不可一世的谢尔汗不需再被牛群蹂躏（róu lìn，践踏，比喻用暴力欺压、侮辱、侵害）了，他已被牛群踩死，尸体开始被鹞鹰瓜分。

“兄弟们，这条野狗死了。”莫格里说，他摸出刀——自从他和人类一起生活后，这把刀就经常挂在他脖子上的一个刀鞘里，“他在最后连一丝战斗的欲望都没有，多可悲！我们赶紧把它的皮剥下来吧，挂在议事岩上一定会很好看的。”

对一个在人群中长大的孩子而言，独自剥一头十英尺长的老虎的皮是一件不可想象的事情。可莫格里见惯了兽民的尸体，他最了解兽民的皮是怎么长的，也很清楚怎么才能把皮剥下来。

但这也是个困难活儿，莫格里用刀撕砍着，急促地喘着气剥了近一个小时；两只狼在旁边吐着舌头，莫格里一有指示就上前帮忙撕扯。

就在这个时候，一只手搭在了他的肩上。阿克拉与灰兄弟早就察觉到有人来了，已经在旁边躲起来。莫格里抬头一看，正是布尔迪奥，他手中还拿着那支托儿牌滑膛枪。原来，刚才受惊吓的孩子们跑回村里，把牛群发疯的消息告诉了村民。于是，曾被莫格里羞辱过的布尔迪奥气冲冲地跑了出来，想借机好好地教训教训莫格里。

“你在做什么？”布尔迪奥生气地叫嚷，“你以为凭你一个小崽子就能剥下老虎的皮吗？是这些水牛把老虎给踩死的吧，哟，这还是那头瘸腿的老虎呢，它可值一百卢比的赏金呀。好了好了，别在这里捣乱，我先不和你计较牛群弄丢的事。等我把老虎皮剥下，到卡阿尼瓦拉换了赏金，也许到时候会分你一卢比。”说着，布尔迪奥便掏出打火石，打算将谢尔汗的胡须烧掉。当地的猎人在捕杀完老虎之后，都会烧掉老虎的胡须，这样就可以防止老虎的冤魂缠身。

“哼！”莫格里并没有搭理布尔迪奥，继续剥着虎皮，“我才不稀罕你那一卢比呢，你要拿它换钱，但这虎皮我要留着自己用。嘿！老头，把火拿开！”

“你竟然敢这样和村里的首席猎人说话？告诉你，你不过是幸运而已，要不是村里那些水牛，你早就被老虎消化了！哼！你这个小野人竟敢命令我，别以为你这样就能把虎皮剥下来。我再提醒你，马上离开这里！这虎皮是属于我的，你要是不离开，到时候我半点赏金都不会给你，还要狠狠地教训你一顿！”

“凭买下我的公牛发誓，”莫格里不耐烦地说，他正准备把老虎肩上的皮给剥下来，“阿克拉，我讨厌这个唠唠叨叨的老猴子！”

布尔迪奥正弯着腰站在谢尔汗的脑袋前面，突然被什么撞翻在地，当他回过神来，发现一只壮实的大灰狼站在他的身上，而莫格里若无其事地继续剥着老虎皮。

“不管你给不给我赏金，我也不在乎！”莫格里对布尔迪奥说，“我和这只老虎已经斗了很久很久，但今天的事实已经证明——我打败了他。”

老实说，在十年前，足够年轻的布尔迪奥还是位出色的猎手时，要是他在丛林里遇到了阿克拉，或许他们之间会来一场精彩的搏斗。可是，眼前这只灰狼居然服从一个小男孩的命令，这其中肯定有蹊跷。布尔迪奥心想：“这肯定是一种可怕的巫术，一种神秘的邪恶的法术！”他不由自主地握紧脖子上的护身符，他担心这个护身符不能保护自己。

“王！伟大的王啊！”布尔迪奥用他那沙哑的声音颤抖地说着。

“什么事？”莫格里背对着他，轻轻偷笑。

“我老了，有眼不识泰山啊，只把您当成了一个没用的放牛娃。您可以放我离开吗？您的仆人不会伤害我吧？”

“走吧，不过下次别再抢我的猎物，一路平安。放他走吧，阿克拉。”

惊魂不定的布尔迪奥一步一摇地往村庄里赶，他边跑边往后看，生怕莫格里会变成什么可怕的东西附在他身上。一踏进村里，最会编造故事的他便四处向人讲述一个掺杂魔法与巫术的惊悚故事。祭司听得直皱眉头，脸色顿时阴沉下来。

莫格里继续忙手头上的活儿，将近黄昏的时候，他和两位伙伴才把那张巨大的虎皮剥了下来。“现在，我们必须先把虎皮藏起来，然后把牛群赶回村里，请你帮个忙，阿克拉。”

牛群在迷蒙的暮色下重新被赶到了一起，当他们走近村口时，莫格里看见了火光，还听到从庙里传出的绵长的钟声。半条村的人似乎都在村口等着他。“这一定是因为我除掉了谢尔汗。”莫格里自言自语。

可是，石子突然如密集的雨点般向他砸来。“巫师！狼人！丛林恶魔！”那些村民用尽恶毒的话在大喊着，“滚远一点儿，不然祭司会把你变回一头狼！”

不知所措的莫格里还没有反应过来，又有很多人在大叫：“开枪啊，布尔迪奥，赶紧开枪啊！”

那支托儿牌滑膛枪“砰”的一声响，一头年轻的水牛倒下了，痛苦地呻吟起来。

“这到底是怎么回事？枪明明瞄准的是莫格里，为什么打中的却是布尔迪奥的水牛？”

“这肯定又是巫术，”村民再次大喊，“肯定是他施法术让子弹拐弯了！”

“他们为什么要这样做？”莫格里茫然不解。这时，扔向他的小石子更加密集了。

“他们跟当年的狼群一样啊，”阿克拉沉着地对莫格里说，“那颗子弹已经说明了一切，他们要把你驱逐在外……就像当年议事岩上的狼群一样。”

“滚得远远的！你这头狼！滚！”祭司一边喊道，一边摇晃着一枝神圣的罗勒树枝（罗勒树是印度教的神树）。

“又叫我滚吗？上一次因为我是人类，被狼群赶走；这次却因为我是一头狼，被人类驱逐！我们走吧，阿克拉。”

一个女人——米苏亚——纳图的母亲，满脸泪水的她跑向了牛群这边，对莫格里哭喊：“噢，我的儿子！他们说你是狼人，是森林里的恶魔，我不会相信！但……你还是先离开这里吧……他们会把你杀死的。”

“米苏亚，快回来！”人群又在大喊大叫着，“回来，否则我们连你也一起砸。”

莫格里勉强地挤出一个笑容：“快回去吧，米苏亚。我不是什么巫师，那不过是他们编造的荒唐故事……回去吧，后会有期，米苏亚！”说完，他转头对阿克拉说，“再赶一次吧，阿克拉，把牛群放回村里去。”

牛群几乎不用等阿克拉号令，就已像旋风般地冲进了村庄，把村口的人撞得歪歪倒倒的。

“好好数数吧！”莫格里轻蔑地喊道，“我把牛一头不少地还给你们了。你们这些人类，感谢米苏亚吧，要不是她，我一定会带着狼群横扫村庄!”

莫格里转过身，和阿克拉一起走开了，他仰望着星空，倍感轻松。“我再也不用睡在陷阱一样的屋子里了，阿克拉。我们一起带着谢尔汗的皮回议事岩吧。我不想伤害村庄的人，毕竟米苏亚对我很好。”

明月高挂，柔和的月光倾泻下来。恐惧的村民们看着莫格里和两头狼消失在夜色中。米苏亚一直在痛哭，布尔迪奥还在继续编造他的故事……

当莫格里和两个狼兄弟回到议事岩的山头时，已是清晨，莫格里没有在议事岩停留，而是先回到狼妈妈的洞穴。

“妈妈，我被赶出来了，被那些人类，”莫格里激动地说，“但我兑现了我的承诺，把谢尔汗的虎皮带回来了。”

狼妈妈和她的狼孩从洞里走了出来，眼睛发亮地看着莫格里手上的虎皮。“那天他为了猎杀你，把头和肩膀塞进了这个洞口，当时我就警告他，将来你会亲手把他捕杀的。干得好，我的小青蛙。”

“小兄弟，你表现得真棒!”一个低沉的声音从草丛里传了出来，“你不在丛林的这段时间，我们寂寞透了。”巴希拉跑了出来，走到莫格里身边。

他们一起来到了议事岩，莫格里把谢尔汗的皮铺在了曾经属于阿克拉的那块石头上。阿克拉再次威风地躺在上面，用熟悉的吼叫呼唤着狼群：“看仔细了，大家——看仔细了，嗷，狼们!”

阿克拉的首领位置被狼群推翻后，他们一直没有领袖。但狼们还是习惯性地围了过来。他们有的掉进过陷阱而成了瘸腿，有的受了枪伤，有的因吃了腐烂的食物而长满了疥癣，还有很多已经下落不明（通过狼群的现状，反衬出阿克拉的领导有方）。当他们来到议事岩，惊讶地看见谢尔汗的毛皮摊在岩石上，巨大的虎爪连在空荡荡的虎脚上，在空中摇晃着。

莫格里编了一首歌，迫不及待地大声唱起来，他边唱边打着拍子，还在虎皮上蹦跳着。“看好了，狼们，我是否遵守了当时的诺言？”莫格里说。

“是的，”狼群嚎叫着，“请您再次领导我们吧，阿克拉。做我们的首领吧，小人儿。我们已经受够了没有丛林法律的生活，让我们再次成为自由的兽民吧！”

“哼！”巴希拉讽刺地喊道，“当你们吃饱了，谁知道你们会不会再次违背承诺呢。你们早就赢得属于你们的自由了，慢慢享受吧，狼们。”

“人类和狼群都驱逐了我，”莫格里坚定地说，“从今以后，我要独自在丛林中打猎。”

“我们要与你一起打猎。”他的四个狼兄弟说。

从此，莫格里带着他的四位兄弟，再次离开了狼群，在丛林自由地打猎。

莫格里之歌

这是一首关于莫格里的歌——我，莫格里，放声高歌。
踩在虎皮上的我，要让整个丛林都听见我的歌声：
谢尔汗扬言，他要杀我！
在日落时，在大门边，
他要杀死我，一只小青蛙，莫格里。
吃饱喝足的他沉睡了，在睡梦中他开始猎杀，

但是——谢尔汗，
这不过是你最后一场美梦！

我独自在牧场上等待，
灰兄弟来了！独狼来了！
我们要准备一次盛大的游戏！
我们驱赶着水牛，那些眼里燃烧着怒火的大水牛，
我正在号令，他们正在前进。
醒醒吧谢尔汗，噢，醒醒吧！
我来了，浩浩荡荡的牛群跟在我身后。

牛群之王，拉玛，踏着蹄子在热身，
奔流的河水啊，请告诉我，
谢尔汗逃到哪儿去？
他不是豪猪伊基，可以打洞，
他不是孔雀莫奥，可以飞天，
他更不是蝙蝠蒙，可以倒挂。
河谷两岸的藤蔓，请告诉我他跑到哪儿去？
噢！我找到他了！
冲吧，拉玛！把他踩在脚下！
嘘！他睡着了！
鹞鹰飞下来看望你，
黑蚂蚁围着讨论你。
谢尔汗，你看到了吗？
大家在追悼着伟大的你呢！

哎呀！鸱鹰看出我没穿衣服，
害羞的我不敢见丛林兽民。
把你的大衣借我吧，谢尔汗。
我想穿着你那条纹大衣去议事岩呀。
凭赎买我的公牛起誓，我只会拿走你的大衣，
因为我许下了一个小小承诺，
因为我要遵守我的小小诺言。
我拿起刀，那种人类捕猎用的刀，
俯下身子取走我的礼物。
用力拉，灰兄弟！
用力扯，阿克拉！
谢尔汗的大衣太重了！

人类居然生气了，
他们胡言乱语，他们扔着石头，
我的嘴角滴着鲜血，我要逃走！和我的狼兄弟逃走！
我们在夜色中奔跑，
我们要远离村里的火光，逃到月亮照耀的尽头。

奔流的河水啊，请告诉我，
为何人类和狼族要将我驱逐？
为何丛林和村庄要把我关在门外？
为何我要在两者间徘徊？
我轻盈地在谢尔汗的皮上跳舞，
但我的心却如议事岩上的巨石般沉重。
我的眼角闪着泪花，

在我大笑的时候，汹涌地流淌下来。
谢尔汗的皮依旧在我脚下，
整个丛林都知道，我杀了谢尔汗！
看清楚吧！看清楚了，噢，狼们！
哎呀！我的心依旧沉重，
因为装满了那些我不能理解的事儿。

成长启示

莫格里虽然在丛林里长大，但对一个人类小孩来说，要独自对付一头老虎不是轻松的事。所以，他懂得向灰兄弟和阿克拉寻求帮助，还灵活地调动水牛群的力量，击败了谢尔汗。在生活中，我们总会遇到各种各样的难题，有很多问题我们可能一时半刻解决不了，或者这些问题已经超出我们的能力范围。这个时候，我们既要多动脑筋，积极寻求解决办法，又要懂得适当地寻求他人的帮助，更好地将问题解决掉。

要点思考

1. 莫格里是怎样战胜谢尔汗的？你能简述其过程吗？

2. 人类为什么要驱赶莫格里？

写作积累

●指指点点　自言自语　异口同声　情不自禁　一窍不通
一瘸一拐　无言以对　胡编乱造　震耳欲聋　山崩地裂

决一死战　若无其事　不由自主　惊魂不定　一步一摇

●山谷变得开阔，一片大平原上，零星散落着许多岩石，一些小溪穿过岩石，缓缓地流淌着。

●哞哞叫着的牛儿们在四周的草地上哞哞叫着踱来踱去，接着陆续钻到泥沼里，只把鼻子和瞪着的眼睛露在水面上。

●瞪着眼的牛群喷着粗气往下冲，就像山洪暴发时滚动的巨石。隆隆的牛蹄声震耳欲聋，仿佛就要山崩地裂——再威武的老虎，也不可能活着走出这个河谷。

第四章 恐惧来袭

导读

这一年，丛林遇上了严重的干旱，一百多岁的野象哈迪宣布丛林进入缺水休战状态。当丛林所有兽民都聚在快要消失的河边喝水时，刚杀了人吃的谢尔汗也围了过来。愤怒的哈迪立刻把他赶跑了，然后向丛林兽民们讲述一个古老的传说……

潺潺的溪水失去了往日的活力，
干涸的湖里不再有鱼儿光临。
这是丛林危急存亡的时刻，
让我们签下停战协议，挽手共渡难关。
我们的双颊已被晒得通红，
满身的泥土掩盖住光鲜的皮毛，
唯有小心翼翼地走在，龟裂的土地上。

注：本书的前三个故事选自《丛林故事》，后五个故事则选自《丛林故事续编》。根据故事情节，可知道本篇故事发生在谢尔汗被杀之前。

丛林的猎手们快要忘记捕猎的方法，
初生的小鹿早已体验过灾害的可怕。
狼群脸上写满了憔悴，
难以看见昔日的威风，
就连最弱小的公鹿，
也能肆无忌惮地在他们面前走过。
欢快的小溪去哪儿了？
甘甜的泉水去哪儿了？
面对旱灾，让我们暂且称为朋友，
直到——雨水再次返回这片大地。

丛林法律，称得上是世界上最古老的法律之一。在制定法律之前，丛林早已预见了所有的灾难，以及兽民可能遭遇的所有不测。因此，丛林法律里详细地记录了兽民面对所有灾难时的活动细则，不管旱涝、火灾，还是其他。光阴飞逝，不论世界发生了多大的改变，丛林法律至今依旧是无可挑剔的，任何删减增补都是画蛇添足。

莫格里还在西奥尼狼族生活的时候，棕熊巴鲁一直教授他丛林法律。刚开始的时候，莫格里总是抱怨丛林法律有太多烦琐的细则，他一点也不感兴趣。然后巴鲁就会告诉莫格里："丛林法律就像藤蔓一样，生活在丛林的所有兽民都被藤蔓缠绕着，不可能松脱。"

"莫格里，"巴鲁认真地对莫格里说，"等你年纪和我一样大的时候，你就能看清丛林是如何运转的。到了那个时候，你自然而然就会明白，丛林所有兽民都遵守着丛林法律，虽然情况不一定有你想象的那么美好，但那是的的确确的事实。”

可惜当时莫格里只是个调皮的小孩，他对巴鲁的话是左耳进、右耳出。这个只会为吃发愁的小青蛙，什么也不关心，丛林法律对他来说就像是一个摆设。直到有一年，莫格里才深深地领悟到巴鲁那句话的含义。那个时候他才知道，丛林兽民是怎样遵循着丛林法律的。

这年冬天十分干燥，整个冬天都没有下过一滴雨。一天，在丛林一个草丛堆里休息的莫格里，遇见了豪猪伊基，伊基告诉他，丛林里的野山药都干瘪瘪的，很快就没有东西可以吃了。莫格里听了不以为然，因为他知道伊基是最挑食的，如果不是成熟、饱满的食物，伊基宁愿饿着也坚决不吃。

所以，莫格里觉得没有食物不过是伊基夸张的说法。“这和我又有什么关系呢？”莫格里答道。

伊基不知道该怎么反驳莫格里，便说：“好吧，但这只是暂时与你没有关系……”他又想了想，“不过有个问题得问问你，你如今还能在蜜蜂岩下面的深水池里游泳吗？”

“不可以了，”莫格里立刻说，“深水池里已经没有水了，池底全是凸起的石头，任何人要是去了那里游泳，肯定连脑袋瓜都撞出血啊。”回答完豪猪的问题，莫格里心里特别自豪，因为他觉得自己是丛林里知识最丰富的人，什么问题都不可能难倒他。

“这样看来，”伊基哼哼地笑了笑，“干旱和你有关系了吧，你说是吗？”

莫格里沉思片刻后，也无法回答伊基这个问题，急忙编了个理由与伊基告别，然后就找巴鲁去了。他把伊基的话告诉了巴鲁，巴鲁听着，神情越来越严肃。“看来……问题越来越糟糕了。”巴鲁自言自语地说，“现在要找个新猎场可不是件容易的事情，而且还可能和当地的兽民吵起来啊。嗯，我们再观察一段时间吧。”

转眼间，春天来临了，但是丛林的情况不仅没有好转，天气反而还一天比一天炎热起来。热气慢慢地渗透进丛林的每一个角落，植物发黄，河道见底，溪水断流，连溪旁的小草也是垂头丧气的……整个丛林变得毫无生气。丛林兽民平时用来储水的小水塘已经滴水不剩，踩在干裂的土地上，脚上很快就沾满黄色的泥土。丛林里那些肆意生长的藤蔓，仿佛没有了动力继续往植物上、山岩上攀爬，只能瘫软在地上，等待死神的召唤。热风吹来，丛林里面再也不见摇曳的树影，只剩下一棵又一棵裸露的树干。河床底是一颗颗发烫的鹅卵石，河两岸的苔藓也早已枯死了。

丛林里的很多族群——比如鸟民，还有猴民，他们似乎早就预料到要发生什么事情，所以很早就纷纷北迁了；鹿群和野猪们被饥饿折磨得没有办法，只能壮着胆子跑到农民的庄稼地里找吃的，尽管他们经常在人们的眼皮子底下活动，但人们连捕杀他们的力气也没有了，况且庄稼地里也没什么可以偷吃的；丛林中，却独独有一群兽民长胖了，那就是鹞鹰——尸体太多了，他们怎么吃也吃不完。鹞鹰现在给丛林兽民捎来的消息，往往就是：“我们飞行好多天了，四处看到的，除了尸体，还是尸体。”

莫格里从出生起就没有体验过饥饿，但到了这个时候，能吃的东西就只剩下藏了三年的陈蜜了。这些陈蜜是莫格里在已经干瘪的蜂巢里找到的，黑乎乎的蜜汁尝起来又干又硬。有时候，莫格里不得不挖树底下钻得很深的虫子吃，或者把黄蜂新酿的蜜抢走。和丛林里所有兽民一样，莫格里此时也变得瘦巴巴的。但对丛林里面的所有兽民来说，没东西吃不是最可怕的，最可怕的是没有水喝。那种干渴带来的痛苦，比其他一切都要难熬。

干旱仍在持续，丛林里的水分不断地在蒸发，就连瓦因艮加河流的主干道也只剩下一截小小的流水。一百多岁的野象哈迪——丛林里最长寿、见识最广的兽民，他看到瓦因艮加河正中央一道蓝色的细长石脊凸了出来，那是先祖们立下的和平岩。于是，他向所有兽民宣布，丛林从现在起，要进入缺水休战状态了。

上一次因缺水而休战，已经是五十年前的事了，那时候正是哈迪的父亲告诉兽民们要休战的，没想到时隔五十年，同样的事情又发生了。丛林兽民们都接受了哈迪的要求，鹞鹰在天空中鸣叫着，用他们的声音传递着这个消息。

根据丛林法律，缺水休战状态一旦实施，任何兽民都不能在饮水的地点进行捕杀活动，一旦有违反的，就会被判为死刑。毕竟在严重干旱的时候，最紧迫的事情就是能获得一点儿水喝，这甚至比有食物吃更加重要。食物稀缺，兽民们至少还能勉强活下去；但要是严重缺水，兽民们的生命就会受到极其严重的威胁。所以，当兽民们最后只能聚集到一处喝水的时候，狩猎就得停止。

在雨水充沛的日子里，对一些兽民来说，到河边喝水是非常危险的，因为总有猎手在那儿埋伏着。这时候，你只能小心翼翼地，甚至不能惊动一片树叶；你还需在喝水时保持警惕，以防敌人的伏击；如果你喝足了，踏上河岸时嘴边还沾着通透的水珠，那你就可以享受同伴们羡慕的眼光了。每一头长角的年轻公鹿都喜爱这种喝水方式，他们喝完水凯旋的那一刻，就能生出如国王般的骄傲——所有鹿民都知道，巴希拉或者谢尔汗就在水边等着，随时随地都可能袭击他们。

可是现在，这种情形已经看不到了，懒洋洋的丛林居民们都聚集在快要干涸的河边，老虎、熊、鹿、水牛、野猪们全在一起，喝着混浊的河水，谁也没力气去捕猎。

如今，鹿和野猪们能吃的只有干树皮和枯草；水牛们没有了玩耍的水洼和泥沼；疲软的蛇爬到河边，等待着那很久才见得到踪影的青蛙。有时候，野猪们在河边用铁锹般的鼻子挖树根，会不小心把缠在树上的蛇给摇下来，但蛇也毫不计较，只是继续趴在地上，一动不动。精明的猎手巴希拉，早就把河里的乌龟吃光了。至于那些鱼儿们，为数不多的几条苟存在淤泥的深处，而很多则在干裂的河边晒着太阳——过不了多久，就会一一死去。

每天晚上，莫格里都会来到河边乘凉，顺便跟伙伴们见面。此时的莫格里早就饿得面黄肌瘦，根本不能引起他的对头的食欲。莫格里的头发上结满了泥块，没有皮毛覆盖的身上，两排肋骨清晰可见。莫格里经常是趴着追击猎物，而现在他的膝盖已经磨破了，各处关节都非常突出。难得的是，莫格里的眼睛里依然有着神采，因为他的“生活顾问”——黑豹巴希拉，经常教导他特殊时期的捕猎技巧，所以他至今还能好好地活下去。

这天傍晚，温度依旧高得可怕，巴希拉对莫格里说：“虽然旱灾很严重，但我们必须以坚强的意志活下去。你今天吃饱了吗？”

“我已经吃了点东西，但还是饿得很。”莫格里摸了摸肚子，说，“巴希拉，雨神是不是抛弃了我们，再也不来这个丛林了？”

“不，一定不会的。我相信在我死之前一定能看到摩瓦树开花，到那时候，我们就能享受肥肥胖胖的小鹿了。来吧，爬到我背上来，我们一起去和平岩看看。”

“不用你背我，巴希拉，我还有力气走呢。而且你比我好不了多少。”莫格里回答。

此时的巴希拉也是瘦得可怜，满身的尘土令皮毛不再是黑亮黑亮的了。他哈哈地笑着说：“小兄弟，你知道吗？昨天晚上我盯上了一头小公牛，可是我连跳起来的力气都没有了。现在想想，要不是那小公牛被人们套在轭（è，牛马等拉东西时架在脖子上的器具）上，那可能死的就是我了。”

“哈哈！”莫格里大笑起来，“看来我们都不再是‘伟大’的猎手了，我记得昨天我还吃虫子了呢。”他和巴希拉嬉闹着，穿过了枯黄的灌木丛，来到河边。这时浅滩上还有细细的流水经过。

巴鲁早就来到了这里，他对莫格里和巴希拉说：“看吧，这条小溪肯定也流不了多长时间。你们看看这河床，和人类修建的道路有什么区别呢。”

河对岸的小草全都枯死了，晒得焦黄的草大片大片地倒下，远看就像一具具尸体。虽然现在天色还没暗下来，但是很多兽民已经来到河边喝水了，你还可以听见母鹿和小鹿的低声鸣叫。所有兽民都脏得像刚从泥沼里爬出来一样，而且个个都饿成了皮包骨，没有了往日的神采。

象征着休战的和平岩就坐落在小溪的上游，野象哈迪和他的儿子们都站在那里。他们看起来也非常疲惫、憔悴，尾巴在后面无力地晃动着。在象群站立的河岸下方，有一群鹿，再往下是野猪们。河对岸长着参天大树的地方，都是一些肉食兽民喝水的位置，有老虎、狼、豹子、熊，等等。兽民们都在自己族群所在的区域内喝水，没有任何一个敢在水边进行捕猎。

“我们都是被丛林法律约束的兽民啊。”巴希拉边喝水，边说。对岸的鹿群和野猪们为了争水源互相推撞着，但是谁也不敢冒犯谁。

“狩猎是多么愉悦的事情，要不是因为干旱，要不是因为有丛林法律的规定，这里可是绝佳的狩猎场啊。我敢肯定，所有热爱狩猎的伙伴都会喜欢这里的。”巴希拉躺在河边，弓着背舒展着四条腿。

可是他的话被对岸的鹿群听见了，恐慌的鹿群发出一阵惊叫，担心巴希拉会跳过来捕杀他们。他们颤抖着说：“休战，现在是休战状态，你不能捕杀我们，巴希拉。”

鹿群的叫声也惊动了野象哈迪。“现在不应该谈论捕猎的，巴希拉。大家都要遵循丛林法律，不要吵闹了。”哈迪说。

巴希拉说：“放心吧各位，我很清楚丛林法律。你们看我已经吃乌龟和青蛙很长时间了，要是我也能吃树皮的话，我的肚子就能填饱一点儿了。”

“要是你能吃树皮，那我们还真的要谢谢你了。”一头刚出生不久的年轻小公鹿说，他不明白为什么自己会降临到这个焦黄的世界。

丛林里的兽民们听到这里，都哈哈大笑起来。这时莫格里躺在河水里面，想尽可能地让自己凉快一点。

“真会说话，小公鹿，”巴希拉回答，“我会一直记住你今天对我的嘲笑。”巴希拉专注地看着这头小公鹿，以便休战结束后还能认出他来。

兽民们喝完水后，都不愿意离开这唯一一个凉快的地方，于是大家吵吵嚷嚷地聊起天来。野猪们哼哼唧唧的，其他族群都听不懂他们在说些什么；水牛们在河边打着滚，不时发出哞哞的叫声；鹿群们则在抱怨树皮太干了、草也不能吃了……有时候，食草兽民们也会和对岸的猎手交流一下，但大家说的都是关于气候的坏消息——炎热依旧统治着丛林。

“人类现在过得也不比我们好呀，今天早上我看到三个人躺在庄稼地上，耕牛也倒在他们身边，纹丝不动的，估计全死了。”一头年轻的黑鹿说，“或许过不了多久，我们也会那样的。”

“今天的河水比昨天浅了很多啊。”巴鲁也感叹道，“哈迪，你活的时间最长了，见过如此严重的旱灾吗？”

“总会过去的，一切都会过去的。”哈迪晃着长鼻子，严肃地说。

巴鲁担心地看着莫格里说：“我只是害怕我们这里有一位熬不过去了。”其实巴鲁这话是出于对莫格里的关心，但莫格里听到后，心里却不大高兴，他猛地一下从水里冒了出来，大叫道：“我熬不过去？就是因为我身上没长毛，你就认为我有生命危险吗？你想想要是你也把皮剥了……”

大家都被莫格里逗笑了，巴鲁反驳道：“哪有像你这样跟自己的老师讲话的！”

“我想说的是，”莫格里继续为自己辩护，“你要知道，你现在就像是包在壳里的椰子，而我却是没有壳的，所以我自然看起来……”莫格里激动地比画着，不等他说完，巴鲁就伸出他的大熊掌，重新把他按到水里面去了。

莫格里扑腾着，好不容易才浮出水面。巴希拉笑着说：“真是个没礼貌的小人儿，能对你的老师这样乱说话吗？小心你自己变成椰子呢。”

“我变成椰子又怎样？”

“那我就像砸椰子一样，砸破你的脑袋。”巴希拉说着，又把莫格里按进水里。巴希拉和巴鲁其实是怕莫格里被烤焦了，所以不厌其烦地一次又一次将他按进水里。大家看着他们打闹，都乐不可支（一个小细节，体现出了巴鲁和巴希拉对莫格里的疼爱）。

见大家都宠着莫格里，老虎谢尔汗颇感不满：“哼，你们怎么可以任由这个光溜溜的家伙这样捣乱，他就像猴民一样讨厌，居然欺负丛林里最威猛的兽民，有时候还敢扯我的胡子。”谢尔汗一边走到水边一边怒视着鹿群，鹿群再次惊恐地鸣叫起来，四散逃跑。他不怀好意地注视着被吓跑的鹿群，继续说，“难道以后整个丛林都是属于这个光溜溜的小野人的吗？哼！”

谢尔汗又将目光转向莫格里，莫格里毫不畏惧，也狠狠地盯着谢尔汗。没过多久，谢尔汗就心虚地低下了头，发出了低沉的吼叫：“像他这样大的人类孩子，经我这么一看，早被吓得魂飞魄散（形容非常惊恐）了，哪里还敢跟我对视。照你们这样纵容下去，说不定到了下个季节，我连喝水都要经过他的批准呢！”

“那也有可能的呀。”巴鲁说，“谢尔汗，你今天又干什么坏事了？”原来，刚才谢尔汗的嘴巴碰到水面的时候，巴鲁发现一圈暗黑色的污渍从他的嘴边泛开，随着水流漂向下游。

谢尔汗不以为意地说："没什么，我刚杀了人。"他咆哮着，完全没有因自己杀了人而感到惭愧。

兽民们都惊讶了，大家议论起来："他杀了人""谢尔汗又杀了人"……兽民们都望向野象哈迪，但是哈迪依旧沉默，就像他根本没有听见谢尔汗说的话一样。年老的哈迪从来都不会表现出任何鲁莽的举动，很多时候他都保持着深思，从不在不恰当的时机表达自己的观点——或许，这就是哈迪能活这么长时间的原因。

"哼!"巴希拉不屑地对谢尔汗说，"都到了这种季节，你还要去杀人！难道你真的找不到别的东西吃了吗?"

谢尔汗轻蔑地说："我杀人可不是为了填饱肚子，我是故意杀人的。"谢尔汗的话在兽民中引起了巨大的震惊，大家都不明白这头血腥的老虎为什么总爱这样做。谢尔汗旁若无人地继续喝水，"我来这里除了喝水，还准备把自己洗干净，怎么，难道有谁敢阻止我吗?"

巴希拉龇着牙，弓起了背。终于，哈迪在这时候发话了："你是故意杀人的?"

哈迪最受丛林兽民们的尊敬，大家都听从他的吩咐。谢尔汗也不得不放下架子，极有礼貌地回答："是的，我相信自己享有这个权利，杀人的权利。不是吗，哈迪?"

"我知道了，"哈迪淡淡地说，又问道，"那你喝完了吗?"

"嗯……完了。"谢尔汗对哈迪这个问题感到莫名其妙，但他只能老实回答。

"那就滚回去吧!"哈迪扬起他的长鼻子，发出震耳欲聋的呼吼声，谢尔汗被吓得背上的毛都竖了起来。哈迪严肃地说，"这个季节，水是丛林里最宝贵的资源。任何兽民都不可以糟蹋水，可是你这卑劣的家伙竟敢不顾大家的利益，在这里洗除你那血腥的味道，还无耻地提出你那血腥的权利……现在，不管你洗干净了没有，立即滚!”

哈迪的儿子们也往前站了两步，谢尔汗见势不妙，灰溜溜地跑开了。他不得不承认，哈迪才是真正的森林之王，在哈迪面前，他谢尔汗什么也不是。

这时，莫格里好奇地问巴希拉：“丛林法律不是说——杀人永远都是可耻的吗？为什么谢尔汗还说自己有这样的权利呢？”

“谁知道呢，小兄弟。我才不管他有没有权利，要不是刚才哈迪站出来，我肯定会好好教训那个瘸腿的家伙。和平岩不是他炫耀杀人的地方，而且他还敢把大家的水源弄脏，真是可耻。”

从巴希拉的回答中，莫格里得不到自己满意的答案，他只好鼓足勇气问哈迪：“哈迪，谢尔汗说的权利是指什么呀？”河岸两边的兽民们都在七嘴八舌地议论，巴鲁也眯了眯眼，思考起这个问题。

哈迪喊道：“大家先安静。谢尔汗提到的，其实源于一个古老的传说。这个传说或许比整个丛林还要古老。”哈迪说着，往前迈了一步，虽然他已经很老了，身上满是皱褶，但是当他站出来的那一刻，丛林兽民们都能感受到他身上的那种气魄——身为丛林之王的气魄。

“孩子们，”哈迪说，“我知道，你们最害怕的就是人。”兽民们纷纷点头表示赞同。

哈迪继续说：“但是你们为什么会惧怕人类，这恐怕你们就不知道了。很久以前，刚刚开始有丛林的时候，所有兽民都生活在一起，没有谁害怕谁。那时候所有兽民都是吃叶子、花、草、果实和树皮的，而这些食物都长在同一棵大树上。”

“那简直是我的噩梦啊，”巴希拉嘟囔着，“幸好我不生活在那个时候，我可不想吃树皮，那不过是用来磨爪子的。”

哈迪开始讲述他那年代久远的故事——

丛林主人的名字叫塔，也就是我们大象的祖先。他用鼻子把深渊里的水吸干，造出了丛林；在地上划出一道道沟壑，成为了河流；用脚掌踩出一个个水塘……塔就这样创造了丛林。

那时候，还没有谷物、甜瓜、辣椒、甘蔗这些东西，也没有那些小房屋，就是你们看到的人类居住的那些小屋。刚开始，丛林兽民们和睦地住在一起，还不知道有人类这样的族群。但没过多久，大家就纷纷为食物而争吵——因为谁都想偷懒，不想干活，只想吃。大象的祖先塔，因为每天都在忙着开凿河流，所以没法抽空解决兽民的纷争。于是，他创造了老虎祖先，让他担任丛林的首领和法官。当丛林兽民们出现了争议，就去找老虎来评断。那时候的老虎体型很大，和我差不多，还十分漂亮——他身上的皮和花儿一样鲜艳，并不像现在的老虎那样满身条纹。那时候，兽民们都不怕老虎，因为老虎象征着正义，他的话语就是丛林的法律。

不过一天晚上，两头公鹿发生了争执。于是，他们找到了正躺在草丛里休息的老虎祖先，并在他面前理论了起来。他们一边理论，还一边用角拱对方。突然，其中一头公鹿的角不小心顶撞到了老虎祖先，生气的老虎祖先忘记了自己的身份，扑上去一口咬死了那头公鹿。

要知道，在这件血案之前，丛林里从来没有发生过猎杀同伴的事情。老虎祖先意识到自己犯了一个不可弥补的错误，于是悄悄地逃出了丛林。失去了法官的丛林兽民，又开始经常发生争吵，甚至出现了打斗。塔听到了兽民们打斗的声音，只得赶紧回到丛林。这时候，塔看到了公鹿的尸体，于是便询问是谁杀死了公鹿。恐慌的兽民都不肯指证是谁杀死了公鹿，塔只好命令丛林里的树木们告诉他谁是真正的凶手。得知真相后，塔又问兽民们："现在，谁愿意来做丛林的新首领?"结果，只有灰猿毛遂自荐，于是塔便将首领和法官的职位授予了灰猿，然后自己气冲冲地离开了。

大家现在都应该知道灰猿是什么样的脾性了，当时他们的祖先也没什么不同。所以刚当上法官的时候，灰猿的祖先还能装模作样，可时间一长，他就恢复那副抓耳挠腮的样子了。一天，塔回来了，他发现灰猿不仅没把丛林管理好，还把它弄得乌烟瘴气的，每个兽民只知道说些无聊的话，或者互相嘲笑，甚至连丛林法律也不遵守了。

于是，塔再次把所有兽民召集起来，说："第一个首领给丛林带来了死亡，第二个首领给丛林带来了羞耻。为了不让丛林再次受到扰乱，我决定创建真正的法律，这些法律不允许任何兽民违反。从今以后，一种叫'恐惧'的东西将成为你们的首领——你们一看到他就知道他是你们的首领，然后，你们就会真正地遵循丛林法律了。"丛林兽民们都好奇地问："什么是'恐惧'?"塔回答："你们自己去寻找吧，相信你们很快就能找到。"于是兽民们开始在丛林里面四处寻找。一段日子后，水牛找到了——

"哎呀!"水牛米萨吼叫起来，他找到了"恐惧"。

是的，水牛米萨没有看错。他告诉大家"恐惧"就在丛林某处的山洞里，他还形容那家伙身上没有毛发，用两只脚走路。于是，所有丛林兽民都跟随水牛群去了那个山洞，看见了名为“恐惧”的家伙——他和水牛说的一模一样，没有毛发，用两只脚走路。他站在洞口和兽民们对望着，突然开始咆哮起来。那咆哮的声音久久地在山洞里回荡，兽民们慌张地拼命逃走，个个都想远离那个山洞。从此以后，丛林里的所有兽民再也不敢单独睡觉了，而是聚在一起，紧挨着睡觉，似乎这样才能让他们心里踏实一点。

但是，老虎祖先和丛林兽民们不一样，那时候，他已逃到了遥远的北方，当他知道山洞里住着“恐惧”时，便说：“不论那是何方神圣，我都要去将他撕碎。”他从遥远的北方出发，朝着山洞的方向没日没夜地奔跑。沿途的树木和植被都没有忘记塔曾经叮嘱过的事情，于是都在老虎的背部、额头和下颚处做了标记，就这样，虎皮上面多出了一道道的斑纹——从此以后，一代代老虎都还保留着以前的印记。老虎祖先跑到了山洞口，遇见了那个身上没有毛发的“恐惧”，只见那个“恐惧”指着他大骂：“你来做什么，全身长满斑纹的丑家伙。”老虎祖先低头看了看，发现自己身上居然满是斑纹，害怕极了，便灰溜溜地跑回北方，伤心地哭了起来。

他的哭声远远地被塔听到了。塔问：“你为什么哭？”老虎祖先抬起头，望着天空说道：“你为什么要夺去我的力量？塔，请把我以前的力量还给我吧，要不然我如何去面对丛林的兽民啊！刚才那个叫‘恐惧’的家伙还骂我是身上长满斑纹的家伙。”老虎祖先又委屈地喊道，“我究竟做错了什么，为什么你要这样惩罚我！”塔回答：“你杀死了那头公鹿后，丛林出现了死亡，恐惧自然会伴随死亡来临的。现在所有兽民不仅害怕那个没毛发的家伙，还害怕你了。”老虎祖先说：“不会的，丛林兽民们不会害怕我的，我们很早就认识了啊！”“要是你不相信，那你亲自去试试就清楚了。”于是，老虎祖先跑进丛林，大声呼唤着丛林兽民们，可是他们一看见这位从前的丛林法官，无不惊恐地四处躲藏起来，似乎都很害怕他。

虽然老虎祖先回归了丛林，但他早已失去了曾经的地位和自尊。他弓起身子，用爪子不停地刨着土地，狠狠地说：“别忘了，我曾经也是丛林的首领。塔，你要告诉我的后人，我在没有耻辱、没有恐惧的丛林中生活过。”

“好吧，这个没有问题，毕竟你也是看着这片丛林诞生的。从今天起，每年我都会给你一个晚上的时间，让你不惧怕那个没有毛发的家伙——他的名字叫人，相反我会让他害怕你。而且在那一天里，你和你的后代将再次成为整个丛林的首领，你们都可以像没有杀死公鹿之前那样生活着。可是，你一定要记住不能杀死人，因为你自己也亲身品尝过恐惧的感觉。”

老虎祖先听完塔的回答，满意地点了点头：“这就可以了。”从那天起，老虎祖先每次在水面看见自己的倒影时，就会很自然地想起没有毛发的人——那个曾经嘲笑他身上的斑纹的家伙，然后他就会忍不住发怒、咆哮。

就这样，老虎祖先等了一年，终于等到了属于他的那个夜晚——塔兑现了自己对老虎祖先的诺言。老虎祖先迫不及待地跑进了那个洞穴，正如塔所说，那个没有毛发的家伙一看见他就吓得倒在地上，全身不停地颤抖。老虎祖先没有给那个家伙任何逃跑的机会，毫不犹豫地扑向他，结果那人就被老虎祖先杀死了。老虎祖先满心以为，这下他消灭了“恐惧”，以后就能真正回到以前他当丛林首领的日子了。

后来塔来到洞口，发现老虎祖先居然把人杀死了。这时候，数道耀眼的闪电划破天空，把整座山都照亮了，还响起阵阵雷声。塔问老虎祖先：“你为什么要这样做？按照约定，我曾告诉过你不准杀害他的。”老虎祖先还得意扬扬地说：“这有什么关系呢，反正他已经死了，丛林里不会再出现恐惧了。”塔愤怒地回答：“你这个愚蠢的家伙，你教会了人如何杀戮(lù)，总有一天他会回来报复，那个时候，他带来的不仅是恐惧，还有死亡！”

老虎祖先并不在意塔的话，自顾自说道：“既然他死了，就和之前那头公鹿一样，‘恐惧’会消失的。现在我要做回这片丛林的首领！”

塔认真严肃地对老虎祖先说：“你永远不再是丛林的首领了！所有丛林兽民都不会敬重你，不会靠近你，更不会跟随你，就连你巢穴旁的一根小草也不会有谁胆敢去吃。只有‘恐惧’会一直伴随着你，你将永远受到他的诅咒！他可以让你脚下的土地裂开，可以用藤蔓把你缠死，可以让你陷入各种各样的绝境。到最后，他会把你的皮剥下来，给他的孩子做御寒用的衣物！”

老虎祖先对塔的警告无动于衷，因为他觉得，他至少还拥有那个属于自己的晚上——只要那个夜晚依然存在，他就满足了。他对塔说：“塔，还记得你曾答应给我的那个晚上吧，我相信你不会把这个约定收回去。”“我的承诺不会改变，这个夜晚是属于你的，但是，当你对人类展开了杀戮，聪明的人类终将进行报复，你一定会为自己的行为付出代价的。”

老虎祖先哈哈大笑："人类早就被我踩在脚下，他的骨头全断了。你大可以告诉兽民们，我已经除掉'恐惧'了！"

塔看着老虎祖先，再次忠告他："'恐惧'并没有消失，你不过是杀死了他们其中的一个而已，如果你非要认定自己消灭了'恐惧'，那你就亲自去告诉所有兽民吧。"

果然，第二天黎明到来的时候，洞里面又走出来一个没毛发的家伙。他立即觉察到老虎祖先的存在，又发现了老虎祖先脚下踩着的人——那是自己的伙伴啊。盛怒之下，他拿起了一根削尖的棍子……

哈迪的故事还没结束，伊基就插话了："我知道，那是人类的武器。那种尖尖的棍子可以刺伤我们。"伊基已经领教过棍子的厉害，因为恭德人（印度的一个土著民族，以狩猎为生）最喜欢吃豪猪肉了，他们曾经就拿着这种武器在丛林里面捕猎，伊基差点儿就成了他们的盘中餐。

"没错，"哈迪接着说，"就是那种武器，那个人一棍子就插进了老虎祖先的肚子。正如塔的预言所说的那样，老虎祖先果然遭到了人类的报复。他惨叫着，在丛林中躲避，过了好久才逃到了较为安全的地方。通过这件事，所有丛林兽民更加清楚那些没毛的家伙的厉害，对人类是越发地害怕了。正是因为老虎祖先把人杀了，才让人类学会杀戮，你们不是不知道，人类屠杀了多少兽民，给丛林带来了多大的灾难啊。他们很聪明，会设陷阱，会用尖棍子，会用红花，现在他们还会用那种喷着烟雾的杆子（哈迪指的是火枪）来伤害我们。从那以后，每年都有一个晚上，老虎都会毫不留情地杀害人类，只要看见人类出没，就会对他们赶尽杀绝，因为每一代老虎都铭记着自己祖先曾经所承受的羞辱。但更多的时候，

‘恐惧’会在丛林里面游荡，令每个兽民都感到害怕。”

那头年轻的黑公鹿昂起头来叫喊着，他急切地想发表自己对“恐惧”的理解。

“只有比‘恐惧’更加可怕的事情降临到丛林中——就像现在的旱灾，兽民们才会放下‘恐惧’团结在一起。”

“但是，人类真的只会在那个晚上害怕老虎吗?”莫格里好奇地问。

“是的，每年一次。”哈迪回答。

“可是，”莫格里充满了疑惑，“整个丛林的兽民都知道，谢尔汗每个月都会杀好几个人呢，这证明你的话不对呀。”

哈迪说：“是的，但谢尔汗在那些时候杀人，是从来不敢正面攻击他们的，他只能偷袭那些放松警惕的人类。因为他的心里也是充满恐惧的，要是他和人正面碰上，他只会逃跑。只有到了那个晚上，谢尔汗才能摆脱‘恐惧’，堂而皇之地走进人类的村庄，而那时候人类都会害怕得无法动弹，任由他宰割。但在那个夜晚，谢尔汗也只能杀死一个人。”

“原来如此，”莫格里恍然大悟，“怪不得每次谢尔汗和我对视的时候，他最后也会害怕我。可是我又不是人，我是丛林兽民的一员呀。”

“那老虎知道哪个晚上是属于他的吗?”巴希拉也感到很好奇。

“当夜空上的金星被浓雾遮挡了，就说明这是老虎之夜。但那个夜晚是不确定的，或许是在夏天，也可能是在冬季。唉，要不是当年老虎祖先犯下罪行，今天的一切都不会发生，我们也可以永远不感到‘恐惧’。”

“人知不知道这件事?”巴希拉继续追问。

"不，他们不知道，只有老虎和我们——塔的后人知道。不过，如今我把这个故事讲给你们听，你们也都知道了。"哈迪心情沉重地走到一旁喝水，不再说话了。

不过，好学的莫格里依旧有些弄不明白的地方，他唯有向巴鲁请教："为什么老虎祖先不跟大家一样，继续吃草和叶子呢？虽然最初他杀了公鹿，但是他并没有把公鹿吃掉呀。"

"那是因为，"巴鲁告诉莫格里，"当时所有植物受塔的嘱咐，在老虎的身上做了记号，令老虎身上多了一条一条的斑纹。从那以后，怀恨在心的老虎再也不愿意吃草或叶子了，而是吃其他兽民作为报复。"

莫格里听了巴鲁的解释，说："看来你挺了解这个故事呀，为什么你不早告诉我呢？"

"丛林里的故事实在太多了，我要是每个都告诉你，那得不停地讲多少个季节啊。"巴鲁笑了笑，说道。

丛林法律

丛林法律卷帙浩繁（形容书籍很多或一部书的部头很大。卷帙，书籍或书籍的篇章。帙，zhì），为了让大家有所了解，这里只列举与狼族相关的一些条令，并且以诗歌的形式呈现给大家——因为从前巴鲁在背诵这些条令的时候，就像朗诵诗歌一样。除了这些条令以外，还有很多与狼族有关的条令，下面列举的这些，可以应对丛林中一些常见的情形。

丛林法律——跟大地一样古老、真实，
遵守它，定可繁衍生息；违背它，必将遭受惩罚。
丛林中的藤蔓缠绕着树枝，丛林中的法律约束着兽民，狼族靠每只狼的努力而昌盛，而氏族也需保护每只狼。

每天都打扮干净，从鼻子到尾巴，还要记得适量饮水，
白天睡眠充足，晚上才能享受狩猎的好时光。
豺狼跟在老虎后面，吃他剩下的残骨，而你，是一头狼，
当你长大了，要谨记自己是个猎手，要学会狩猎、战斗。

记得与丛林的伟大猎手和平共处，他们是——虎、豹、熊，
沉思的哈迪切莫打扰，窝里的野猪不能欺负。

当两个氏族发生了矛盾，互相不让步时，
切记不要逞强，那是首领们要解决的问题。
如果氏族内发生了矛盾，
记得躲得远远的，让他们自行去协商，
更不要牵累到同伴，因为内战会削弱氏族的力量。

狼窝是每头狼最后的归宿，为他提供温暖和庇护，
就算是首领，也不能随意闯入。
狼窝是每头狼居住的地方，千万不要挖得太浅，
否则议事会就会提醒你，择日重建。

午夜前成功捕猎，千万不要嚎叫，
惊走了小鹿，就是惊走了兄弟们的食物。
狩猎的标准是为了家人的温饱，
以猎杀为乐的猎手不是称职的猎手，
为了取乐而杀人，更是万万不可。

如果你抢夺弱者的食物，不能赶尽杀绝，
留点残渣和骨头，弱者也有存活的权利。
氏族的猎物属于大家，当场就要吃干净，
谁敢夹带回自己的狼窝，必将接受氏族的审判。
一头狼的猎物神圣不可侵犯，除非获得他的准许，
否则氏族决不可分享他的猎物。

一岁以下的小狼可以乞食，
成年狼吃饱就得退下，保证能让小狼可以饱餐。
狼妈妈为自己的孩子讨吃并不可耻，
每个有所收获的狼都不能袖手旁观。
狼爸爸有权利自由地活动、打猎，
谁也不能阻止他，其他的问题议事会可以定断。
因为他壮志勃发，因为他有勇有谋，
法律没规定的事情，首领的话就是权威。

这就是丛林法律，条令众多，神圣不可反抗，
最重要的一条，你需永远铭记——绝对不能违背！

成长启示

丛林出现严重的干旱，莫格里问巴希拉，雨神是不是抛弃了他们，再也不来这个丛林了。而巴希拉却说：“不，一定不会的。我相信在我死之前一定能看到摩瓦树开花，到那时候，我们就能享受肥肥胖胖的小鹿了……”面对困境和苦难，整天唉声叹气或怨天尤人，

并不利于我们渡过难关。但要是能怀有一颗坚强的心，积极地克服困难，或许我们就可以迈过这道坎，迎接更精彩的未来。

要点思考

1. 为什么“恐惧”会降临到丛林中？
2. 在哈迪讲的传说中，老虎身上为什么会出现斑纹？

写作积累

●光阴飞逝　无可挑剔　画蛇添足　小心翼翼　面黄肌瘦　无动于衷　毫不留情　堂而皇之

●如果你喝足了，踏上河岸时嘴边还沾着通透的水珠，那你就可以享受同伴们羡慕的眼光了。每一头长角的年轻公鹿都喜爱这种喝水方式，他们喝完水凯旋的那一刻，就能生出如国王般的骄傲——所有鹿民都知道，巴希拉或者谢尔汗就等在水边，随时随地都可能袭击他们。

●当他站出来的那一刻，丛林兽民们都能感受到他身上的那种气魄——身为丛林之王的气魄。

第五章　陷入丛林之中

导读　人们将莫格里驱逐出村庄后，又派了老猎人布尔迪奥到丛林除掉这个“狼孩”，还把米苏亚和她的丈夫绑了起来，想用火烧死这两个收养“狼孩”的“巫师”。激动的莫格里设法救出米苏亚和她的丈夫后，用丛林密令唤来哈迪，命令他带上丛林兽民，一起去摧毁村庄……

缠绕，遮盖，围困——
百花，野草，藤蔓——
将一切关于他们的记忆抹去，
包括那些气味、那些关于种族的特征！

厚厚的黑色灰烬笼罩着圣坛的石板，
瓢泼的大雨倾盆而下，
雌鹿在荒废的田地上繁衍哺育，
不再有人类来打扰她们；

门窗破裂，屋墙倒塌，这里只剩断壁残垣(yuán)，
再也不会有人类在此落脚！

莫格里带着老虎谢尔汗的皮来到议事岩后，向西奥尼狼族的所有成员宣布，从今以后他要独自在丛林里生活，而他的四个狼兄弟决定要跟随着他狩猎。

可是，已习惯的生活要彻底改变并不是易事。当狼群散去后，莫格里就迫不及待地回到了狼爸爸和狼妈妈的洞穴里，沉沉地睡了一天一夜。睡足的莫格里，开始用最易懂的方法向大家讲述自己在人类中的冒险故事。在阳光下，莫格里激动地挥舞着那把剥下虎皮的刀。狼爸爸和狼妈妈都称赞他长大了，阿克拉和灰兄弟也兴致勃勃地宣讲着自己驱赶水牛群时的丰功伟绩。笨重的棕熊巴鲁，为了听故事，不辞辛苦地爬上了山上的狼穴；而听得兴奋的巴希拉，则不停地用爪子挠痒痒。

狼妈妈不时地仰起脖子，满足地使劲嗅着空气中随风飘来的虎皮气味。尽管太阳已经升得老高了，但大家都觉得意犹未尽，不愿去睡觉。

“但是，”莫格里在故事的最后补充，“这次要不是有阿克拉和灰兄弟的帮忙，我一定什么都做不了！妈妈，如果你也能看见那洪流般冲下河谷的水牛群，或者看见他们在人类朝我扔石子时凶猛地撞进村庄的大门，那该多好啊！”

“我庆幸自己没有看见最后那个场面，”狼妈妈望着莫格里，严肃地说，“我可不想看见自己的孩子像豺狼一样被可恶的人类追打！我一定会替你找他们复仇的，不过，那个喂你喝奶的女人，我不会伤害她！”

“冷静点，拉克莎！我们的青蛙不是完好无损地回来了吗，你就别和人类一般见识了！”狼爸爸慢条斯理地说，“莫格里只不过是头上划破点小伤口，不用理会那些人类。”巴鲁跟巴希拉也在一旁附和：“是的，别理人类。”

“我今后再也不想和人类打交道了，不想听到他们的声音，连他们的气味也不想闻到……”莫格里把头靠在狼妈妈温暖的身体上，感到幸福极了。

“但是，人类还会找你麻烦的，你打算怎么办？”阿克拉竖起他的耳朵，“议事岩的会议结束后，我担心人类会跟踪我们，所以沿着从村庄回来的路线返了回去，然后又把我们的足迹都弄乱了，好让他们看不出方向。这个时候，蝙蝠蒙在我的上方盘旋，他告诉我说，村里现在吵吵闹闹的，大家都聚在一起，就像被捅了的马蜂窝一样混乱！”

“看来，我是扔了一块大石头到他们的窝里啊，哈哈！”莫格里笑了起来。他最喜欢干的恶作剧，就是把熟透的野木瓜扔向马蜂窝，在蜂群追过来之前，他就跳进附近的水塘里隐藏起来，这样马蜂就蜇不到他了。

“蒙还告诉我，”阿克拉继续说，“村子门口开了很多红花，男人们都拿着会冒烟的杆子坐在旁边。”阿克拉看了看自己身上两处结了疤的伤痕，又说：“这些疤痕足以证明拿起杆子的人类肯定不是在闹着玩！估计，他们很快就会来到丛林……或许他们已经在路上了！”

“他们来丛林干什么？他们不是已经把我赶出来了吗？真不明白他们为什么要来！”莫格里生气地说。

“小兄弟，你和他们一样，都是人啊，”阿克拉说，“这个问题，我们自由的猎手可想不出答案。”

未等阿克拉说完，莫格里突然拔出那把剥虎皮的刀，猛地插进了土里，而在那一瞬间，阿克拉已把他的爪子收了回来。对人类来说，肉眼是跟不上莫格里敏捷的动作的；但对狼来说可不一样，就连一条狗——从狼的祖先退化而成的兽民，哪怕他们是在沉睡，也能辨别出远方奔来的车轮声，而且可以在车轮经过的时候，迅速地跳开。“嘿！这把刀挺锋利的，”阿克拉用鼻子嗅了嗅刀子，“不过你的速度慢了不少啊，是不是因为和人类待久了而动作变慢了？就你往下扎的那一瞬间，我已经杀死一头公鹿了！”

“记住，阿克拉，我和人类没有半点儿关系！”莫格里平静地说着，把刀收回鞘里。

这时，坐在一旁的巴希拉突然站了起来，他绷紧了身体，拼命地昂着头，不停地抽动着鼻子，似乎是觉察到了什么。很快，灰兄弟也像巴希拉一样，他侧着身体，用力地嗅着右边吹来的风；阿克拉则迎着风跳出了五十码（英美制长度单位。1码等于3英尺，合0.914 4米），身体挺直。莫格里一脸羡慕地望着他们三个，虽然他的嗅觉远比普通人类要灵敏得多，但跟这些丛林猎手比起来，简直有着天壤之别（形容极大的差别）。而且村庄里的烟熏味也令他的嗅觉退化了不少，莫格里只能揉揉鼻子，挺直了身板闻闻远方的气味……

“是人类！”阿克拉蹲下来喊道。

“一定是布尔迪奥那个家伙！”莫格里也察觉到了，“他还是跟着我们的足迹来的，看！是他那把滑膛枪的闪光！”那把老托尔牌滑膛枪，在阳光下闪动着寒光。

“瞧，我还真没说错，我就知道人类会跟踪过来的！”阿克拉得意地摆了摆尾巴，“别忘了，我可曾是西奥尼狼族的首领，带领狼民很多年了啊。”

“人类可是成群出动的，”巴希拉忍不住插嘴，“我们不能太冲动了，先看看他接下来想要干什么吧！”

莫格里点点头。于是，他带着巴希拉、巴鲁和四个狼兄弟，悄然无声地穿过丛林，抄近道绕到了布尔迪奥所在的灌木丛。莫格里透过灌木丛岔开的空隙，看见了那个扛着枪的老头。

大家应该还记得，莫格里是扛着谢尔汗那厚重结实的皮从村庄回来的，而阿克拉和灰兄弟则小跑着跟在他身后，所以，路上留下了他们三串明显清晰的脚印。现在，布尔迪奥就是沿着这些足迹来到这个地方的。

布尔迪奥停在那儿，因为阿克拉把他们的脚印弄乱了。布尔迪奥一边研究脚印，一边低声嘀咕着。最后，他失望地坐了下来，东张西望的，不知道该往哪个方向走。此时，莫格里他们与布尔迪奥相隔仅几步之遥，他们的动作稍微大一点儿，说不准就会被布尔迪奥发现了。但是狼要隐藏起来的话，肯定安静得没有人能发现，虽然莫格里在狼群中显得有点笨手笨脚；但对人类而言，他移动起来就如幻影般神秘。他们悄然无声地移动着，把老猎人包围了起来，就像一群海豚包围航行中的汽船一样，而且他们还从容地聊起天来——丛林中的很多兽民都能用普通人类几乎听不见的最低音阶来聊天。

布尔迪奥弯下腰，费劲地在周围搜索狼的脚印，他喘着气，嘴里不停地嘟哝着。

“哈哈，看人类在这瞎转，比打猎还要有趣呢！”灰兄弟说，“你们看，他就像一只在丛林里迷了路的野猪！不过，他在说什么呢?”

“他说：‘这些该死的狼一定在围着我跳舞吧！呼，真把人累坏了啊！’”莫格里绘声绘色地向大家翻译了一遍。

“他估计要休息一段时间才会继续上路。”巴希拉冷静地分析，此时他正绕着一棵树的树干在走着，享受着他们现在正在进行的捉迷藏游戏。“小兄弟，那个家伙又在干什么?”

莫格里看过去，只见老头装上水烟筒，然后点燃，接着就放在嘴边抽了起来。“那是烟，他们会把烟雾吸进去，又吐出来，人类总喜欢玩这些无聊的东西。”大家使劲地嗅了嗅，记下了烟草的味道，这样一来，即使在漆黑的夜里，他们也能轻易辨别出布尔迪奥在哪个位置。

这时，远处走来了一小群烧炭夫，他们见到这位远近闻名的猎人布尔迪奥，便立刻停了下来，和这位老猎人坐在一起抽烟聊天。布尔迪奥添枝加叶（形容叙述事情或转述别人的话时，为了夸张渲染，添上原来没有的内容）地向他们讲述了他和狼孩莫格里的故事：他是怎样有惊无险地杀死老虎谢尔汗的；莫格里怎样变成一头狼袭击他，然后和他大战一番后又变回小男孩，施展巫术使他的子弹拐了弯，打死他自己的一头水牛……布尔迪奥还告诉这班烧炭夫，因为村民们知道他是最厉害的猎手，所以他们就派他出来杀死狼孩莫格里。而且，村民们已经把狼孩的父母——米苏亚和她的丈夫抓了起来，马上要用酷刑拷问他们，逼他们承认自己也是巫师，然后举行仪式烧死他们。

“什么时候举行仪式呢?”这群烧炭夫问，他们都表示出了对仪式的极大兴趣。

“在我回去之前，仪式是不会举行的。因为村民们都希望我能先把狼孩杀了，然后再和我一起处置他的父母。如果能消灭这些巫师，那可是天大的好事啊，他们拥有那么多田地和水牛，等他们死了，我们就能把这些东西分给大家了（反衬出村民们的贪婪）。”

“可是，要是英国人发现了该怎么办？这些白人都疯疯癫癫的，居然不愿意我们农民杀死巫师！”其中一个烧炭夫说道。

“用不着担心，一切都已安排妥当了，到时候村里的首领会向他们报告，就说米苏亚和她的丈夫是被蛇咬死的。我们现在唯一的任务，就是找到那个狼孩并把他杀死！噢，对了，你们从那边过来的时候碰见他了吗？”布尔迪奥说。

“没见到呢……”烧炭夫们都打了个冷战，紧张地四处张望着，“幸好我们没有遇到这狼孩，不然恐怕早就没命了！只有像您这样勇敢的人，才能对付他啊！”

太阳快落山了，这行人抽了一会儿烟，就打算出发去村里见识见识那两个收养狼孩的邪恶巫师。布尔迪奥对他们说：“天就要黑了，但现在正是狼群出没的时候呀！虽然我还有艰巨的任务要完成，可我也不忍心看着你们手无寸铁地穿过丛林，这样随时会遇到危险的！要不，我护送你们回去吧，这样一来，如果狼孩出现的话，我西奥尼头号猎人就可以给你们展示一下，我是怎么打败他的。祭司还特意给了我一道对付狼孩的符咒呢，确保安全！”

布尔迪奥每说一句话，四个狼兄弟就让莫格里翻译一遍，直至布尔迪奥讲到女巫这里时，莫格里自己也听不明白了，于是他就说：“他们把收养我的那个女人和她的男人关到陷阱里了！”

“难道人类也喜欢用陷阱来捕捉自己的同类吗?”巴希拉问。

“这老头是这么说的，我也不太懂。看来村里的人都疯了，米苏亚他俩和我一点儿关系都没有，他们为什么要把他俩关起来？他们扛着红花，到底要干什么呢？我得加倍小心了!”莫格里自言自语地琢磨着，“村民们要等布尔迪奥回去才会处置米苏亚，这样的话——”他用手指转动着那把剥皮刀的刀柄，陷入了沉思。

此时，布尔迪奥已经和那些烧炭夫一起，准备回村庄去了。

“我得赶紧去村里一趟!”最后，莫格里说。

“那些人呢，怎么办?”灰兄弟贪婪地望着那些烧炭夫的背影。

“请你们唱着歌送他们回家吧，”莫格里笑了笑，“我希望他们天黑前不会回到村子里！怎么样，你们能帮忙拖住他们吗?”

“这有多难呢?”灰兄弟不屑地龇着他的森森白牙，说，“我可以让那些人类像山羊一样乖巧，被我们号令着来回转圈子!”

“没有这个必要，用歌声吓唬吓唬他们就可以了，免得他们在路上寂寞。和他们一起走吧，巴希拉，也帮忙编一首曲子。等天黑了，我们在村口集合吧，灰兄弟知道那地方!”

巴希拉张开大嘴打了一个哈欠：“一整天都在追踪人类，现在还要为小孩干活，我究竟什么时候能睡觉啊!”虽然他嘴上这么说，但他那闪烁的眼神表明，这份差事他很乐意去做。“我还从没对那些光溜溜的人类唱过歌呢，这值得我们好好试试!”

黑豹低下头，这样声音就能传得更远一些了，然后他拖着长音喊道：“狩猎快乐!”——这本是巴希拉在半夜时分打猎呼喊的口号，但如今在下午喊了出来，更加让人觉得阴森可怕。莫格里一边跑一边听着巴希拉吼叫，那叫声抬高了，又低了下去，然后变成一种令人不寒而栗的哀鸣，接着慢慢地消失在身后。跑过丛林的莫格里暗暗地笑了，因为他看见烧炭夫们已吓得瘫在地上抱成一团，布尔迪奥哆哆嗦嗦地举着猎枪，慌乱地朝各个方向转动着。

“呀——啦——咿！嗷呜——”这时，灰兄弟唱出了狼群驱赶大羚羊时的歌曲。那歌声仿佛来自天边，越来越近，一直传入你的耳朵里，最后随着一声尖叫猛然停下。此时，另外三个狼兄弟也发出吼叫回应，丛林里顿时回荡起狼群有力的呼喊声。一曲唱毕，四头狼又熟练地运用各种颤音、装饰音，以低沉、暗哑的声音唱起来了。歌声打破了午间丛林的寂静，每个丛林兽民都被这歌声惊醒了。为了吓唬那群人，相信这是对《丛林晨歌》一次奇怪的演唱：

片刻之前，我们的身躯，
还没在平原投下影子；
他们循着我们的足迹，带着怒火在前进，
于是我们转身朝家里跑去。
晨辉开始照耀寂静的大地，岩石和灌木
都毫无雕饰，高高地挺立着——
我们呼喊着：“所有遵守丛林法律的兽民，
祝大家都能愉快地休息!”

这时，兽民们把犄角和毛皮，
通通隐藏在丛林中，无声无息；
丛林的贵族们悄悄地回到了洞穴，
蜷曲着身体纹丝不动。
人类结实的牛群正在庄稼地里，
沉默地拉着新的牛轭耕种；
此时，一条条红色的曙光冲破了云层，
把平静的湖面照得波光粼粼。

嘿！回兽穴吧！炽热的太阳在闪耀着，
快躲到那青草吹拂的后面——
那告诫犹如微风低语，
轻轻地穿过嫩青的竹林。
我们眨着眼睛，仔细观察丛林，
欣赏着白昼里变得陌生的景色。
蓝天之下，那只野鸭在呼喊着：
“清晨来临——清晨是属于人类的！”

露珠不见了踪影，它曾沾在我们的皮毛上，
或挂在树木的枝叶上；
昨晚我们饮水的地方，凹凸不平的水洼，
在慢慢地变干，成了黏土。
逝去的黑夜暴露出，
兽民每只爪子的痕迹；
我们呼喊着：“所有遵循丛林法律的兽民，
祝大家都能愉快地休息！”

当然，任何翻译都不能准确无误地传达出那首歌产生的效果，更不能表达出四头狼对人类的嘲弄。只见烧炭夫们惊恐地爬上树枝，试图隐藏起来不被狼群发现，但枝条发出了“噼里啪啦”的断裂声，个个摇摇欲坠。布尔迪奥一遍又一遍地重复着祭司教他的咒语，一心幻想着驱赶掉歌声带来的恶灵……过了好一阵子，这些被恐惧和倦意折磨着的人类都纷纷睡着了。

趁着这段时间，莫格里正以每小时九英里的速度，飞奔着赶往村庄。他现在的脑子里，只有一个想法，就是把米苏亚和她的丈夫从陷阱里解救出来——在丛林长大的他，憎恨所有的陷阱。奔跑中，他又暗暗对自己起誓，要和村庄算清所有的账。

黄昏时分，莫格里终于回到了村庄，那片牧场跟他记忆中的一模一样，那棵波罗奢树下，灰兄弟曾在这儿等他，那天他还杀死了谢尔汗。莫格里扫视了一下村里房子的房顶，突然觉得好像有什么涌上了他的喉咙，使他喘不过气来。他又发现，今天人们都早早地从地里回来了，但都没有去做晚饭，而是聚在村里的那棵大树下讨论着什么，不时还传来一阵喊叫。

“哼，人类肯定在计划着怎么用陷阱来害人了！”莫格里愤怒地说，“几个雨季前是我，今天晚上是米苏亚和她的丈夫；明天，或者很多个夜晚以后，又将轮到我莫格里了。”

莫格里悄无声息地沿着墙根走到了米苏亚的小屋，然后透过窗户往里看。只见米苏亚的手脚都被捆了起来，嘴里塞着东西。她艰难地喘着气，一直发出痛苦的呻吟声；她的丈夫则被绑在了床架边上，瘫坐着不能动弹。那小屋通向大街的门紧闭着，还有三四个村民用椅子顶着大门，背靠着大门坐着，牢牢地守在那里。

在村庄生活了一段时间的莫格里，已经非常了解村民们的生活习惯。他知道，这些人只要有饭吃、能聊天和抽烟，就不会想干什么歪门邪道的事，然而一旦他们吃饱喝足了，就总会聚在一起谋划一些可怕的玩意儿，就会变得非常危险。莫格里心想："布尔迪奥就要回来了，到时候他又要把狼兄弟的歌编成故事讲给大家听，这样一来……"于是，他立刻从窗户跳进屋里，趴着移动到米苏亚和她的男人面前，将绑在两人身上的绳索砍断，又将他们嘴里塞的东西扯了出来。

被村民们毒打了一上午的米苏亚，此刻浑身都是伤，疼痛得差点就要崩溃了，被救以后，她险些大喊起来。在丛林里长大的莫格里反应迅速，立刻捂住了她的嘴。而她的丈夫只是坐在一边生着闷气，一点一点地抠胡须上的脏东西。

"我知道……我就知道你会回来的！"米苏亚终于开口说话了，她激动地低泣着，"现在我知道你真的是我的儿子了！"她把莫格里搂在怀里，紧紧地抱着。一向镇定的莫格里被米苏亚这么一抱，不禁全身发抖，自己也吓了一惊。

"他们为什么要把你们捆起来？"莫格里平复了一下心情，冷静地问。

"还不是因为有你这样的儿子！他们要把我们杀死啊……还能有其他原因吗？"一旁的男人突然爆发了，"看！我都流血了！"

米苏亚沉默着，但莫格里明显地看见米苏亚身上全是瘀青和伤痕，他咬牙切齿地问："究竟是谁干的？我要为你们报仇！"

“村里的所有人！因为我们太有钱了，拥有太多牛，他们就想以我们收养你为借口，把我们处死，然后瓜分我们的田地和水牛！”

“我还是不明白他们为什么要这样做，米苏亚，你来解释给我听吧。”

“纳图，你还记得我给过你牛奶喝的事吗？”米苏亚胆怯地说，“因为你是我那被老虎叼走的儿子，因为我把你给接了回来，并且给你喝牛奶。所以，他们说我是你的妈妈，是一个魔鬼的妈妈，必须被处死。”

“魔鬼是什么？”莫格里问道，“我见过最可怕的东西也不过是死神。”

男人消沉地抬头望了望，米苏亚笑着对他说：“看！我就知道，他是我的儿子，不是什么魔鬼！也不是巫师！”

“现在我们也没必要纠结他是什么了，这一点儿好处都没有。”男人说，“我们都是快死的人了。”

“那边是通向丛林的路，”莫格里指着窗外，说，“现在你们不再被绑着了，已经自由了。赶快逃吧！”

“我们从未去过那片丛林，我的孩子。”米苏亚绝望地叹气，“况且我也走不了多远了。”

“村里的年轻人会追上我们，把我们拖回这里的。”男人补充道。

“哼！”莫格里拔出了刀，把玩着，还用刀尖轻划着手掌，“我并不打算伤害村里的任何人，不过，我不认为他们会一直守着你们的。再等一会儿吧，他们就有别的事可忙了！”

“嘿！”莫格里突然抬起头，听着屋外的叫喊声和脚步声，“他们居然这么快就放布尔迪奥回来啦？”

“今天早上村民们派他去丛林杀你了，他发现你了吗？”米苏亚关心地问道。

“是的……我们……我看到他了。现在他绝对要给大家讲故事了，趁着他讲故事的空当，你们赶紧想想可以逃去哪儿吧！我先去打听一下他们接下来准备做什么。”说完，莫格里就从窗户跳了出去，又沿着墙根跑到了那棵大树附近，竖起了耳朵专心地听人群说话。

布尔迪奥躺在地上咳咳地清着嗓子，披头散发的，手上和腿上因为刚才爬树到处都蹭破了皮，衣服上也到处都是破洞（动作和神态描写，凸显出老猎人的窘态）。他几乎连话都说不出来，但在大家的追问下，也为了维护他在大家心目中的崇高地位，他断断续续地编起了故事——丛林里魔鬼在唱歌，而且通过歌声散发出可怕的魔力……他想继续编造更精彩的故事，但因为太口渴了而不得不停下，要求人们给他一点儿水喝。

莫格里越听越生气：“呸！人类果真是猴民们的兄弟啊！现在他喝饱了水，肯定要再吸几口烟，看来他的故事还长着呢，他们不会有人看守米苏亚的，我可不能变得和他们一样啊！”

莫格里按原路悄悄地返回了小屋，刚走到窗户边，突然发现狼妈妈来了。

“啊，妈妈！你来这里干什么？”

“我听见孩子们在丛林里唱歌，于是就跟着我最疼爱的儿子——你来了，我想看看收养你的女人。”狼妈妈边说边甩着身子，抖落满身的露水。

“人们把她和她的男人绑起来了，还想杀死他们，我已经为他们解了绑，现在准备让他们从丛林里逃走！”莫格里低声说。

“我和你一块儿去吧，”狼妈妈直起身子，从窗户向里张望着，“虽然我老了，但还是能够保护他们的……虽然我喂你吃了第一口奶，但巴希拉说得对，你是人类，早晚要和人类一起生活的。”

“或许吧，”听了狼妈妈的话，莫格里有点不高兴，“但是今晚可不是我回到人类中去的日子。妈妈，你在这儿等着吧，但别让她看见你了！”

狼妈妈又轻盈地钻进了灌木丛中，隐藏了起来。

莫格里回到了小屋，对米苏亚和她的丈夫说：“现在，人们正围着布尔迪奥听故事呢，等那老头讲完了，一定会带着红花——拿着火来烧死你们的，快告诉我吧，你们想逃去哪儿？”

“我们商量过了，”米苏亚说，“我们决定去卡阿尼瓦拉，离这里有三十英里，在那里我们或许可以得到英国人的保护。”

“英国人，他们属于哪个族群？”莫格里疑惑地问。

“他们是白种人，人人都说他们统治着这片大地，重要的是他们禁止任何毒打或者烧死人类的情况。到了那里，我们就能活下去了。”

“那你们就活下去吧！除了你们，今晚没人能从村口走出去！”莫格里说完，好奇地看着跪在墙角挖土的男人，“可是，他在找什么呢？”

“他在挖他存的一些钱，我们也只能带这些东西了。”

“钱？我至今都没弄懂这个东西究竟有什么用。”莫格

里说。

男人用惊讶的眼神瞪了瞪莫格里，嘟哝着说："你真不是魔鬼，而是个傻瓜！有了这些钱，我们就可以买匹马了，我们全身都是伤，是无法走远的，有了马的话，我们就不用担心村民会追上来了！"

"他们不会追上来的——我早就说过，今晚任何人都走不出这村庄。不过，你们确实应该买一匹马，米苏亚太虚弱了！"莫格里想了想说。

待男人把最后一个卢比收好后，莫格里帮助两人爬出了窗户，一阵夜风吹来，让米苏亚感觉有了点儿精神，但漆黑得看不到尽头的丛林却让她害怕起来。

"你们知道去卡阿尼瓦拉的路吗？"莫格里问。

他们颤抖着点了点头。

莫格里轻声地笑了起来："不用着急，也用不着害怕，只是……只是，你们走进丛林深处之后，可能会听见周围有歌声。"

"不管怎么说，在丛林里被野兽吃掉，也比被人烧死要强！"米苏亚的丈夫感叹道。

"听好了，"莫格里模仿起巴鲁给小狼们重复丛林法律时的样子，说道，"你们听好了，在丛林里，就连一颗牙也不会碰到你们，也不会有任何一只脚踢向你们。总之，在你们去到卡阿尼瓦拉前，丛林里没有任何东西可以伤害到你们，你们是受着保护的！"

说完，他望着米苏亚，满含期待地说："他不相信我，但是你会的，对吧？"

"当然了，我的儿子，我相信你说的每一句话。"

“不用害怕来自我同伴的歌声，他们不过是在保护你们。好了，出发吧，记住，慢慢地走，村庄的大门已经关上了。”

伤心的米苏亚扑倒在莫格里的脚旁，莫格里赶紧把她扶起来。她再次搂着莫格里的脖子，一边哭着，一边用她能想到的一切美好的话语祝福他。米苏亚的丈夫用充满仇恨的眼光望着自己的土地和牛群，打赌说：“如果我们可以去到卡阿尼瓦拉，我一定会找英国人讨个公道！我一定要控告祭司、布尔迪奥，以及村里所有人！他们一定要为我那些没耕种的庄稼、没喂养的牛群付出双倍以上的代价！上天啊，我要得到您最公正的对待！”

莫格里咯咯地笑了起来：“我不知道公正代表着什么，但是你们要是能在下一个雨季回来看看，你们就知道这儿还剩下什么了。”

米苏亚和她的丈夫向着丛林出发了，藏在灌木丛里的狼妈妈也跳了出来，跟在他们身后。

“拜托你了，妈妈！”莫格里说，“请你确保他们在丛林里是安全的！巴希拉待会儿就会来了！”

“嗷呜——”狼妈妈以一声低沉的、长长的嗷叫回应着，米苏亚的丈夫不由自主地颤抖起来，转身就想跑回屋里去。

“不必害怕，继续往前走吧，”莫格里说，“那是代表保护你们的歌声，你们在丛林里是安全的！”

在米苏亚的催促下，二人又继续往前走。很快，他们和狼妈妈就消失在黑暗的丛林里了。这时，巴希拉从莫格里的脚边蹿了出来。巴希拉在这个黑夜里显得特别兴奋。

“我的四个兄弟去哪了，巴希拉？我不希望今晚有人能离开村庄。”

“根本用不着你那四位狼兄弟，哼！我一个就能对付所有村民了！”巴希拉来回踱着步，眼中透出骇人的红光，呼噜的声音越来越大，“小兄弟，我们要捕杀他们吗？一想起刚才那歌声和那些人被吓得浑身发抖的样子，我就血脉偾（fèn）张。人类——那些没毛的家伙，是多么弱小啊！我早就想报复他们了！我像追逐小鹿一样驱赶着他们，我是黑豹巴希拉！巴希拉！”激动的巴希拉不停地跳着，忽左忽右地在空中挥舞着锋利的爪子，然后又无声无息地落在地上。他的嘴里不时地发出低哑的吼叫声，就像烧开的水壶里咕噜的蒸气声。“我可是巴希拉，丛林里谁能躲过我的攻击！你这小人儿，我一出爪子就能把你的脑袋拍扁了，就像打夏天里的一只小青蛙，哈哈！”

“那你拍呀，我才不怕你！”莫格里用人类的语言喊了出来。巴希拉立刻停下了舞动，往后一跳，蹲在地上，但腿和腰还是不停地在抖动，好像要发动一场攻击一样。莫格里狠狠地盯着巴希拉的眼睛，就像以前盯着狼群，或者谢尔汗一样。巴希拉绿宝石般的眼睛里，红光渐渐消失了，他的脑袋越垂越低，最后伸出长着倒刺的粗糙的红舌头，舔起了莫格里的脚。

莫格里一边抚摸着黑豹头上、脊背上光滑的皮毛，一边低声地安慰着：“兄弟——兄弟！冷静——冷静！这不是你的错！”

“都怪这黑夜里的奇怪气味！”巴希拉懊恼地说，“这些气味就像对着我在吼叫！”

在印度村庄周围的空气中，弥漫着各种各样的气味，极其容易令嗅觉敏锐的动物们疯狂，就像音乐和毒品对于人类一样。莫格里不停地抚摩着巴希拉的皮毛，安慰着他，过了不久，黑豹像一只躺在火堆旁的老猫，将爪子蜷缩在胸腔，眯着眼睛。

“小兄弟，你属于丛林，又不属于丛林！而我只是一只黑豹，但是我爱你！”巴希拉最后说。

可是莫格里并没有把巴希拉的话听进去，他正琢磨着另外一件事：“他们在树下聊了很久了，布尔迪奥的故事也该讲完了，他们很快就会到这里来抓米苏亚和她的男人，然后举行他们的‘仪式’。到时候，他们就会发现人早就跑了，哈哈！”

“小兄弟，我的血液不再狂热地跳动了，”巴希拉说，“就让他们在这儿发现我们好了！估计他们看见我以后再也不敢踏出家门口一步了。我曾在他们的陷阱里待过，他们是不可能有机会再把我捆起来的！”

“好，那你可要小心点儿。”莫格里笑着说。

“哼！全是人的臭味呀！”从窗户跳入屋的巴希拉咕噜着说，“看，这张床好像和我当初在奥岱波尔王宫睡的那张差不多，好，那我就躺在这儿吧！”说着，黑豹跳了上去。莫格里顿时听见那张帆布床的带子断裂的声音。“我敢保证，那些人类肯定以为自己抓到了大猎物，哈哈！来吧，小兄弟，我们一起祝贺他们狩猎快乐！”

“不，我不想再看见这些人类，而且我现在另有计划，我不能让他们知道我在这场玩笑中是什么一种身份。”

“好吧，”巴希拉说，“听，他们来了！”

结束了树下的会议后，人们在疯狂的叫喊中纷纷举起了武器，不论男女老少都拿起了棒子、竹竿、镰刀。走在人群最前面的是扛着枪的布尔迪奥和祭司，其他人则在后面紧紧跟着。他们举着火把在高喊着："可恶的两个巫师！在我们烧烫的烙铁面前看看你们还敢不敢嘴硬！烧了他们的小屋吧！布尔迪奥，把枪点上火药吧！"

这时，人们把紧闭的大门拉开了，越来越多的人举着火把走了进来，火光照亮了整个房屋。屋内，巴希拉伸直了身子躺在床上，他的爪子优雅地交叉着，耷拉在床边；他的毛发黑黝黝的，像魔鬼一样吓人。吵闹的人群顿时安静了足足有半分钟的时间，然后，前面几排村民如梦初醒，发了疯似的拼命往外逃。巴希拉抬起头，故作夸张地打了一个哈欠——红色的舌头卷起来，长长的獠牙露了出来；然后上下牙猛地碰在一起，发出"咔嗒咔嗒"的声响……人们无不恐慌地大喊着、尖叫着，争先恐后地、跌跌撞撞地往自家逃去，刹那间，街道上便空无一人。巴希拉从窗户跳了出去，站在莫格里旁边。

"直到天亮，他们都不会随意活动了，"巴希拉说，"怎么样?"

整个村庄一片死寂，偶然能听见沉重的箱子在地面拖行和顶撞屋门的声音。巴希拉的判断完全正确，村民们真的被吓坏了，这个夜里没有任何人敢动一动。但莫格里只是静静地坐着，似乎在想着什么问题，而且神情越来越阴暗。

"怎么了，小兄弟，是我做错了什么吗?"巴希拉站起来问。

"没什么，你做得挺好的。我困了，先去睡觉了，你盯着他们吧！"说完，莫格里就跑进了丛林深处，倒头大睡，足足睡了一整天。

当他醒来时，已经是第二天的黑夜了。他看见巴希拉就躺在自己身旁，脚边还有一头新猎杀的公鹿。莫格里抽出刀割着肉吃，而巴希拉则在他身边安静地看着。

“你的狼妈妈托鹞鹰朗恩捎话来了，”巴希拉说，“那个男人和女人很快就到卡阿尼瓦拉了，他们在午夜之前买了一匹马，走得很快，现在他们自由了。”

“很好！”莫格里说。

“还有，村里的人日上三竿也没走出屋子，出来吃完饭又匆忙躲回去了。”

“那有人看见你了吗？”莫格里问。

“也许会有人看见吧，黎明时候我正在村口打滚呢！好了，小兄弟，已经没什么可以做的了。我们回丛林去和巴鲁一起打猎吧！他还找到了新的蜂窝，想炫耀一下呢。你也该做回以前丛林里的你了，别老这样直直地盯着我，那太可怕了！那个男人和女人不会再被放进红花里，丛林里的一切也恢复了正常，不是吗？我们干脆把人类给忘了吧。”

“我们很快就会忘记这帮人类的。哈迪今晚会去哪里觅食？”

“谁知道那些不爱说话的野象会去哪儿啊！你怎么想起他来了，有什么事只能由他来做吗？”

“让哈迪和他的三个儿子到我这里来。”莫格里冷冷地说。

“小兄弟呀，哈迪可是丛林之王，你不应该这样对他呼来喝去吧。别忘了，丛林密令是他教会你的！”

“这已经无所谓了，现在我有可以驱遣他的丛林密令，让他来见我青蛙莫格里吧。如果他不听，你就跟他说布珀尔之劫。”

“布珀尔之劫，”巴希拉重复着，“好，我现在就去。尽管我可能会惹哈迪生气，但我也真想听听驱使丛林之王的丛林密令。”说完，黑豹就消失在丛林中。

此刻，莫格里的心中充满了仇恨，他拔出剥皮刀，反复地拿刀扎着泥土。米苏亚一直照顾他、信任他，也爱他，莫格里也深爱着这位人类母亲，这份爱和他对村庄人们的恨意一样强烈，他厌恶人们的贪婪、冷酷和胆怯。虽然他看见并闻到了捆绑米苏亚的绳索上的血，但他不想再让那种可怕的血腥味钻进自己的鼻子，更不想杀死任何一个人。他只想用一个简单而有效，并且深刻的方法来教训人类。这种想法，令他回忆起布尔迪奥在无花果树下讲过的一个故事。

没过多久，巴希拉就回来了，他在莫格里耳边低声说：“你说得没错，他们果然来了，听了那个密令，他们便乖乖地顺从了，就像公牛一般，还一句怨言也没有！”

沉默的哈迪聚精会神地嚼着刚挖上来的嫩茎，若有所思地走过来了，他的三个儿子则摇摇晃晃地跟在后面，他们的身上都还沾着未干透的河泥。哈迪那庞大的身躯上的每一处皱褶都向巴希拉透露出，他今天绝不是以丛林之王的身份来跟一个小人儿说话的，而是作为一位慌张的兽民来到一个无所畏惧的人面前。

走近后，哈迪便对莫格里说：“狩猎快乐！”可是，莫格里连头都没有抬一下，他只是来回踱着步，摇晃着身体。

莫格里终于张开了嘴，但不是对着哈迪，而是对着巴希拉。

“我要讲一个故事，是那个叫布尔迪奥的老猎人告诉我的。”莫格里说，“有一天，一头聪明的老象掉进了人类的陷阱，坑里尖尖的棍子把老象划伤了，从一只脚开始，直到他的肩膀上，至今还留着一道白色的伤疤。”莫格里一伸手，哈迪便转了个身，在月光的照耀下，他石板色的身体上有一道又深又长的白色疤痕。

“后来人们把他从陷阱里拉了上来，”莫格里继续说，“可是他太强壮，力气太大了，挣断绳子逃走了。回到丛林的他等伤口愈合后，在一天夜里愤怒地冲进了那些猎人的田里……我记得他有三个儿子。这个故事发生在很多个雨季之前，而且是在一个遥远的名为布珀尔的田间。”说到这里，莫格里转向哈迪，“那些庄稼地怎么样了，哈迪？”

“我和我的儿子们把田里的庄稼都收割了。”

“收获之后地里继续耕种过吗？”

“没有。”

“那么靠庄稼生存的人们呢？”

“他们走了。”

“那么，他们的房屋呢？”

“我们把房屋蹂躏成碎片了，丛林最后吞没了整个村庄。”

“还有什么吗？”

“我和我的儿子花了几个夜晚的时间，从北到南、从东到西，踏遍了那片庄稼地的每一个角落。我们接连摧毁了五个村子，丛林把它们完全吞没了。如今，在那些村庄里，在那些土地上，在那些牧场和肥沃的庄稼地上，再也看不见人类的踪影了，那都已是属于丛林的……这就是布珀尔之劫。不过，我想知道，你是怎么知道的，小人儿？”

“我是从一个人那儿听来的，没想到布尔迪奥居然也会说点儿实话。做得好，哈迪！”莫格里说，“但有我的指挥的话，我相信你第二次会做得更好。你已经听说过那个把我驱逐出来的村庄了吧？那里的村民贪婪、懒惰，整天胡说八道，而且十分残忍，竟然设陷阱残害同类，还要将同类放进红花里。他们是以伤害弱者为乐趣的人类！我憎恶他们，他们不适合居住在这里！”莫格里愤恨地说着。

“杀死他们！”哈迪的小儿子从草丛里拔起一簇草，又甩着鼻子将草扔掉了，一双通红的眼睛在扫视着四周。

“那些白骨对我没有任何用处。我杀了谢尔汗，他的皮正在议事岩上慢慢腐烂，可是——他消失了，而现在我什么都感觉不到了。所以这一次，我要让我的报复看得见摸得着！让丛林吞没这个村庄吧，哈迪！”想着那些可恨的人们，莫格里激动万分地诉说着。

巴希拉终于明白莫格里为什么要叫野象哈迪来了，因为丛林里只有哈迪有资格和能力来施行这个计划，发动这场战争。巴希拉颤抖着，蹲了下来。其实，他也预想过对村庄展开的报复，但那不过是冲到村庄的街道上，对人群展开攻击；或者在人们耕种的时候，来一场突如其来的袭击。但是莫格里这个计划是让丛林吞没整个村庄，这是多么冷酷的报复啊！这令伟大的猎手巴希拉也感到害怕。

“可是——可是我们和他们没结下什么冤仇啊，要破坏村庄，那得先激起我极大的怒火。”哈迪犹豫了一阵子。

“丛林里和你们一样的食草兽民还有很多吧，鹿啦、猪啦、牛啦……把他们也都叫来吧！在庄稼地变得荒芜之前，你们根本用不着出马，让丛林吞没这个村庄吧！”

“不需要杀害人类吧？要知道，在布珀尔之劫中，我的长牙都沾满了人血，我真的不想再闻到人血的气味儿！”哈迪说。

“是的，我也不想。让他们走吧，去找一个新的居住地，不要将他们的骨头埋在这片干净的土地上。我只闻过一个女人的血——一个因为救我而要被人们残杀的女人的血。要不是她，我早就被杀死了。只有这片土地上新长出来的青草的清香，才能净化那股血腥味儿！这股臭味至今让我的嘴里感到火辣辣的！让丛林吞没这个村庄吧，哈迪！”

“好！”哈迪说，“我明白你的感受，那尖木桩割伤的疤痕同样使我感到火辣辣的，直至那些村庄不复存在。莫格里，你的战争将是我们的战争，就让丛林尽情吞没村庄吧！”

大象们走了，莫格里依然满腔怒火——他呼吸急促，全身上下不停地在发抖。

巴希拉惊恐地看着莫格里：“我敢以被砸开的令我重获自由的锁起誓，你已经不再是当年那个我在狼群大会为之说话的赤裸裸的小家伙了！如今你才是丛林之王，新的丛林之王！等我和巴鲁，还有大家都老了，你一定要守护我们啊！在你面前，我们已经变成幼兽，变成失去母亲的小鹿了！”

巴希拉的比喻让莫格里无所适从，他不能自已地大笑起来，为了使自己平静下来，他跳进了水塘，一圈一圈地游泳。月光下，他像极了一只在水面时隐时现的青蛙。

这个时候，哈迪和三个儿子已经朝不同的方向，迈着步子走下了山谷，又花了两天时间，走了一段漫长的路。然后他们开始不慌不忙地吃东西——只是安安静静地吃了一个星期。蝙蝠蒙、鹞鹰朗恩和猴民们都知道了丛林之王的动向，不停地争论着。

很快，不知是谁把消息传遍了整个丛林——某个山谷里可以找到更好的食物和水源。于是，猪先成群结队地出发了——

他们为了饱餐一顿，愿意走上很远的路。紧随其后的是鹿，鹿群后面跟着的是靠吃干枯的牧草为生的野狐狸。羚羊群和鹿群并排行进，野水牛则跟在他们后面……兽民集结成队地走着，一旦前方有什么风吹草动，一两个兽民就会抬起头来安抚大家。有时是豪猪伊基，他会带来前面就有优良饲料吃的好消息；有时是蝙蝠蒙，他会先飞到前面的林中，然后回来告诉大家前方没有任何危险……

虽然许多兽民都跑开了，或者失去兴趣了，但坚持前进的也不少。大约继续走了十天，大家来到了村庄的外围，鹿、猪和羚羊等食草兽民绕着一个半径约八到十英里的圆圈来回踱着，而那些肉食的猎手们则在那圆圈边上游荡，寻找他们中意的猎物。这时村庄周围的庄稼开始成熟了，村民们搭起了像鸽棚一样的平台——由四根粗树干搭成的。他们守在平台上，好吓走鸟儿和其他偷吃粮食的动物。

肉食的兽民们在后面驱赶着早就失去耐性的鹿群，让他们只能乖乖地往村里的庄稼地走去。

一天深夜，哈迪和他的三个儿子从丛林悄悄地来到庄稼地里，用他们的长鼻子折断了支撑平台的树干，平台瞬间倒塌了，坐在上面的人纷纷跌落下来，他们耳边响起了大象们低沉的吼叫声。这时，一支惊慌失措的鹿群率先冲进了牧场和庄稼地里，野猪跟在后面胡冲乱撞，践踏着鹿群吃剩的粮食。远处，狼嚎声不断传来，受惊的鹿群如没头苍蝇般地在庄稼地里到处狂奔，踩倒了大麦，踏平了灌溉渠两边的田垄。天快亮时，外围的肉食兽民都陆续回到丛林休息了，一群又一群的公鹿沿着空出的道路，也跑回了丛林，还有一些胆大的在附近的灌木丛中休息，等待下一个夜晚的觅食。

庄稼地毫无疑问地全毁了，早上村民们才意识到自己的土地被破坏得有多严重。他们似乎除了离开，就再也没办法在这里继续生活了。

村民们到牧场放牧时，饥饿的水牛发现牧草早就被野鹿啃光了，只好跑进丛林深处，和野生伙伴们一同生活。黄昏时分，三四匹小马倒在马厩（jiù）里，脑袋都被砸扁了。毫无疑问，只有巴希拉能那样干。

天暗了下来，但村里再也没有人敢去看守庄稼地了。于是，哈迪和三个儿子优哉游哉地走在庄稼地上，把剩下的稻谷全都收割了——哈迪连一粒稻谷都没有剩下。眼下，村民们唯有靠储存的谷物种子生存，直至雨季的到来，可是野象哈迪没有给他们机会，他用长牙顶破了装得满满的谷仓的土墙，撞开了存放着粮食的柳条箱。

祭司终于站出来说话了："我们一定是得罪了丛林中的某位神灵，现在他来惩罚我们了。"于是，村民们请来了小个子、皮肤黝黑但十分聪明的恭德人部落首领——他们住在丛林的最深处，以打猎为生，是这片土地最原始的居民。村民们用了所有最好、最热情的方式来招待这位恭德人，只见他单脚站着，单手持弓，头饰上插着两三根毒箭，念念有词地望着那片狼藉的庄稼地。焦虑的村民迫切地想知道，恭德人的神——丛林之神是否生气了，他们要奉献怎样的祭品。可是恭德人什么也没说，只是捡起了一根长着野生葫芦的藤蔓，不停地抽打着地面，然后他沿着通向卡阿尼瓦拉的路，手舞足蹈地走回了自己的丛林（借恭德人的占卜，既表现出村民的迷信，也说明村民已经不可能继续留在这儿）。

他的意思已经再清楚不过了——丛林之神让他们迁走，

并且越快越好。

然而，村民们坚持留下来，因为谁也不愿离开他们世代生活的村庄。大家都勉强靠着夏粮过活，有时还去丛林里摘点坚果。可是就连白天，一些带着愤怒目光的黑影也总在他们面前晃来晃去；村里的树总是被莫名其妙地剥了皮，留下巨大的尖爪子印……

野猪们早就把牛棚、羊圈的围墙踩塌了，里面空空荡荡的，只有藤蔓肆意地占据了新的领地……年轻的单身男人们率先逃走了，并且将村庄被毁的消息散播开去了。他们无奈地说："瞧瞧，无花果树下的眼镜蛇都离开它的洞了，还有谁能够跟丛林之神抗衡呢！"

渐渐地，村庄通往外界的道路变得越来越窄，越来越模糊了，一无所有的村民们就像与世界隔绝了一样。此时，丛林兽民再也不来吓唬他们了，因为村里早就被破坏得不成模样。村民眼看已经走投无路了，只好商议一起到卡阿尼瓦拉寻求英国人的救济。

可是村民们不断拖延着出发的时间，直到雨季到来，磅礴的大雨冲垮了房屋，淹没了牧场。这时，他们才冒着大雨，艰难地离开了村庄。走出村口的时候，每个人都依依不舍地回过头去，向故乡道别。

当最后一户人家走出村庄后，哈迪用他的长鼻子卷起了房梁和茅草屋顶，然后把它们重重地甩在地上，撞得散架。这时，一根横梁反弹起来，扎痛了大象的鼻子，哈迪勃然大怒，尖叫了一声，在狭窄的街道上狂奔，踢撞着泥墙，毁灭性地破坏着一切……哈迪还有他的儿子们疯狂地肆虐着村庄，一如当年摧毁布珀尔。

“必须要推倒外面的围墙，让丛林吞噬这些屋子的骨架!”莫格里说，他镇定自若地指挥着，任由大雨顺着他的手臂往下流。

“干得真不错，孩子们!”哈迪喘着粗气说，“用头撞吧，使劲!”

围墙不断开裂，最后轰然倒下，看着村庄在瞬间变成了一片废墟，化成了一片污泥，村民们都吓得说不出话来，他们拔腿便跑，不一会儿就消失在了山谷的拐角处……

一个月后，这个村庄变成了一片坑坑洼洼的土堆，上面长满了绿色的嫩草；待到雨季结束后，这块本来用作耕种的土地上，生长出了一片热闹的丛林。

莫格里的诅咒

藤蔓是对付你们的最好法宝——
他们快速无声的脚步会抹去你们的所有痕迹!
你们的围墙将会塌陷，
你们的屋梁将会断裂，
苦涩的野葫芦，
将要把村庄的一切吞没!
狼兄弟将在你们聚会的地方放声歌唱，
成群的蝙蝠将在你们的谷仓里飞舞；
蛇将在你们的门前充当巡夜人，
守护着无人打扫的炉石。
苦涩的野葫芦，
将在你们休息的地方长满果实!

你们只能听见袭击者的吼叫，
却无从发现他们的踪迹；
月亮高挂之时，他们将被派出去讨债，
狼将成为你们的放牧人，
游弋在歪斜的界碑旁。
苦涩的野葫芦，
将在你们相爱的地方结满种子！
丛林大军会抢先收割你们的田地，
那遗落的庄稼，将不够你们果腹。
野鹿将取代你们的牧牛，
在久未耕种的地上散步。
野葫芦，苦涩的野葫芦，
将在你们盖房的地方伸出叶子！
我要用盘绕的藤蔓对付你们——
我要让丛林吞没你们的一切！
树木将入侵你们的领地，
你们的房屋将会化为尘埃，
野葫芦，苦涩的野葫芦，
将把眼前的一切掩盖！

成长启示

莫格里前去营救米苏亚，狼妈妈也跟着他来了，因为狼妈妈既担心莫格里的安危，也害怕他会从此回到人类的世界。而当莫格里送走米苏亚的时候，这个人类母亲也非常不舍，不停地在祝福莫格里。不同的两位母亲，却同样彰显出伟大的母爱，亦能带给我们温暖和幸福。“谁言寸草心，报得三春晖。”虽然我们难以报答母亲那无私的爱，但只要在日常生活中多孝顺母亲，多关心和陪伴她，就会让她的心里得到很多安慰。

要点思考

1. 村民要烧死米苏亚和她的丈夫的真正原因是什么？

2. 莫格里为什么要让丛林吞没村庄呢？

写作积累

●丰功伟绩　不辞辛苦　意犹未尽　慢条斯理　天壤之别

绘声绘色　添枝加叶　有惊无险　手无寸铁　不寒而栗

悄无声息　跌跌撞撞　突如其来　惊慌失措　优哉游哉

●这时，灰兄弟唱出了狼群驱赶大羚羊时的歌曲。那歌声仿佛来自天边，越来越近，一直传入你的耳朵里，最后随着一声尖叫猛然停下。

第六章　国王的象叉

导读

莫格里和卡阿来到了冷穴地下的一间密室，发现一条替人类守卫宝藏的白色眼镜蛇。莫格里被宝藏中的一根象叉深深吸引住了，他经过与眼镜蛇的一番搏斗后，顺利拿走了象叉。可是，正如眼镜蛇所说，这象叉带来了死亡，一夜之间，丛林夺走了六个人的生命！莫格里会怎么处置这根象叉呢？

有四样东西总是贪婪无止境的，
永远不会感到满足。
茹卡阿纳鸟的嘴，
鹞鹰的胃，
猴子的手和人类的眼。

——丛林谚语

从卡阿出生后开始计算，这应该是他第两百次蜕皮了。莫格里从来没有忘记，在自己被猴民们抓到冷穴的那个惊险的夜晚，他、巴希拉和巴鲁都被卡阿救了一命，所以，这次莫格里专门去祝贺卡阿蜕皮。任何一条蛇在蜕皮的时候，都会沉默不响，好像有点儿闷闷不乐的样子，直到他看到他的新蛇皮变得光滑、亮丽。卡阿现在可不敢随便开莫格里的玩笑了，就像丛林里其他兽民一样，他也心悦诚服地承认了莫格里是丛林之王。像卡阿这样身形巨大且年长的岩蟒，能打听到丛林里各种各样的消息，而卡阿都会毫无保留地告诉莫格里。卡阿对丛林可谓无所不知，就算是树里住着的小生物的秘密，他也一清二楚——他不知道的事情，也只能写在他身上最小的一块鳞片上。

那天下午，卡阿卷起身体围成了一个小圈，莫格里则坐在了这个小圈里面，把玩着卡阿蜕下来的碎成小片并纠缠在一起的旧蛇皮。卡阿特意将身体缠在莫格里肩膀后面，这样，莫格里就像坐在一张软绵绵的会动的扶手椅上一样。

“就连眼睛上的鳞片都是那么完美，”莫格里抚摩着旧蛇皮，压低声音说，“自己的脚踩过自己脑袋的皮，真是神奇啊！”

“嗯，确实，不过我也没有脚呀，”卡阿笑着说，“蜕皮是我们蛇民的习俗，这根本就不足为奇。难道你从来不会感到你的皮会变旧变粗糙的吗？”

“如果是这样的话，我就会去水里洗一洗，兄弟。但是夏天太热的时候，我真想把皮剥下来，让自己更凉快一些——如果蜕皮一点儿都不痛的话。”

“我也会清洗身体，但同时我的皮也蜕掉了。你看，我的这身新衣服，怎么样？”

莫格里往下摸着卡阿背上垂直的方格花纹，说：“乌龟的背比你的硬多了，但你的更加鲜艳；和我同名的青蛙比你鲜艳，但你的更坚硬。这新衣服看上去美极了，就像百合花瓣边的纹路一样。”

“我这新衣服的全部颜色都还没显露出来呢，它还缺点儿水。走，我们去洗澡吧。”

“我背你去吧。”莫格里边蹲下，边笑着说。他想抱起卡阿巨大的身躯中间最粗壮的那段——这就像一个普通人想抬起一根两英尺长的水管。卡阿一动不动地躺在那，吐着舌头，自个儿在乐着。

然后，他们开始了每天傍晚都进行的游戏：一个力量充沛的丛林男孩和换上新衣的岩蟒面对面站着，准备开始一场摔跤。这是一项眼力和体力的较量，当然，如果卡阿使出他的全部实力，就算来十二个莫格里，他也能把他们全部压扁，所以卡阿小心翼翼地，只用十分之一的力量来和莫格里玩。

自从莫格里长大到能承受一点点重击时，卡阿就开始教他玩这个游戏，因为这是锻炼莫格里四肢的最好方法。有时候，卡阿会将莫格里一圈圈地卷起来，让莫格里仅仅只能露出头部，莫格里则费尽九牛二虎之力抽出一只手，来抓住卡阿的脖子。这时绷紧的卡阿就会突然松下来，然后将尾巴向后摆动，寻找可以支撑的石头或者大树，莫格里便迅速移动脚步，想方设法地阻止卡阿找到依靠的支点。于是，他们头贴头地抱着滚来滚去，不停地寻找着攻击的时机。双方的身体就像两座融合在一起的雕塑，混着一团黄黑色的躯干和胡乱挣扎的四肢，倒下、立起，倒下、立起……“嘿！嘿！嘿！”卡阿边喊，边用他的扁脑袋做出佯攻（虚张声势地进攻。佯，yáng）之势，虽然莫格里的手十分敏捷，但依旧应接不暇（形容人或事情太多，接待应付不过来）。“瞧！小兄弟，我打你这边了，这儿，还有这儿！你的手麻木了吗？我又要碰到你了！”

每次游戏的结局总是一样的。卡阿挺直身体，脑袋用力地一撞，便把小男孩打翻在地。莫格里一直没能学会如何防御这闪电般的攻击，而卡阿也总是很得意地告诉他，任何应对的方法都是徒劳的。

“狩猎快乐！”卡阿最后笑着说。莫格里早就被摔到离卡阿有十步远了，他边笑边大口喘气，手沾满泥草地爬了起来，然后跟着卡阿来到岩蟒最喜欢的天然浴池——一个围在岩石中间的深水池。小男孩以丛林兽民独有的方式入水，无声地滑入水中，潜到池子的另一边去，然后躺在水面上，惬意地用胳膊托住头，望着爬到了岩石之上的月亮，再踢着脚把月亮的倒影搅碎。卡阿尖尖的脑袋划过水面，然后在莫格里的肩头旁浮了起来。他们安静地躺着，惬意地泡在清凉的水里。

“真舒服呀，”莫格里像刚睡醒一样，慵懒地说道，“这个时候，人类应该要睡觉了。我还记得，他们将一些木头放在泥土搭起的房子里，把清凉的风关在门外，然后所有人都躺在上面，还用一块脏布遮着他们的脑袋，用鼻子哼着难听的歌。比起他们的陷阱，丛林里好多了。”

突然，一条匆忙的眼镜蛇从岩石上溜了下来，喝了几口水，说了句“狩猎快乐”后就走了。

“咝！”卡阿吐了一下舌头，他突然记起了某些事，“小兄弟，你觉得丛林已经满足你的一切愿望了吗？”

“当然没有，”莫格里大笑起来，“我还想每个月都有一只强壮的谢尔汗与我决斗，然后我不靠水牛的帮助就能把他杀死。我还希望漫长的雨季能多一点阳光，而夏天最酷热的时候能多下几场大雨。另外，我希望饿肚子的时候能杀死一只山羊，而捉到山羊的话我又想捉到公鹿……我们都是这样贪心呀。”

“那你还有别的愿望吗？”卡阿问。

“我别无所求了。我有丛林，还有丛林赐给我的所有恩惠。在这日出日落之间，还有比这更好的东西吗？”

“嗯……但那眼镜蛇说过……”卡阿开口说。

“哪条眼镜蛇？刚才那条急着去打猎，什么也没说呀。”

“我指的是另一条。”

“你经常和那些毒民打交道吗？路上见面我也总是让他们三分。他们的门牙里住着死神，这可不是件好事情——要知道他们个头才那么小呀。但是和你说话的到底是谁呢？”

卡阿在水里慢慢地翻了个身。“三四个月前，我到冷穴捕猎，你还记得那里吧，”他说，“我紧追着一个尖叫着的家伙，他穿过水池，逃进了那年我为了救你而把墙撞破的房子，钻进了地下。”

“但猴民们都不住在地下啊。”莫格里知道卡阿说的那家伙就是猴子。

“不，他不生活在那里，只是为了活着而逃进去的。”卡阿说，舌头颤了一下，“他钻进了一个很深的地洞里，跟在后面的我好不容易把他杀死了，然后我在那儿睡了一觉，醒来之后，我便继续往里走去。”

“往地底下？”

“是的，后来我竟遇到了一条白色眼镜蛇，他告诉了我很多我不知道的事，还带我观赏了很多我从没见过的东西。”

“是新猎物吗？狩猎顺利吗？”莫格里一下子来了兴趣。

“那不是猎物，这些东西会让我的牙齿都咬掉的。不过白眼镜蛇说，人类——他说起来好像非常了解人类，哪怕只是看那些东西一眼，也会愿意赔上自己的性命。”

“要不我们去看看？”莫格里说，“这事提醒我了，我也曾经是一个人。”

“先别着急，让我说下去吧。后来呀，我提到了你，说你就是人。白眼镜蛇说，‘我已经很久没看见过人了。把他带过来吧，许多人往往拼死也想得到这里最小的一件东西呢。’”

“那肯定是什么新奇猎物。可是毒民捕猎的时候从来不会告诉我们的，他们不是友好的一族。”

“那些不是猎物，它是……它是……我也说不出那究竟是什么。”

“我们到那儿去吧。我从来没有见过白色眼镜蛇呢，而且我也很想见识一下你说的那些东西，白色眼镜蛇把它们都杀了吗？”

“它们没有生命的。他说，他看守着它们呢。”

“噢！就像狼看守着他拖进洞里的肉吧。走，我们去瞧一瞧。”

莫格里游上了岸，在草地上打着滚，弄干了身体，然后便出发去冷穴——这个已经破败的被人遗弃的城市。已经长大的莫格里早就不怕那些猴民，相反猴民们怕他怕得胆战心惊。不过，猴民们现在都跑到丛林里劫掠去了，所以月光下的冷穴更显得幽静空旷。卡阿领着路，走到了露台那边王妃亭的废墟上，跨过一堆瓦砾之后，钻进了亭中央已被堵住一半的楼梯。莫格里说了一句蛇的密令——“你和我，我们流着同样的血”，然后猫着身子跟随卡阿爬了进去。里面是一条长长的倾斜的通道，在扭来扭去的通道里，他们过了好几个弯道之后，终于爬到了一个地方，现在他们面前是一棵离地三十英尺的大树，树根早已把墙上的一块石头顶了出来，露出一个大洞。于是他们又从洞穿了过去，空间顿时开阔起来，原来这是个很大的地下密室。密室的圆顶也被树根顶破了，月光冲破了黑暗，从缝隙里洒了进来。

“这里感觉很安全，”莫格里直了直身子说，“可惜太远了，不能天天都来玩一玩。好吧，我们要看的东西在哪儿啊？”

“难道我什么都不是吗？”密室中央传来了一个声音。莫格里借着暗淡的光线，看见一个白色的东西在慢慢地移动过来，接着，一条他生平从未见过的巨大的眼镜蛇立在了他面前。这条眼镜蛇差不多有八英尺长，因为长期在黑暗的地下室里活动，他身体的颜色已经变成如象牙般的白色，可眼睛却是血红的，就像红宝石一样。这是一条多么奇异、多么令人惊叹的蛇啊。

“狩猎快乐！”莫格里没有忘记来一句有礼貌的问候，就像他永远不会忘记把那把剥皮刀带在身上一样。

“那座城市怎样了？”白眼镜蛇没有回应他的问候，直接抛出一个问题，“那座有着巨型城墙的城市——那座有着一百头大象、两千匹马和数不清的牛羊的城市——那座统治着二十个王国的王中之王的城市——现在发展得怎样了？我的耳朵好像聋了，很久都没有听到国王出征的战锣声了。”

“我们的头顶上可是一片丛林，”莫格里说，“我只认识野象哈迪父子，巴希拉曾把一个村子里的马杀死了，然后，国王……国王是什么呀?”

“我早就说过,”卡阿轻声对眼镜蛇说,“四个月前我就告诉你了,那城市早已不存在。”

“那座矗立在森林里的伟大的城堡,城门被国王的塔楼守卫着的城堡,它怎么会消失呢!在我的父亲的父亲从蛇蛋钻出来之前,这座城就建立起来了,直到我孩子的孩子变得跟我一样白的时候,它也会一直存在!你们,究竟是谁养的牲口?”

“他讲了那么多,”莫格里对卡阿说,“但我根本听不懂他究竟在说什么。”

“我也不明白,他太老了。眼镜蛇的祖宗啊,这里只是丛林,自古以来就是了!”卡阿说。

“那么,他是谁?”白眼镜蛇说,“这个坐在我前面,毫无恐惧之感,不知道国王的名字,握着刀,还会说蛇语的人类究竟是谁?”

“他们都管我叫莫格里,我来自丛林,狼就是我的亲人,卡阿是我的兄弟。眼镜蛇的祖宗,那你是谁呢?”

“我是替国王看守宝藏的,在我的蛇皮还是黑色的时候,库仑陛下就建造了这个密室,吩咐我用死亡教训前来盗宝的人。然后,上面的珍宝就不断地放进这里,那时我还听到过主人的祭司的歌声呢。”

“哼!”莫格里嘀咕着,“我和人类生活的时候也曾和祭司接触过,我就知道,有祭司的地方都不是什么好地方。”

“自从我守卫在这里,上面的石板只被抬起过五次,而且每次都是送珍宝进来,却没有一样东西被拿走过。世上没有地方能像这儿一样有那么多珍贵的宝藏了——这可是一百位国王积攒下来的。可是，人们最后一次掀起石板已经是很久很久以前的事了，难道我的城市把我忘在这儿了吗?”

“城市早就不存在了，往上看看吧，大树的树根都把石板顶破了，有这么多大树的地方，肯定不会有人类生活。”卡阿坚持道。

“倒是有两三次，盗宝的人找到了这个地方，”白眼镜蛇狠狠地说，“他们什么都没有说，直至我在黑暗中发动了攻击，他们才尖叫了一两声。但是你们，人和蛇，满口都是谎言，你们是要我相信城市消失了，我的使命结束了。或许人类在这些年间改变了，但我是绝不会改变的！我要等到他们打开石板，祭司们唱着我熟悉的歌走下来，喂我热牛奶喝，把我带回有亮光的地方，否则，我……我……我永远都是这里的守护者，没有谁能代替！好呀，你们说城市没了，还说树根都顶破石板了?那你们有本事的话，就把这里独一无二的珍宝带走吧！会说蛇语的人，你要是能活着走出去，那些小国王们都要听你命令了!”

“又在长篇大论的，”莫格里冷静地说，“难道是豺狼钻了进来，把这条伟大的白眼镜蛇咬疯了吗?眼镜蛇的祖宗呀，我真不觉得这里有什么可以带走的。”

“伟大的太阳神、月亮神啊！这个快死的男孩肯定是发疯了，”眼镜蛇吐着舌头说，“在你永远合上眼之前，我赐予你这个特权，看看吧，看看这些没有人见过的东西!”

“丛林里还没有谁敢对莫格里说‘赐予’呢，”男孩从牙缝里挤出一句，“但是，在这种黑暗地方谁都会变得奇怪，我就看看吧，如果这样你会觉得高兴一点儿的话。”

他眯起眼睛，努力在黑暗中观察这个密室，然后弯腰捡起了一把闪闪发光的东西。

“哈！我见过，”他说，“这就是人类经常把玩的东西。不过我以前看到的是棕色的，而这个是黄色的。”

他扔掉手中的金币，继续往前走。借着透进来的月光，莫格里看见地板上堆积的金币银币足足有五六英尺深，它们撑破了原本装着它们的麻袋，滚落在地上，经过千秋万代，金属就像沙砾一样，紧紧地积压在一起，形成了一个小沙丘。金币中间还露出了镶着珠宝、有着浮雕的银制象舆，上面还镶嵌着纯金的薄片，点缀着红宝石和绿松石。女王使用的轿子也在那里，轿身是用白银熔铸和珐琅上色的，把手是翡翠做的，帘子的吊环是琥珀做的。

这儿还有金制烛台，烛台支架上挂着的绿宝石在微微摇晃；早已被人遗忘名字的银制神像，五英尺高，眼睛是宝石做的；嵌金的钢制铠甲，边缘点缀着许多朽坏的小珍珠；边缘用一串串红宝石装饰的战盔；上了漆的用龟甲和犀牛皮制成的盾牌，盾面是镏金的条纹，边缘嵌有绿宝石；一捆捆王家宝剑、匕首和大刀，柄上都有一颗钻石；祭祀的金碗和金勺；各种通透的玉杯和玉镯；香炉、梳子、装脂粉的带浮雕的纯金小瓶；数不清的鼻环、臂环、头环、指环和腰带；一条七指宽的嵌有方形钻石和红宝石的皮带；三层铁圈箍着的木箱，木箱早已腐烂，露出了一堆堆未经打磨的天然的蓝宝石、蛋白石、猫眼石、白玉、钻石、绿宝石、玛瑙……

白眼镜蛇说得没错，这里的宝藏真的是天下间绝无仅有，那是要经过多少个世纪的战争、抢掠、买卖和征税所累积下来的财富。先不去算那些贵重的宝石，只是金币就已经能够买下这块大陆了，要知道，那些金币可足足有几百吨重。

丛林里的莫格里自然不会懂得这些宝藏的意义，只是对一些匕首有点儿兴趣。但是他试了试，都没有他自己那把刀好使，于是又扔回了地上。最后，他终于发现了一件迷人的东西，那是一根被钱币埋掉一半的三英尺长的象叉——这是用来驱赶象前进的，就像一支带钩的小船篙。象叉把手约有八英寸长，是纯象牙材质，镶满了绿松石，把手顶部嵌有一块圆形红宝石，往下套着一个翡翠环，上面还雕有一朵花——花瓣是红宝石，叶子是绿宝石。象叉最前端铸着钢制的直尖和弯钩，表面镏金，还刻着捕象图。这些图画把莫格里深深地吸引住了，他觉得这和他的朋友哈迪有些关系。

白眼镜蛇紧紧地跟着他。

"看到这些，是不是觉得死也值了?"他说，"这就是我赐予你的特权。"

"我不能理解，这些东西又冷又硬，还不如一些好吃的。不过这一件——"他举起象叉说，"我想要拿到阳光底下好好看看，你说这些都是属于你的，那么你可以把它送给我吗?我可以送些青蛙给你吃。"

白眼镜蛇邪恶地笑了笑，全身颤抖起来。"当然，我能送给你，"他回答，"这里一切的东西，你都可以带走——如果你能离开这个地方。"

"那我现在就走啦，这里又黑又冷的。我只把这个有尖刺的东西带到丛林里去。"

"先看看你脚下有什么吧!"

莫格里捡起了一块白色的光滑的骨头。

"这不就是人的头骨吗，"他毫不在意地说，"这里还有两块呢。"

“这是许多年前来偷宝藏的人的遗物。我在黑暗中和他们聊天，结果他们就这样永远地躺下了。”

“但是你说的宝藏对我一点儿用处都没有。你让我拿走象叉，我就不算白来一趟了。不过你要是不愿意，那也没关系。我不会跟毒民打架的，因为我懂得你们一族的密令。”

“这里没有什么密令，我主宰着一切。”

卡阿闪着眼睛，滑到莫格里前面。“是谁要求我带他过来的？”他咝咝地说。

“是我，没错！”老眼镜蛇含糊地说，“我太久没看见人了，而且他还会说我们的语言。”

“但你没说过要杀死他，你觉得我会任由他死在这里，然后自己回去丛林吗？”卡阿说。

“时机未到，我为什么要说出杀他的话呢，那边墙上就有一个洞，你爱走不走。你这只吃猴子的胖家伙，不要乱说话了。只要我的毒牙碰到你的脖子，你就永远留在这里了。没有人能活着出去，我可是宝藏的守护者！”

“但是，躲在黑洞的白蛆虫，我早就告诉你了，这上面没有国王！没有城市！是丛林！”卡阿嚷道。

“可宝藏依旧在这！好吧，你在这看好了，岩蟒卡阿，好好欣赏一下这个小男孩临死前的挣扎吧。这里空间很大，我和他可以好好玩一下了。生命宝贵啊！小男孩你热热身，我们来好好玩一玩！”

莫格里平静地摸了摸卡阿的脑袋。

“这个家伙以前只跟那些人交过手，他不知道我的厉害，”他低声说，“这是他自个儿要求的狩猎，那就让他尝尝滋味吧。”莫格里突然将手中握住的象叉掷了出去，象叉便像箭一样飞出，正好叉在白色眼镜蛇的脑袋后面，牢固地将他钉在了地板上。卡阿瞬间扑到那扭动挣扎的身体上，使他完全不得动弹。白色眼镜蛇眼里燃烧着怒火，六英寸的头疯狂地左右摆动着。

“杀死他吧！”卡阿说。

“不！”莫格里拔出刀说，“除了猎杀食物，我不想再起杀念。你看，卡阿！”莫格里抓着眼镜蛇的头，拿刀子撬开了他的嘴，好看见他的毒牙，只见那对毒牙陷在牙床里，已经萎缩成一团黑黑的硬块。这条蛇太老了，老得连毒腺（xiàn）都已经衰竭了。

“这毒牙已经没有用了。”莫格里说。他挥手让卡阿走开，然后提起象叉，把白眼镜蛇放开了。

“看来，宝藏需要新的看守者，”莫格里说，“你已经无法做好你的工作了，就在这里好好玩玩吧！”

“真是丢脸，把我杀了吧！”白眼镜蛇痛苦地说。

“杀人这个话题说得够多的了，我们现在要走了，我还要带走这个有尖刺的东西，因为我赢了我们之间的战斗。”

“你等着吧，最终这东西会把你杀死的！听好了，它就是死神，它将带来死亡！这东西足以杀死我那城市的所有人。它不会一直留在你身边的，因为总有人会夺走它！那些人一定会为了它而杀人，杀！杀！杀个不停！虽然我已经失去了力量，但是这根象叉会代替我的工作，它将带来死亡，死亡！”

莫格里和卡阿从洞里爬了出来，离开密室时他转头看了白色眼镜蛇一眼，只见白色眼镜蛇发疯似的用那无毒的毒牙咬着地板上那些镀金神像，咝咝地嘀咕着：“它会带来死亡，死亡！”

回到丛林，能再一次沐浴在阳光下，他们都感到很高兴。莫格里转动着手中的象叉，象叉在阳光的照耀下闪闪发光。“看，比巴希拉的眼睛还要闪亮，”他摸着红宝石，兴奋地说，“我一定要把它带给巴希拉看看。不过，那眼镜蛇为什么说它会带来死亡呢？”

“我也不知道。但我现在身上每一块鳞片都仍感到可惜，因为他没有尝到你那刀子的厉害。冷穴里头一直藏有些邪恶的东西——无论是地面还是地下。折腾了那么久，我肚子饿了，这个早上要和我一起去打猎吗？”卡阿说。

“不了，我想赶紧把它拿给巴希拉看。狩猎快乐！”莫格里拿着象叉，蹦跳着走了，他时不时停下来，满足地欣赏象叉一番（侧面反映出莫格里的天真可爱）。不知不觉，他来到了巴希拉经常活动的地方，这时巴希拉已经饱餐一顿，正在河边饮水呢。莫格里一五一十地将自己的冒险经过告诉了巴希拉，巴希拉在旁听着，偶尔又嗅嗅象叉。当莫格里讲到白色眼镜蛇最后那几句话时，巴希拉发出呼噜呼噜的声音，表示赞同。

“你同意白色眼镜蛇说的？他所说的都是事实吗？”莫格里连忙问道。

“小兄弟，我可是在奥岱波尔王宫的笼子里出生的。我对人还是有一些了解的，我相信，单单是为了象叉上的那颗红宝石，很多人可能会一晚杀掉三条性命。”

“这石头拿在手里多重啊，我那闪耀的小刀也比这好得多。他们究竟为什么要杀人啊？”

“莫格里，还是去好好睡一觉吧。你和人类一起生活过，而且——”

“我还记得！”莫格里说，“人杀生不是为了打猎，而是为了取乐，为了消遣时间。嘿！醒醒，巴希拉！这个带尖刺的东西有什么用？”

巴希拉半睁开眼睛，刚吃饱的他太困了，眼里满是倦意。

“它被人类制造出来，就是为了刺哈迪儿子们的脑袋，好让他们能流点血。我还困在笼子的时候，就在奥岱波尔的街上见过这样的事，这个东西可尝过许多哈迪同类的血呢。”

“但是他们为什么要刺大象的脑袋呢？”

“就是为了让大象彻底服从人的命令。人没有利爪，也没有毒牙，但他们造出来的东西，比爪牙还要可怕，还要残忍！”

“血！为什么我走到哪里，都会发生流血的事儿！就连人造的东西也都有血腥味！”莫格里嫌恶地说。他开始玩腻这个沉重的象叉了。“如果我知道这东西的用处，那我肯定不会带它到地面上来。米苏亚的血沾满了绳索，而这东西上有哈迪的血！我要扔掉它！看我的！”

带着闪光的象叉就这样飞出了三十码远，最后插进了丛林的泥土中。“好了，我手上再也不沾死亡的一点儿边了。”莫格里蹲下，抓起一把新鲜的、湿润的泥土，擦了擦手掌，说，“那蛇一直说死亡会追着我，他老得发白了，有些神志不清了吧。”

“我可不管是白是黑，是生是死了，小兄弟，我得去睡觉呀。我可不像你，整晚打猎，然后还可以吼叫一个白天。”巴希拉说完，便回到了自己两英里外的一个巢穴。莫格里图方便，就地找了一棵树爬了上去，用几根藤编织成一张离地五十英尺的吊床，然后就这样晃悠晃悠地睡在上面。虽然莫格里并不反感白天的强光，但他跟随朋友们的生活习惯，尽量不在白天活动。黄昏的时候，树上一些吵闹的鸟民终于把他吵醒了，在睡梦中，莫格里一直梦见那支扔出去的象叉上的红宝石。

“我还得再去看看那个东西。”说完，他顺着一根藤滑到了地面。此时，巴希拉已经来到他面前，在昏暗的光线下，莫格里看见巴希拉好像在嗅着什么。

“那个带着尖刺的东西在哪儿呢？”

“有人把它拿走了，”巴希拉说，“是一种陌生的味道，看，这儿还有他的脚印。”

“现在我们可以验证白色眼镜蛇是不是说实话了，如果那东西真的会带来死亡，那这人就会死，我们跟去看看吧。”

“难道这东西会从人的手里掉转头，然后把自己插进那个人的脑袋吗？”莫格里问。

“等我们找到他就知道了，”巴希拉一边说，一边低着头追踪脚印，“这些脚印只属于一个人类，那东西太重了，把这个人的脚后跟都陷进泥里去了。”

于是，他们跟着这些脚印快步追踪着，月光洒在丛林里，留下斑驳的黑影，他们的身影在黑影里闪现着，不时改变追寻的方向。

“看，脚印之间的距离变大了，他跑起来了！”莫格里说。他们来到一段湿滑的地面，“他为什么在这里拐了弯呢？”

“等等！”巴希拉往前一跃，跳出一大步。他跳到前面去，就是因为脚印变得不清楚了，如果还在上面留下自己的足迹，那就更不容易辨别了。巴希拉转过身对莫格里喊道，“看，这儿有另一双脚印，肯定是冲他来的，脚板要小一些，而且脚指头是朝里的。”

莫格里跑上前研究。“是恭德族猎人！”他说，“这地上的印记就是他的弓留下的，看来，第一串脚印应该是为了避开他才转向的。”

“说得没错，”巴希拉说，“千万别把这些脚印弄乱了。我们分头行动吧，你来跟踪小脚板的，我去跟踪拿走东西的人。”于是，巴希拉继续跟踪最初的那串脚印，莫格里则弯着腰，仔细观察恭德族猎人留下的窄小的脚印。

“看，”巴希拉沿着那串脚印一步一步地往前走说，“大脚板从这里拐了弯，就躲在那块大石头后面，一步都没有挪过。你那边呢，小兄弟？”

“小脚靠近了一块岩石边，”莫格里循着脚印跑起来，说，“他坐在这里，弓是放在脚趾中间。这里的脚印很深，说明他在这里待了很久。”

“我这边也是，”巴希拉在石头后面喊道，“大脚在这里待着，还把那东西尖刺的一端靠在石头上，不过石头上有一大道划痕，估计是那东西滑了下来。说说你那边吧，兄弟。”

“这里一根，两根……两根树枝和一根树干被折断了，”莫格里压低声音说，“嘿，这脚印我该怎么说呢？噢！我明白了。小脚故意弄出声音，假装要离开，好让大脚相信。”莫格里离开岩石边，随着脚印亦步亦趋地走进了树林，一直到了一个瀑布前面，使劲大声喊道，“我——走很远了！这儿——水声——很大，小脚——在这里——等着。到你了，巴希拉！”

豹子站在石头后面，四处观察着，猜测大脚行进的方向，然后他喊道：“大脚从石头后面跪着爬出来，手上还拖着那个东西。大脚跑得很快，脚印很清晰，我们分头跟踪自己的目标吧，我跑了！”

巴希拉沿着那明显的逃跑脚印飞奔，而莫格里则追着恭德人的脚印。丛林里顿时安静了片刻。

“你在哪儿，小脚板？”巴希拉喊道。莫格里的回答声从右后方仅仅五十码的位置传了出来。

“看来，”豹子用低沉的声音说，“两个人越来越近了，在并排向前跑着呢。”

又过了半英里，两个人之间的距离依旧没变。直到莫格里——他不像巴希拉，只顾低头嗅着地面——喊了起来：“他们碰上了，小脚板就在这儿，膝盖顶着石头，那边就是大脚板！”

在他们面前不到十码的地方，一堆乱石丛中，躺着一具插满长箭的当地村民的尸体。长箭上绑着小羽毛，是恭德人的武器，它从后背一直穿过了村民的前胸。

“小兄弟，白色眼镜蛇可不是老糊涂呢，”巴希拉说，“这里至少死了一条生命。”

“我们继续跟踪吧。可是那个喝过象血的，有血红眼睛的东西在哪里？”

“或许是小脚板拿着呢，现在只剩他的脚印了。”

一个瘦小身材，肩上背着东西，而且是飞奔着的人的脚印，沿着一条低矮狭窄的坡道延伸下去。这些脚印，对丛林中有着锐利目光的追踪者来说，清晰得像烙铁印下一样。

他们无声地追着脚印，最后在山涧里一处篝（gōu）火的灰烬旁，他们找到了那个瘦小的恭德人的尸体。

“又一个！”巴希拉说。他像雕像一样僵直地站在那儿。

“他是被竹棍杀死的，”莫格里观察了一会儿尸体，然后说，“我以前给人类放牛的时候用过这东西。眼镜蛇的祖宗真的很了解人类，我不应该嘲笑他。唉，我也早该想到，无聊的人类是会杀人的。”

“其实，他们是为了红宝石才杀人的！”巴希拉说，“别忘了我在奥岱波尔王宫的笼子里生活过。”

“这里有四串脚印，”莫格里弯腰看着灰烬的周围说，“他们都穿着鞋子，速度没有恭德人快。但是，这猎人对他们做了什么呢？瞧，他们五个曾站在这，一块儿聊天。巴希拉，我们可以回去了吧。我的心觉得很不好受，连我的胃也好像沉重起来了。”

“丢下追逐的猎物可不是好的狩猎习惯。继续走吧！那四串穿鞋的脚印就在前面不远了。”

他们沉默着追了一个小时。这时天已亮了，地面散发出热气。巴希拉说：“我嗅到烟味了。”

这里是一片陌生的丛林，莫格里在低矮的灌木丛中钻进钻出，巴希拉则在他左边的地方嗅着，喉咙发出奇怪的声音。

“这儿有人，估计他以后再也不能吃东西了。”莫格里说。一丛矮树下，凌乱的衣服周围撒着一些面粉。

“这也是被竹棍杀死的，”莫格里说，“白色的粉末是人类的食物，他估计是负责背食物的。但是，人们从他手上夺走了那东西，还把他留给鹞鹰朗恩作食物。”

“这是死的第三个人了。”巴希拉说。

“我必须得带些又大又新鲜的青蛙给眼镜蛇祖先了，喂他吃得饱饱的。”莫格里自语道，“这喝大象血的东西会带来死亡——我真后悔没听他的！”

“继续走吧。”巴希拉说。

还没走过半英里的路，他们就听见乌鸦柯在一棵柳树上高声唱着死亡之歌。树下躺着三个人，人群中间的篝火快要熄灭了，在冒着青烟。篝火上架着一个铁盘子，里面是已经烤焦的面包。在篝火的旁边，那个嵌着红宝石的象叉就扔在那，在阳光下闪闪发亮。

“这东西杀起人来可真迅速啊，他们全都结束生命了。”巴希拉说，“但这些人是怎么死的？莫格里，他们身上没有被攻击的伤痕啊。”

有经验的丛林兽民，能辨别出有毒的花草和果实。莫格里小心地闻了闻篝火的余烟，掰下小块面包，咬了一小口，马上又吐了出来。

“是死亡苹果，”他咳嗽着，“负责背食物的那个人肯定一早就在这食物里下了毒，可惜他们四个杀死恭德猎人后，他先被同伴杀了。”丛林兽民口中的“死亡苹果”，就是曼陀罗果，这是印度分布最广的毒药。

“高超的狩猎技术啊，猎物一个接一个的。”巴希拉说。

“现在呢？”豹子说，“我和你是不是也该为这个红眼刽子手打一场呢？”

“它能听见我们的话吗？”莫格里悄声说，“我扔掉它会不会又得罪它了？我和你没有人类的欲望，它无法伤害我们。但是把它留在这里的话，它肯定会继续杀人的，就像一阵刮落树上坚果的狂风。我不喜欢人类，但我也不想看到一晚死掉六个人的惨剧。”

“这有什么关系呢？人类就喜欢自相残杀。”巴希拉说。

“他们就像那些幼兽一样，为了咬水里面的月亮，结果把自己淹死了。这都是我的错啊，”莫格里好像一下子明白了什么似的，说，“我再也不把奇怪的东西带进丛林了——哪怕它比花还要美丽。”他小心翼翼地拿起象叉，“我要把这东西带回给眼镜蛇祖先。不过我们先换个地方休息一下吧。对了，我们要把它埋起来，不然它又跑去杀人了。巴希拉，你在那棵树下帮我挖个洞吧。”

“但是小兄弟，我早就对你说过，”巴希拉走到树下说，“这不是那喝血的东西的错，都是人类咎由自取的。”

“都是一回事，”莫格里说，“洞要挖深一点，等我们醒了再把它拿出来，送回去。”

两夜之后的一个早上，白眼镜蛇正在黑暗的密室里，为自己看守的宝物被拿走而羞愧地哀叹着。突然，白色的象叉穿过洞口飞了进来，砸在了满是钱币的地板上。

“眼镜蛇祖先，”莫格里小心地藏在墙的另一边，说，“从你们的族群中找一个年轻的来看守国王的宝藏吧，不要让人活着走出去了。”

“哈哈！它回来了，我就说过它会带来死亡，你怎么还活着呢？”老眼镜蛇激动地说，他将身体缠着久违的象叉。

“以那头赎买我的公牛起誓，我也不知道！但它不能再被带到地面上了，一晚上就能夺走六个人的生命啊。”

小猎人之歌

孔雀莫奥还没展翅，那些猴民还没叫喊，

鹞鹰朗恩还没准备好从高空俯冲，

丛林里悄悄地掠过一个身影，一声长叹——

他叫做恐惧啊！小猎人！那是恐惧！

悄悄地，那个影子在丛林中奔跑、窥探，
那低语声在丛林中忽远忽近，忽大忽小；
你额头上的汗珠开始滴下，因为他刚刚经过——
他叫做恐惧啊！小猎人！那是恐惧！

月亮还没爬上山，岩石还没露出全貌，
当林中小路依旧是幽冷阴沉，
夜色里，是谁在你背后喘气，呼——呼——
他叫做恐惧啊！小猎人！那是恐惧！

你跪下拉弓，离弦的长箭呼啸而过；
手中的长矛也投向远处的灌木丛；
可是你空无一物的双手多么虚弱，脸色多么苍白——
他叫做恐惧啊！小猎人！那是恐惧！

乌云挟着热浪带来了风暴，
当松树轰然扑倒，当大雨在瓢泼
轰隆隆的响雷中，巨大无比的声音在吼叫——
他叫做恐惧啊！小猎人！那是恐惧！

洪水在肆虐，岩石在翻滚，
最小的叶子都在闪电下无处遁形，
但是你的喉咙已经沙哑，你的心不停地颤动——
恐惧，小猎人——这是恐惧！

成长启示

莫格里把象叉带出地面时，白色眼镜蛇威胁说象叉会带来死亡。不明白个中含义的莫格里便去请教巴希拉，以验证那番话的真伪；而当象叉被人类抢走时，他又坚持不懈地去追寻，以了解背后的真相。我们遇到问题，或者对某些说法产生疑惑时，要是对其置之不理，那永远都不可能弄懂，问题也只会越积越多。相反，如果我们能多发问多探求，就能知道问题的正确答案，并从中获得更多的知识。

要点思考

1. 白色眼镜蛇为什么坚持要守卫这些宝藏？

2. 如果莫格里没有归还象叉，那么他会被象叉"杀死"吗？

写作积累

● 心悦诚服　毫无保留　无所不知　一清二楚　佯攻　应接不暇　惬意　咎由自取

● 卡阿对丛林可谓无所不知，就算是树里住着的小生物的秘密，他也一清二楚——他不知道的事情，也只能写在他身上最小的一块鳞片上。

第七章　红毛狗

导读

当年西奥尼狼族的后代再次选出新的首领，在丛林开始了快乐的狩猎。可惜好景不长，一群从德干高原北上的红毛狗打算扫荡这个丛林。于是，在卡阿的提示下，莫格里带领着狼族展开了一场殊死的战斗。最终战果如何呢？狼族有没有获得胜利呢？

不眠之夜是多么美妙呀——
奔跑远眺，快乐狩猎，运筹帷幄！
为了黎明时露水消失前那纯净的气息，
为了在迷雾中前行，将猎物吓得魂飞魄散，
为了与黑鹿决一死战时，我们同伴发出的嗷叫，
为了夜晚的冒险与追逐，
为了白天惬意的休息，
战斗吧，让我们勇敢地战斗吧！
呜嗷！呜嗷！

丛林吞没了那个村庄后，莫格里生命中一段最快乐的时光开始了。知恩图报的他在丛林里到处都是朋友，莫格里不时到不同的兽群之间游玩，他的所见所闻已经能编出很多神奇的故事……

日复一日，年老的狼爸爸和狼妈妈都已逝世，莫格里将一块大圆石堵住了他们的洞口，哀伤地为他们唱起了《死亡之歌》。巴鲁也变得苍老了，骨头都逐渐僵硬起来。而曾经筋骨如钢、肌肉如铁的巴希拉，狩猎时也没有以前敏捷。阿克拉更是老了很多，灰色的皮毛开始变成银白色，肋骨深深地凸了出来，走起路来就像是个松散的木头架子，所以莫格里时常为阿克拉打猎。

而当年西奥尼狼族的后代们都在茁壮成长，数目不断地增加，现在已经有四十只了。年轻力壮的他们声音高亢，行动迅速，唯一的问题就是没有首领率领他们。阿克拉便向这群年轻的狼建议，他们应该聚集在一起，遵循丛林法律，然后选出一位有威严的首领，只有这样，狼才配得上“自由兽民”的称号。

最终，按照丛林法律，法奥经过奋力的争斗赢得了狼族首领的位置。他的父亲法奥纳是阿克拉当首领时的探路狼。星空下，狼群叫喊出熟悉的嘹亮的嚎叫声，本来再不关心狼族的莫格里，此时也油然生出怀念之情。他和阿克拉一起回到议事岩，还进行了发言。狼群耐心地听完莫格里的讲话，然后请他和阿克拉坐在了法奥上面的一块岩石上。

这段日子里，大家一起愉快地狩猎，没有陌生者敢闯入莫格里生活的这片丛林。

又一代小狼成长起来了，狼群大会又要进行小狼检阅仪式。这时，莫格里不管在干什么，都会停下手中的事，出席这个仪式。因为很多年前的那个夜晚，他也是通过这样的仪式正式被狼族认可。那个夜晚，有棕熊巴鲁和黑豹巴希拉为他说话，还有阿克拉那声嚎叫——“狼们！看仔细了！”当这声悠远而绵长的嚎叫再次在仪式上响彻时，莫格里不禁心潮澎湃（心里像浪潮翻腾。形容心情十分激动，不能平静。澎湃：波涛冲击的声音）。

一天黄昏，莫格里在山路上小跑着，打算赶回去把刚猎杀的公鹿分给阿克拉一半。四个狼兄弟在他身后慢慢地跑着，不时打闹一下，在地上高兴地翻滚。

突然，远方传来一声叫喊。莫格里自从把谢尔汗杀死以后，就再也没有听过像这般令人毛骨悚然的叫声了。在丛林中，这通常是豺狗发出的可怕的尖叫，当豺狗跟在老虎后面捕猎，或者豺狗群进行一场大屠杀的时候，就发出这样的尖叫。这种叫声，交织着仇恨、胜利、恐惧、绝望，还夹杂着敌意，任何丛林兽民都不会乐意听见这种难听的声音。那叫喊声忽而高亢，忽而低沉，不断起伏颤动着。四个狼兄弟顿时不再打闹，背上的毛竖立起来，喉咙里发出阵阵低沉的吼叫。莫格里感到血液在沸腾，他紧皱着眉头，用手摸着刀。

“没有哪个长斑纹的家伙敢在这儿打猎。”莫格里说。

“听，那不是属于老虎的吼叫。”灰兄弟说，“那边应该发生了大规模的猎杀。”

那尖叫声再次响了起来，一会儿像哭声般呜咽地叫，一会儿又像笑声般咯咯地响，仿佛豺狗长有人类柔软的嘴唇。莫格里深呼吸了几下，便朝议事岩奔去。路上，许多狼都在匆匆地赶往同一个地方。

到了议事岩，法奥和阿克拉已经坐在了岩石上，下面围坐了不少紧张的狼。每个狼妈妈都护着小狼，留在自己的洞穴里——听见这般恶吼，就知道不应该让弱小的小狼留在外面。

天色渐渐地暗了下来，此时丛林安静得能听见瓦因艮加河的川流声和微风拂过树枝的声音。突然，从河对岸传来一声格外嘹亮的狼嚎，显然那不是氏族中的狼，因为狼群都聚在议事岩这边了。

忽然，嚎叫的声音变了个调，拖得很长很长，最后发出绝望般的叫声："野狗！野狗!"不一会儿，疲惫无力的脚步声传到了大家的耳中，接着一只满身伤痕的狼闯进了议事岩。他身体两侧都布满了道道血痕，右前掌估计在打斗中残废了。他吐着白沫，喘着粗气，摇摇晃晃地走了几步，最后倒在了莫格里的面前。

"狩猎快乐！你是哪个氏族的?"法奥严肃地说。

"狩猎快乐！我是温陀拉。"他回答。"温陀拉"就是"族外兽"的意思，他们不属于任何一个氏族，仅和配偶、孩子共同生活在一个单独的洞穴里——南方的许多狼都是这样。说完，他又开始急速地喘气，剧烈的心跳令他的身体前后颤动。

"瓦因艮加河那边有什么兽民在迁徙吗?"法奥问。

"是野狗！德干高原来的红毛狗！他们说德干高原上什么都没了，就从南方带着杀戮来到北方。当这个月亮还是新月的时候，我和我的妻子就像旷野上其他的狼一样，在草原教我三个孩子狩猎，教他们怎样猎杀公鹿。午夜的时候，我还能听到他们快乐的嚎叫声和打闹声，但是第二天黎明，我却发现他们已经僵卧在地上，永远地离开了我。后来，我沿着他们的血迹去寻找，结果就发现了那群凶残的野狗。”

“一共有多少只?”莫格里连忙问道。

“我不知道。他们之中有三只虽然不想再猎杀，但他们还是追赶着我，撕咬我的身体。瞧，我的右前掌已经废掉了。瞧瞧吧，自由的兽民们!”说完，他举起那只被撕扯而血肉模糊的前掌。他的身体两侧、喉咙下方也被撕开数道口子，鲜血不断地往外渗出。

“吃吧!”阿克拉将莫格里分给他的鹿肉丢到这只受伤的狼身边，温陀拉立刻扑了上去。

不一会儿，他就消除了原先那种饥饿的感觉，然后他说：“有力气的话，我也能捕猎的。等我养好了伤，我一定会找到这群野狗，让他们血债血偿!”他用牙齿狠狠地咬碎了公鹿的一根腿骨。法奥听见这番话，十分佩服。

“很好，我们就需要这样一副尖利的牙齿。”法奥说，“那么，那群野狗有幼崽吗?”

“没有！全都是年轻的红毛狗。虽然他们在德干高原只能吃一些蜥蜴，但照样个个身强力壮，行动迅捷。”

温陀拉的言外之意，就是德干高原的红毛猎手正在北迁，并一路猎杀而来。整个氏族的狼都清楚，即使是老虎遇到了一群野狗，也得认命交出自己手中的猎物。野狗在丛林里横行无忌，任何兽民碰上了他们，都会被他们的利齿撕碎。虽然他们的个头没有狼这么大，就连谋略也不及狼的一半，但是他们胜在数量众多，体格强壮。一般来说，只有一百只以上的野狗才能称得上氏族，而对于狼来说，能有四十只聚在一起，就算得上是不小的氏族了。

莫格里到过德干高原边缘的丘陵草场，在那里他就见识过这群凶残的无所畏惧的野狗。莫格里十分鄙视他们，也很厌恶他们，因为他们有着跟自由兽民完全不同的气味，从来不住在洞穴里，而且他们的脚趾缝里还长着毛。哈迪就曾告诉他，当野狗聚成群狩猎时，他们会有多么的凶残可怕，即使是哈迪自己也必须躲开他们。而这群红毛猎手离开一个地方的原因，要不就是他们命丧了，要不就是他们再也找不到猎物了，否则野狗群绝对不会离开那儿。

阿克拉对野狗也有一定的了解，他低声说道："我老了，我愿意选择和整个氏族一起战斗到生命的最后一刻，而不是孤独地死去。这将会是一场最精彩的战斗，但也将是我生命里最后一场了。可是小兄弟，你的生命还很长久，有无数个季节在等待着你。逃去北边吧，等野狗走了后，如果还有狼能在这场战斗中活下来，他会把战斗的结果告诉你的。"

"难道你的意思是，"莫格里很不高兴地说，"我要躲到沼泽里抓鱼，藏在树上睡觉吗？难道我看着你们跟野狗战斗，然后自己什么都不管吗？"

阿克拉说道："这可是要命的战斗！你从未遇到过红毛猎手，甚至连长斑纹的家伙都没遇过……"

"啊！啊！啊！"莫格里打断了阿克拉的话，"我杀死的不过是只长斑纹的傻瓜，但我才不会像那个傻瓜一样，隔着三片猎场嗅出野狗群后，自己逃跑，让妻儿留下来对付野狗。"他不服气地说着，"你要知道我父亲是一头狼，我母亲也是一头狼，而如今站在我面前的毛已经发白了的狼既是我的父亲又是我的母亲！所以，我——"

他郑重地看着阿拉克，继续大声地说："如果野狗真的来到这片丛林，我一定要和自由兽民一起战斗！听着，我以赎买我的那只公牛起誓，我要让丛林里所有的树木和河流都记住我的誓言——我手上这把刀就是为氏族战斗的牙齿，它和你们的牙齿一样锋利！这就是我要许下的誓言！”

“你还不了解野狗的厉害啊，”温陀拉说，“红毛狗迁徙得很慢，因为他们习惯边猎杀边前进，而我只要两天就能恢复力气，然后就去找他们复仇。不过，你们，自由的兽民，我认为你们还是赶快向北走吧，直至野狗离开这片丛林！要知道，你们很难在红毛狗的爪下抢到猎物的。”

“哈哈！听见这个族外兽的话了吗？”莫格里大笑道，“自由兽民为了躲避野狗就必须躲到北边去？就只能在河岸边吃些蜥蜴和老鼠？我们要等到那群可恶的野狗肆虐完这片丛林，我们才能回来？他们不过是一群乳臭未干的狗！一些没有巢穴的，连脚趾缝里都长着毛的红毛狗！哈哈！我们自由的兽民要抓紧时间逃跑？我们要去北方乞讨烂肉吃？简直是胡说八道！这是一场精彩的战斗！为了整个氏族！为了我们的洞穴和洞穴里的孩子！为了猎场里的猎物！我们战斗！我们战斗！我们——战斗！”

“迎战！迎战！”整个议事岩上的狼群以一阵低沉的、雄浑的吼叫作答。

莫格里对四个狼兄弟说：“你们就待在这儿吧！这场捕猎需要每一个战士。法奥和阿克拉要开始备战，我去前方看看有多少只狗。”

“这是去送死啊！”温陀拉大声地喊道，“你这个光溜溜的家伙，怎么对付红毛狗？你去只会是死路一条，甚至连长斑纹的家伙都……”

“你真是什么都不懂，族外兽。”头也不回的莫格里喊道，

“等野狗被我们干掉后，再好好聊聊吧。狩猎快乐！”

莫格里兴奋得发狂，飞快地冲进了黑暗之中。激动的他根本没有注意脚下的路，结果整个身体摔到了卡阿那蜷曲一团的身上，这条岩蟒正在盯着一条黑鹿经常走过的小径。

“啊！”卡阿生气地说，“打扰别人一次夜间的狩猎——而且是狩猎如此顺利的时候，难道这是丛林里的新规矩吗？要把别人一晚上的机会破坏掉？”

莫格里爬了起来，抱歉地说：“不好意思，是我的错！不过我正要找你呢！兄弟，我发现我们每次见面你都长得更长更粗了。丛林里不会再有猎手比你更聪明，更长寿，更强壮，更漂亮了！”

卡阿听了，情绪缓和了下来，说：“你急急忙忙往这边走，是要去哪儿？不到一个月前我都睡在旷野里，有一个带着刀的小人儿骂我小树猫，还朝我的脑袋丢石子呢。”

莫格里看卡阿不再生气了，便在卡阿蜷曲着的身体正中间坐了下来。他伸出手，抱住卡阿柔软的脖子，直至卡阿把脑袋靠在自己的肩膀上。随后，莫格里将这天晚上在丛林里发生的一切事情告诉了他。

“我也许是聪明的，”卡阿说道，“但我应该是耳聋了，不然我肯定会听到野狗的吼叫。当我看到那些吃草兽民坐立不安的样子时，我就猜到是有什么事情发生了。一共有多少只野狗来了？”

“我还不知道呢，”莫格里再次热血沸腾起来，“这将是一场壮观的狩猎！或许我们中间没几个有机会看到另一次月亮升起了。”

卡阿说道：“你也要参加这场战斗？你只是一个人！而

且，你别忘了自己曾被狼族驱逐！就让那些狼去跟野狗战斗吧！”

莫格里激动地说道：“是的，我的确是一个人，但是我已经向狼群、向树木和河流发过誓，在赶走野狗之前，我就是氏族的一员！我是自由兽民的一分子！”

“自由兽民？”卡阿低声嘟囔着，“你就为了那几只已经死去的狼的情义，甘愿把自己绑在死亡的绳结上吗？这不是一场有利的狩猎！”

莫格里坚定地说道：“丛林里的每一棵树、每一滴河水都知道我的誓言，在赶走野狗之前，我决不会收回我的承诺。”

卡阿说道：“好吧！本来我还想着带你去北方的沼泽呢，但是连你这个光溜溜的小人儿也说出了那样的誓言。看来，我——卡阿，也得起誓了……”

“你可想清楚了，扁脑袋，你没必要也把自己绑在死亡的绳结上，我不需要你起誓的。”

“好吧，那我不起誓了。不过，你要用什么方法来对付野狗呢？”

“他们要想来到这片丛林，就必须从瓦因良加河游过来。我的计划是带领着狼族一起在浅滩上伏击他们，我们的突然袭击应该能把他们赶到下游去，或者就让他们尝尝喉咙被撕碎的滋味。”

“野狗是不会轻易向下游逃窜的，而他们的喉咙也不会这么容易被撕碎。”卡阿冷静地说，“一旦开战，小兄弟，既没有人也不会有狼，只会剩下一堆干骨头。”

“啊！如果我们要牺牲，那就牺牲吧！这必定会成为一场精彩的狩猎。但是，我还年轻，还没经历过多少个雨季。而且我不像你一样聪明，也没有狼那么强壮。那么，卡阿，你有什么更好的计划吗？”

“啊哈！我可见识过数百个雨季了。我从土地上走过的痕迹已经很粗时，哈迪还没长出他的两根长牙。我以我那颗破壳而出的蛋起誓，我绝对要比这儿的很多树都要老，丛林的一切我都经历过。”

莫格里说道：“野狗可是第一次进入我们的丛林吧，这是一场前所未有的狩猎！”

卡阿郑重地说道：“将来要发生的事情不过是历史的重演。现在发生的事，在过去也曾出现过。那么，现在我们就去河边，我来告诉你对付野狗的计划！”

说完，卡阿如一支离弦的箭般，朝瓦因良加的主河飞奔而去，莫格里连忙跟在他身后。当两人来到河水上游和平岩附近时，卡阿一头扎进了水里。他对莫格里说道：“小兄弟，我的速度比你快，你骑在我的背上吧！”

于是，莫格里用双手紧紧地抱住卡阿的脖子，全身贴在卡阿的身上，并把腿伸得直直的。卡阿逆着河流向前游去，河水被他分成两半，阵阵水花溅到莫格里的脖子上，他的双腿也被两侧卷起的波浪冲得来回晃荡。

卡阿朝着上游游了一两英里，只见眼前的河道收窄了，水流在一百英尺高的大理石峡谷之间变得更加湍急，翻滚着，怒吼着，从各种奇形怪状的石头上流了过去。虽然莫格里丝毫不担心这奔腾的流水——世界上已经没什么水流能使他感到丁点儿的恐惧，但现在，空气中飘荡着的甜酸的气味却令他有点儿不安。

他本能地将整个人都没入水中，只是到万不得已时才将脑袋浮出水面换气。这时，卡阿把尾巴往河道中的一块岩石上绕了两匝，停了下来，然后盘了一圈，将莫格里托在圈里面。急流的瓦因贡加河水从他们的身边激起巨大的浪花，然后奔涌直下。

莫格里问："为什么我们要来这儿呢，这里可是'死地'呀！"

"嘘！"卡阿轻声说道，"他们正在睡觉，千万别把他们吵醒了。要知道，我还没有你胳膊长的时候，这儿就已经是这幅景象了。"

自丛林诞生开始，瓦因贡加峡谷上的这片风化的岩石缝里，就住进来了一群小居民——既勤快又凶猛的印度野黑蜜蜂。莫格里很清楚，正是因为他们在这里安了家，距离峡谷半英里处的所有地方都不会出现任何兽民的足迹。

几百年来，小居民们在这些岩缝中筑巢，久而久之，白色的岩石上便滴满了陈年蜂蜜。在这个内凹的幽暗无光的地方，小居民的蜂巢筑得又长又深，不论是人类还是兽民，也不论是水还是火，都从未触及他们。远远看去，峡谷两岸的岩石上仿佛挂着一匹匹闪闪发亮的黑天鹅绒帘子。

莫格里朝岩缝看了几眼，就立即潜回水中。因为那里有成千上万只野蜂聚在一起睡觉，放眼望去全是黑压压的一团，让人头皮直发麻。岩石上还散落着一些像是腐烂花朵、干朽树枝的东西；多年以前的老蜂巢，大块大块地如同发霉海绵一般掉落下来，挂在了树枝和藤蔓上，陈年累月地在这岩石上堆积起来。

当莫格里凝神细听时，往往就能够听见某个阴暗石缝中，黑蜜蜂们愤怒地拍打翅膀的声音，还有储积过剩的蜂蜜不小心滴落的滴答声。这些滴落的蜂蜜慢慢地汇集在峡谷某块突出的岩石上，然后又慢慢地溢出来，沿着崖壁上的树枝往下流淌。

河边有一片还不到五英尺宽的小沙滩，无数黑野蜂的尸体、泥沙、废弃的蜂巢以及那些撞到蜂巢的飞蛾的翅膀就在这儿堆积着，日复一日，年复一年，形成了一堆堆均匀细腻的黑土，散发出刺鼻的气味。所有飞禽走兽一闻到这片沙滩上的气味，都会吓得转身就逃。

卡阿又继续背着莫格里向上游泅水，来到峡谷入口处的一个沙洲上。“看！”他对莫格里说，“这都是这个季节被杀死的兽民。”

莫格里顺着卡阿指的方向望去，只见河岸上有两只年轻公鹿和一头水牛的骨架。骨架完整而自然地倒在那里，一点儿也没有被狼或是豺狗碰过（通过这些完整的骨架，衬托出黑蜜蜂的可怕）。

“他们肯定是不了解丛林法律，越过了这条界线，然后死在了愤怒的小居民手上。”莫格里感慨地说，“好了，趁小居民还没醒过来，我们赶快离开吧！”

“他们在天亮前是不会醒的，”卡阿说，“别着急，我先给你说个故事吧。那是很多很多个雨季前，曾经有一只被狼群追赶的公鹿，他不清楚丛林法律，一直从南方跑到这片山崖上。被恐惧占据了大脑的他，从那里跳下了水。而后面的狼群只顾着追赶，丝毫没发现脚下已经没了路。当时，正在烈日下活动的小居民被狼群打扰了，愤怒的他们便将狼群包围了起来攻击。结果，停在悬崖边上的狼死了，连刚跳进水里的狼也死掉了，而最先跳下来的公鹿却成功地活了下来。”

“他为什么能逃过呢？”莫格里很好奇。

卡阿解释道："那是因为小居民们还未反应过来，他就率先跳下了山崖，而当被激怒的小居民们聚集起来发动攻击时，他早已进到河水里面去了。可追在后面的狼群就倒霉了，悲剧地命丧于小居民的围困中。"

"那……公鹿成功活下来了?"莫格里若有所悟，缓缓地重复着卡阿的话。

卡阿笑着说道："起码他当时没有死在那群铺天盖地般的小居民手里，没准后来有位又老、又胖、又聋的扁脑袋在水里把他拦下来，不让他被流水冲走呢。是呀，当德干高原的那群野狗在你身后穷追不舍时，你来到这儿的话会怎么做，小人儿?你心中有什么好主意了吗?"卡阿将脑袋凑近了莫格里，等待着他的回答。

"卡阿！这个方法太刺激了，简直就是跟死神'赛跑'啊！你真不愧是丛林里最聪明的家伙！"

"哈！我早就想起这个办法了。不过，小人儿，关键是要野狗追赶你……"

"放心，他们肯定会追上来的。"莫格里淡定地说，"哈哈！我凭一张嘴就能把他们给引过来。"

"如果野狗被激怒了，就会盲目地在后面追赶，双眼紧紧盯着你的肩膀。当你跳进河里的时候，不管是停在山崖上的野狗，还是跟着你跳下来的家伙，肯定都会被小居民收拾。而那些苟存下来的野狗，就会钻进河流里往下游方向逃走。现在这季节的河水太浅了，我也没必要在这儿死守着他们。等到他们顺着河水继续向下游时，要是有谁能活着走到西奥尼巢穴附近的浅滩上，那你就可以带领狼群截杀他们了。"

莫格里兴奋地喊道："嘿！哈哈哈！太妙了！就连旱季里

的大雨也比不上这事儿好！好了，现在唯一的问题就是跑跑跳跳这些小事儿了。我要让他们紧紧地跟着我，然后我就使劲地跑！”

“小人儿，你有留意上面的岩石吗？”卡阿冷静地问，“从面向陆地这边看。”

“我还真没注意呢。”

“去好好看看吧。那边的地面上布满了深坑和裂缝，稍不留神，就会陷进去了，那么这场战斗就得宣告结束，完蛋了。现在，你快去看看路吧，我去给法奥传个话，好让他们知道我们的计划，然后先去下游的浅滩上进行埋伏。小人儿，我现在做的一切都是为了你，不然我可不愿跟任何一只狼扯上关系！”

如果卡阿不喜欢一种相识的兽民时，那么他的态度比任何丛林兽民都要恶劣。卡阿顺流往下游，刚好在和平岩附近的位置碰上了法奥和阿克拉。他们正在仔细倾听从黑暗中传来的嘈杂声音。

“嗞——狗们！”卡阿冷冰冰地说，“红毛猎手将会顺着水流往下游，要是你们不怕他们，就到你们的巢穴边上的浅滩伏击他们吧。”

“他们什么时候会去？”法奥问。

阿克拉接着问：“我的小青蛙去哪儿了？”

“等着吧，你们只管埋伏就是了。”卡阿说，“至于小人儿，他给你们做出了承诺，难道你们就不知道这是让他去送死吗？莫格里现在和我待在一块儿，如果他最后能幸运地活下来，那你们倒没什么过错。你这条褪色了的狗！去浅滩那儿等着野狗吧，如果小人儿和我到时候能出现在你们面前，你们就放心地偷笑吧（这段话正反映出卡阿对莫格里的深切关爱）！”

说完，卡阿又马上逆流而上，来到峡谷中间时，他停了下来，并抬头望了望岩壁的边缘。莫格里的小脑袋这时便在星空下冒了出来，紧接着，空中传来“嗖”的一声，莫格里果断敏捷地从悬崖上跳下，落到水里。卡阿连忙游到他的下方，卷起自己的身体。于是，莫格里顷刻间又回到了卡阿盘成圈的身体上。

“我在这玩耍着跳了两次，”莫格里冷静地说，“不过，上面的路真的太危险了，低矮的灌木、深长的岩缝里，尽是小居民。不过我还是在三道岩缝的边上堆了许多大石头，等我跑过的时候就把它们踢下去，那些小居民一定会气势汹汹地追过来的！”

“你真聪明，”卡阿赞许道，“要知道，小居民的脾气向来都是非常火暴的。”

“野狗更擅长白天捕猎，那我黄昏的时候就去引诱野狗往这儿跑。”莫格里说，“现在，他们恐怕正一路寻着温陀拉的血迹跑过来呢。”

“正如鹞鹰不会离开牛的尸体一样，野狗也不会放过猎物的血迹。”卡阿说。

“那我就给他们弄一些新鲜的血迹，而且我办得到的话，还用他们自己的血。你留在这儿，卡阿，一直等到我把我的野狗们引过来。”

“我会一直在这儿等你的。可是，如果你在丛林里就被野狗咬死，或者还没跳进河就被小居民蜇死，那该怎么办呢？”

“明天的猎，我们明天打。”莫格里引用了丛林里的一句谚语，然后又说，“我死去的时候再唱《死亡之歌》吧，狩猎快乐，卡阿!”

莫格里从岩蟒的身上跳进瓦因良加河里，整个人就像在河水中漂浮的圆木一般，向着峡谷往下游。他抑制不住心中的喜悦，边游边大笑，因为他觉得这次和死神“赛跑”是件快乐刺激的事儿，而且，如果他胜利的话，整个丛林都将知道他才是真正的丛林之王。

途中，莫格里想起了以前巴鲁教他抢夺树上的蜂巢时，巴鲁说过蜜蜂最讨厌野蒜的气味了。所以，莫格里又摘了一大把野蒜，用树皮绳绑在了自己身上。然后他沿着温陀拉的血迹，向南走了大约五英里。莫格里的心情很好，他一边走着，一边笑着自言自语道：“我曾经是青蛙莫格里，我也说过我是狼莫格里，以后我还要做猴子莫格里、公鹿莫格里，最后我将成为人莫格里呀!”

此时，莫格里发现温陀拉的脚印和他那发黑的血迹混在了一起，从一片茂密的森林里延伸出来，而森林越往东北方向伸展，树木就越稀疏，直到消失在黑蜜蜂岩外的两英里处。从这片森林的外缘到黑蜜蜂岩那边的灌木丛之间，是一片无尽的旷野，在这块空旷的土地上，藏不住任何一匹狼的行踪。

莫格里在森林里兴奋地向前跑着，并观察着每棵树之间的间距，他还爬上一棵树，试着在树间跳跃，不一会儿就穿过了整片密林，来到了无尽的旷野上。他在旷野上认真地察看了一个小时，又转身往回走，回到刚才发现温陀拉的脚印的地方，然后爬上了附近的一棵树，坐在一根离地大约八英尺的树枝上。莫格里小心翼翼地将自己隐藏在纵横交错的树枝中，一边小声地唱着歌，一边抚摩着他那把剥皮刀。

接近中午，炙热的阳光照射在地面上，周围的温度不断升高，终于，莫格里听见了一阵杂乱的脚步声。与此同时，他还闻到了从野狗身上散发出来的那股令人厌恶的气味。

只见野狗群正嗅着温陀拉的血迹不断前进，莫格里站在树上往下看，他们的身型虽然看上去没有狼的一半大，但是他知道，这些红毛狗有着丝毫不输给狼的强健四肢，以及尖利有力的牙齿。

正在前方嗅着血迹的野狗群的首领走近了，莫格里连忙大喊了一声："狩猎快乐!"那只野狗停下脚步，抬起了头，身后跟着的野狗们也都随之停了下来。这些宽肩细腿的红毛狗此时都站在莫格里前面，他们低垂着尾巴，咧着嘴，伸出来的血红舌头不停地晃来晃去。

此时在莫格里站着的这棵树下，两百多只红毛狗齐齐发出"哼哧哼哧"的呼吸声。领头的几只野狗正贪婪地嗅着温陀拉的血迹和空气中残留的气味，然后不停地催促着队伍快点向前赶。莫格里想："如果他们真的在天黑之前就赶到狼族的巢穴，那么之前制订的计划可就要落空了。"于是他心中暗暗决定，一定要把他们拖住，在这儿一直待到黄昏时分。

"是谁允许你们踏入这片丛林的?"莫格里大声说。

"天下所有丛林都是我们的!"首领傲慢地说道。身后的野狗群都龇着白牙。

莫格里大笑起来，他俯视着树下这群野狗，然后挑衅地模仿起德干高原上那小跳鼠刺耳的叫声。其实莫格里是要讥讽这群野狗，他们不过如跳鼠般弱小。他学得惟妙惟肖，瞬间就把红毛狗们激怒了，他们发狂地将莫格里站着的这棵树围了起来。冲在最前面的首领凶狠地狂吠着，气冲冲地骂莫格里是一只树猿。莫格里知道红毛狗群上当了，又把自己的一只脚伸了出来，在首领的头顶上方扭动着光溜溜的脚指头，他这是在嘲笑这群脚趾缝里长毛的野狗呢！

野狗群顿时怒不可遏，因为这可是他们最讨厌提起的事情。那个首领一跃而起，朝着莫格里吊在空中的腿扑去。莫格里敏捷地闪开了，然后大声嚷道："野狗！红毛狗！快点滚回德干高原吃你们的蜥蜴吧！你们的小跳鼠兄弟正等着你们呢！红毛狗！红毛狗！脚趾缝里长着毛的红毛狗！"

红毛狗群傻乎乎地生着气，他们叫嚷道："快点滚下来！你这个没毛的猴子！你不下来我们就一直把你围到饿死为止！"莫格里闻言，心中窃喜，这不正是他想要的结果吗？于是，他悠闲地斜躺在树枝上，右手悬在空中，脸朝着地面，整个人贴在了树皮上，然后不断用刻薄的言语刺激着树下的野狗群。莫格里滔滔不绝地诉说着他心目中的红毛狗，关于他们如何鄙陋的习俗，如何低贱的配偶和幼崽……他慢慢地、蓄意地挑起红毛狗的怒气，红毛狗群从一声不吭到低声鼓噪，再到大声吼叫，最后忍无可忍地淌着口水在狂吠。红毛狗试图反驳莫格里无情的奚落，但是他们又怎能敌得上莫格里呢？

莫格里虽然嘴上嘲讽着野狗群，但他丝毫也不敢放松警惕。他双腿盘着树枝，右手弯着贴在身体上，准备随时发动攻击。那大个子首领已经按捺不住向空中蹦了好几次，但冷静的莫格里一直没有鲁莽出手。终于，一直扑空的野狗首领突然暴怒起来，拼尽全身的力量一跃而起，跳到了离地七八英尺的高空。此时，莫格里逮住了这个等待已久的机会，他的手如同树蛇的脑袋一样，在电光石火间出击，揪住了野狗首领后颈的毛皮。随着重量的增加，树枝"咔"的一声猛地沉了沉，差点儿就把莫格里甩了下去（通过描写树枝，烘托出这个时刻的惊险、紧张)。但莫格里缓了缓，始终没有松手，还慢慢地把他拎到了树枝上。

刚才还八面威风的首领，如今就像一只溺水的小狗被吊在了空中。莫格里将野狗拽到适当的高度后，手起刀落，割掉了首领毛茸茸的枣红色尾巴，然后又把那野狗丢了下去。红毛狗群不再继续往前走了，因为莫格里彻底地把他们激怒了，接下来，除非他们杀死了莫格里，不然绝不会离开这儿。

莫格里看到野狗群在树下坐了下来，还将树包围得严严实实的，这就意味着他们要留下了。于是，莫格里安心地爬到一个更高的树枝上，换了种舒服的躺姿睡起觉来。

大概睡了三四个小时之后，莫格里醒了，数了数野狗的数量后，他放心地舒了一口气。红毛狗一只也没有走，他们沉默地围坐在树底下，发干的喉咙在嘶哑地闷响着，眼睛里充满着恶意。太阳开始慢慢地落山了，终于到了这个期待已久的时候。莫格里估摸着，大概再过一段时间，峡谷岩缝中的小居民就要准备回巢睡觉了。

莫格里站在一根树枝上，故作客气地说道："我可不需要像你们这样忠实的卫兵，但我会一直记住你们今天的好意的。你们确实是一群忠心的野狗，但我还是对你们不满意，因为你们作为一个氏族的数量也太多了。所以，我不会再把尾巴还给那个吃蜥蜴的家伙，哎，这位红毛狗，你不高兴了吗?"

被割掉尾巴的首领扑到树干上，抓着树皮，狂吠道："啊！我要撕破你的肚皮!"

"别啊！德干高原的小跳鼠！要知道你很快就能生出无数只没有尾巴的小红毛狗了，这多好呀！可是，以后地上烤得滚热的沙子就可能烫伤他们的红屁股了。哈哈，赶快回去!

红毛狗，你回去就说这是一只猴子干的恶作剧！啊，你们是没脸回去了吗？那么就跟着我走吧！我可以让你们变聪明一些的！”说完，莫格里学着猴民，从一棵树上直接跳到了下一棵树上，向小居民的巢穴那边不断前进，而饥饿的红毛狗们争先恐后地在地上追赶着他。莫格里还时不时做出要摔下去的模样，而那些急于把他咬死的暴躁的红毛狗们就一窝蜂地围过来，互相推挤着，践踏着。

于是，一个奇特的场景出现了。夕阳的余晖透过森林的枝叶洒落在大地上，一个小男孩拿着一把闪光的刀在树枝间跳来跳去，而地上有一群挤成一团的沉默的红毛狗在他身后紧追不舍。

莫格里跳上森林边缘的最后一棵树后，他停了下来，将绑在身上的野蒜仔细地涂满了全身。红毛狗首领不屑地嘲弄道：“你以为这样就能盖住你的臭味了吗？说狼语的猴子！我们会一直追着你，直到亲自把你咬死！”

“那我把尾巴还给你吧，接好了！”莫格里回应。接着，他就把之前割下的尾巴用力地扔回到森林里。野狗本能地朝尾巴冲了过去，莫格里便趁机从树上滑了下来，飞一般地朝着峡谷跑去，他一边跑一边大喊道：“红毛狗！来追我呀！一直追到底呀！”

红毛狗们大吼了一声，又连忙掉头追了上来。就这样，一个小人儿和一群红毛狗开始了漫长的长跑之路。莫格里知道，红毛狗的速度要比狼慢得多，所以他才敢在毫无遮掩的情况下任由他们在自己身后追赶。他只是担心他们会失去兴趣而转到别的地方去了。于是他不断吊着红毛狗的胃口，让他们在身后穷追不舍。

莫格里轻快、平稳地跑在前面，凭着灵敏的听觉与身后的野狗保持着距离，他甚至还保留了一部分用来冲过蜂岩的体力。在他身后大概五码的地方，没了尾巴的野狗首领在愤怒地追赶着，而跑在后面的野狗被拉成了约四分之一英里长的队伍。这群渴望杀戮的红毛狗个个劲头十足，不顾一切地追赶着前方那个奔跑的身影。

天刚暗下来，小居民们就已经停止了工作，回到巢穴里休息了，毕竟现在还不是晚开花的季节。但是，当莫格里和身后死缠烂打的野狗的脚步声在小居民这片领地上响起时，黑蜜蜂群振动着翅膀，愤怒地迎击了。此时，整片大地都回荡着一阵令人毛骨悚然的声音。

莫格里立即加速，以平生最快的速度向悬崖边冲刺。他一边疯跑一边将事先堆在岩缝边的三堆石头踢向幽暗的岩坑里。散发着甜蜜气味的洞穴中瞬间传来海浪般的咆哮，莫格里瞥见身后的天空变成了黑压压一片。

终于，瓦因良加河奔腾的河水出现在莫格里的眼前，水中还浮着一个扁脑袋。莫格里一跃而起，用尽全力跳下深长的峡谷，半空中，他眼角的余光已经看到身后的首领猛地向他扑来。可惜，就在马上要扑到他肩膀的时候，莫格里已经稳稳地落入河中。

他没有受到任何一个小居民的伤害，因为小居民向他围过来的时候，都被他身上的蒜味儿熏走了。莫格里一掉进水里，卡阿便立刻牢牢地圈住了他。脱离了危险的莫格里虽然气喘吁吁，上气不接下气，但是他心里充满了胜利的喜悦。

接下来，一场好戏要上演了。悬崖边，密密麻麻的黑蜜蜂包裹着什么东西如铅锤般往下掉，不过未等这东西触及水面，小居民们又散开往上飞去，将另一只闯入他们领地的野狗包围了起来。一只又一只野狗的尸体打着转随河流朝下游流去。半空中不断传来短促的、歇斯底里的吠叫声，但是这声音很快就被小居民们翅膀发出的嗡嗡嗡的呼啸声给掩盖了。

一些倒霉的野狗不幸掉进了暗藏着的岩坑里，还将岩壁上的蜂巢打翻，结果顷刻就被蜜蜂群围得密不透风。挣扎、撕咬都是徒劳的，最终他们的尸体被成千上万只蜜蜂从某个崖面上的洞穴里丢了出来，随着河流滚到了黑色的浅滩。

还有一些野狗跳不了那么远，被挂在了悬崖边的树枝上。这时，等待他们的依然是波浪般起伏的黑蜜蜂群。很多野狗实在忍受不了蜜蜂的叮蜇，本能地挣扎着跳进了瓦因艮加河里。然而，正如卡阿说的那样，这是条饥饿的河流，野狗只能无助地顺着河水的漩涡，向下游和平岩的方向漂去。

莫格里被卡阿紧紧地搂着，差点儿就喘不过气来。“看来小居民是真的被惹恼了，”卡阿急促地说，“我们不能再留在这儿了，快!”于是，莫格里左手紧握着刀，右手牢牢地抱着卡阿柔软的脖子，和卡阿潜入水里，一起顺流而下。

“不用着急，一颗牙齿是无法杀死一百个敌人的，除非是眼镜蛇的牙齿。”卡阿说，“看！只要小居民一飞起来，就有野狗往河里跳!”

莫格里兴奋地说道：“那我的刀待会儿可忙了！我的天啊！小居民们怎么跟得那么紧!”他边说，边潜回水中。蜂群贴着水面低飞，仿佛一条黑色的毯子披在瓦因艮加河上（衬托出黑蜜蜂的数量之多），他们嗡嗡地叫着，看到什么从水中冒出来就蜇什么。

“你就在水里待着吧，不说话就不会有什么损失了。要知道漫长的战斗才刚刚开始呢!”卡阿说道。

大约还有一半的野狗看见前面的伙伴冲进了岩坑的蜂群中，便立刻掉头，一路狂奔。他们都知道，留在岸上的唯一下场就是死亡，于是都纷纷从峡谷某个倾斜的河岸跳进了瓦因良加河里。幸运逃离的野狗愤怒地狂吠，被小居民攻击的野狗也悲惨地哀吼着……各种声音掺杂在一起，在瓦因良加河上此起彼伏。

卡阿背着莫格里一直小心翼翼地往下游移动。突然，莫格里听到那只没有尾巴的野狗首领正命令其他野狗坚持住，一定要杀尽西奥尼的每一只狼。莫格里不想把时间浪费在听这些废话上，他开始行动了。

一只落在最后面的野狗惊叫道:“啊!有人在背后偷袭!”话音刚落，犹如水獭一样潜水前进的莫格里，就猛地将这条野狗拽住并拖入水里。野狗拼命地挣扎了几下，只来得及喊出这句话，他的尸体就已经浮在水面上，暗红色的鲜血在河面上一圈圈地晕开。

听到警告的野狗想掉头，但是奔腾的瓦因良加河水不允许他们这么做，而且水面上还有虎视眈眈的小居民们呢。只要他们稍微冒了一下头，就会得到小居民的一顿猛蜇。

夜色渐浓，西奥尼狼族的嗷叫声在夜空里越来越嘹亮，也越来越深沉。莫格里又悄悄地潜到某只野狗的身边，一会儿水面又浮起了一具野狗的尸体。莫格里神出鬼没的行动让红毛狗群爆发出阵阵慌乱的狂吠声，有的吼叫着快点上岸，有的要求首领带他们回德干高原，还有的喧嚷着要莫格里出来决一死战。

“他们开始出现争执了，哪里能打好仗啊!”卡阿十分不屑地说道，“好了，剩下的任务就交给你那些埋伏在下游的狼兄弟吧，小居民追得太远，已经放弃了。我也要走了，毕竟狼的事情与我一点关系都没有。小人儿，最后再给你一个忠告，小心野狗的牙齿！狩猎快乐！”

这时，一只三条腿的狼跑了过来，沿着河岸和水里的野狗一起并排前进。他正是族外兽温陀拉。温陀拉在岸边跳跃着，还不时侧着脑袋贴近地面，或者突然弓起背，猛地向空中一蹿，远远看去，就像是跟水中的自己孩子嬉戏（一连串的动作描写，反映出温陀拉强烈的战斗欲望）。红毛狗们已经在水里争执了很久，疲惫不堪地游着，他们的皮毛被水浸透了，变得沉甸甸的，蓬松的尾巴此时也如同水绵一样拖在身后。一言不发的温陀拉和野狗一起玩着这个可怕的游戏，浑身颤抖的野狗们也不敢吭声了，只是盯着岸上那双冒火的眼睛不断地向前游去。

一只野狗喘着粗气说道：“这次狩猎一点儿都不快乐！”

“狩猎快乐！”莫格里突然从这只野狗身边冒了出来，抽出挂在肩膀背后的刀，干脆利落地解决了他，同时猛地向前走，躲开他临死前的拼命一咬。

温陀拉远远地看到了，便在河对岸问道：“是说狼语的小人儿吗？”

“你还是问问这些死了的红毛狗吧！”莫格里兴奋地叫嚷着，“他们还没逃到下游，我就已经让他们尝到苦头了！太阳还没下山的时候，我还把他们骗得团团转，他们首领的尾巴我也给割下来了！不过你放心，我在这儿给你留了好几只呢！”

“我在等着他们过来呢，”温陀拉说道，“还有整整一个晚上可以复仇!”

西奥尼狼族的嗷叫声越来越近了——“为了氏族！为了自由的兽民！为了整个丛林！战斗!”就在这时候，河道拐了一个弯，红毛狗们看到了在浅滩上蓄势待发的狼群。他们终于意识到自己犯了一个多么重大的错误——如果他们早一点上岸的话，现在就可以在干燥的陆地上进攻狼群，而不是像这样在水里被动地承受狼群的攻击。

他们醒悟得太晚了，现在河岸上满是透着青光的眼睛，还有从未停止的低沉的嗷叫声。狼群正等待着他们。“大家稳住！赶快转身往回游!”野狗群的首领故作镇定地下令。于是，所有红毛狗都争先恐后地朝最靠近自己的岸边冲去，他们拍起的巨大浪花四处飞溅，整个河面仿佛被撕开了一样，泛起了一圈圈的涟漪。野狗群仿佛就像拍岸的潮水一般，扑上浅滩，莫格里可不放过这个有利的机会，他紧随他们身后，不停地挥舞着刀，又砍又刺。

终于，红毛狗群在被鲜血染红的湿漉漉的沙滩上与狼群相遇，一场漫长的战斗开始了。两个族群都拼尽全力在厮杀，他们时而分散开来，单独作战，时而聚合起来，共同出击。一个个黑色身影，在相互纠缠着生长的树根之间跳跃，以及在那低矮茂密的灌木丛及草丛中撕咬。

即使战斗到现在，红毛狗群在数目上仍然有着相当大的优势，他们通常是二对一来对付狼群。但对于狼群而言，他们是在为保卫整个氏族而战。所以在场上拼杀的，不只是那些强壮的、有着尖尖白牙的猎手，还有那些守卫巢穴的母狼，甚至一些刚满岁的，身上还是毛茸茸的幼狼，他们和母亲一道参战，与野狗进行着激烈的搏斗。

在战斗中，狼与红毛狗在进攻时攻击的部位完全不同，狼通常是直接向着对手的喉咙或侧腹猛咬，而野狗则更喜欢撕咬对手的肚子。由于这种原因，此时的战斗中，狼占着明显的优势，尤其是当浑身湿透的野狗从水里上岸时，在野狗探头出水的那一刻正是狼的最佳攻击时机。

但无论在浅滩上还是河水中，莫格里的刀子都是一刻也不停地挥动着，他狠狠地将刀刺进可恶的野狗身上，死在他刀下的野狗不计其数。四个狼兄弟与他并肩作战，灰兄弟守在莫格里的双膝之间，保护着他的腹部。其他三个狼兄弟则分别站在后背和两侧保护着。当野狗在背后扑上来，或者朝两侧猛撞时，狼兄弟便立刻出击，将红毛狗压倒。

战场一片混乱。俯瞰下去，扭打在一起的狼群和红毛狗群就像围起了一个个圆圈，沿着河岸晃动着，而且一圈圈地往中间压。

这儿的一个圆圈里，大家都拼命地往中间扑，上下起伏着就如漩涡中的水泡。突然有几只满身伤痕的红毛狗被扔了出来，但是他们不甘心地竭力向前推挤，想要回到战斗的第一线；那儿的一个圆圈里，一头孤军奋战的狼被几只野狗狠狠地压在了地上，压趴在地的这头狼用尽全力拖着身上的野狗往前，但是很快又被继续围过来的野狗摁住；还有另一个圆圈里，一只一岁的幼狼已经被红毛狗们咬死了，但是因为周围的野狗不停地在挤压着而被举了起来。他的母亲愤怒至极，发了疯似的冲上前撕咬；在一个个圆圈中间，偶尔会有一头狼和一条狗在单独对峙着，他们全然不顾周围的情况，只是不停地周旋着，暗自盘算攻击的时机，最终却被突然挤上来的正疯狂厮杀的狼群和红毛狗群冲散。

莫格里看到阿克拉用他那快要掉光的牙齿狠狠地咬在一只红毛狗的腰上，而他自己身体两侧各有一只野狗，撕咬着他的小腹。莫格里还看到法奥用尖牙死死咬着一只野狗的脖子，他使劲地拖着这只不断挣扎的红毛狗往前走，然后由幼狼们来了结这条野狗。黑暗中，莫格里的身边不断上演着窒闷的凶狠的混战——不停地扑击、跌倒、翻滚、嗷叫、呻吟、撕咬（连用的动词，刻画出场面的混乱，战斗的激烈）……

黑夜即将结束了，激烈的战斗依旧进行着。红毛狗们被一连串的打击吓破了胆，他们害怕向那些强壮的狼进攻，但是又不敢逃跑。整个野狗群的士气低落，莫格里知道胜利就在眼前了，现在能和他搏斗的就剩下一些伤残的野狗了。瘦小的幼狼们胆子也渐渐大了起来，偶尔在战斗中喘上一口气，或者和身边的朋友说上几句话。到了最后，莫格里只需把刀轻轻一挥，就能将一条红毛狗掀到一旁。

“那些野狗的骨头都要露出来了！”灰兄弟叫喊道，他全然不顾自己身上十几处的皮肉伤，鲜血不断往外流着。

“现在还没算是彻底的胜利，我们必须把红毛狗的骨头全都砸碎！”莫格里说道，“呜嗷！这才是我们丛林的作风！”此时，莫格里那把被鲜血染红的刀子就如火焰般划过一只野狗的小腹，这只野狗根本无法动弹，因为他的后脚正被一只狼死死地钳制着。

这头狼鼻子喷着粗气说道：“这是我的猎物！”说话的正是温陀拉。

咬着那只野狗后腿的温陀拉，转而牢牢地咬住这只红毛狗的脖子，以至于野狗毫无还手之力。此时，温陀拉已经体无完肤，浑身伤痕累累，但是他并没有因此而放弃战斗。莫格里哈哈大笑起来，说道："我敢打赌，这肯定是那只断了尾巴的野狗首领！哈！温陀拉，你的肚子还空着吗?"一点儿没错，这正是那只有着枣红色皮毛的大个子首领。温陀拉始终没有松口，狠狠地咬住正不断挣扎的红毛狗首领。

"对小狼和母狼下毒手可不是明智的选择，愚蠢的家伙！"莫格里故作深沉地说道。他擦掉眼角沾上的血，"当时你没有把温陀拉一起干掉，那现在就应该命丧在他的利齿下。"

这时，一只野狗猛地扑了过来，不自量力地想要解救他的首领，但是，他的牙齿还没来得及碰到温陀拉，莫格里就用刀子在他的脖子上狠狠地一割，然后灰兄弟立即上前将他彻底解决。

"这就是我们丛林的作风！"莫格里再次高喊。

温陀拉沉默着，他拼尽全力将利齿深深地咬进了野狗首领的脊梁骨里。那红毛狗无力地抽搐了一下，慢慢地垂下他傲慢的头颅，然后一动不动地倒在地上。温陀拉完成他的复仇后，也倒在红毛狗的上面。

"终于血债血偿了！"莫格里说，"温陀拉，我为你高歌！"

"他再也不能捕猎了，而且，阿克拉也好像倒下了。"灰兄弟说。

"把他们的骨头咬碎！"这时，法奥如雷霆般怒吼道，"自由兽民们！狼族的猎手们！可恶的红毛狗们要逃跑了！我们要把他们杀光！杀啊！"

剩下的野狗们完全丧失了斗志，他们陆续从沾满血的如地狱般的浅滩上逃走。有的向河里跳去，有的溜进丛林，浅滩瞬间空荡荡一片。

"血债血偿！血债血偿！"莫格里大喊，"他们把阿克拉杀了！不能放过任何一只红毛狗！”说完，他立刻飞奔到河边，打算将那些想从河里逃走的野狗拦截在岸上。

这时，阿克拉的脑袋突然从九条死狗堆成的小山下面冒了出来，莫格里连忙跪在了他的身边。

“我不是说了吗？这将是我的最后一战。”阿克拉喘着气，费力地说，“很精彩的狩猎，你怎么样，小兄弟？”

“这是一场伟大的狩猎。我……我还活着，还杀死了很多红毛狗。”

“真厉害……我要死了，我要——我要死在你身边，小兄弟。”

莫格里轻轻地将阿克拉那血肉模糊的脑袋放到了自己的膝上，然后用手搂着他那已被撕裂的脖子。

“谢尔汗在丛林捣乱的日子已经过去很久了啊，那时候，小人儿还光着身子在地里打滚呢。”

“不！不！我是一头狼！我是自由兽民！”莫格里激动地喊道，“我会和狼族同进退，共生死！我不想成为人类！”

“小兄弟，你要记住你是人，也是我看着大的小狼孩。如果没有你，狼族早就在野狗来之前就逃跑了。当初，我在议事岩上救了你，而现在你又拯救了整个氏族，狼群和你已经互不相欠了。回到你的族群中去吧。我最亲爱的小人儿，一定要记住我的话，狩猎已经结束了，离开丛林，到人类中去吧！”

“我绝对不会离开丛林！我要在丛林里独自狩猎，谁也不能赶我走。”莫格里哭着说。

“回去吧！免得又被赶走了。”

“谁会赶我走？”

“莫格里会把莫格里赶走，回人类那儿去吧，你是人，应该和人一起生活！”

“那等到莫格里赶莫格里的时候，我再离开！”

“好吧，我的话已经说完了。”阿克拉说，“小兄弟，你能帮我站起来吗？我……我是自由兽民的首领啊。”

莫格里悲伤地用两只胳膊抱着阿克拉，帮他站了起来。阿克拉深深地吸了一口气，唱起了那首《死亡之歌》，每位狼族首领去世时，都会将这首挽歌唱响。他奋力地一句一句唱着，歌声越来越嘹亮，随着河流飘向了远方，整个丛林里都听见了阿克拉的歌声。突然，阿克拉猛地跃起，跳到了旁边红毛狗尸体堆成的小山上，然后便倒在上面，死去了。

逃命的野狗纷纷被凶狠的狼群穷追着，猎手们将野狗尽数扑倒，撕咬着他们的脖子。丛林里一直回响着的野狗的吼叫声慢慢地减弱了，追击得胜的狼们一瘸一拐地走回来，清点最后的损失。狼族里，共有十五只成年公狼和六只母狼英勇地牺牲了，而幸存下来的狼全都受了大大小小的伤。

莫格里把头靠在膝盖上坐着，仿佛世界就剩下他一个。他就这样静静地呆坐着，直至黎明的曙光照亮了丛林。法奥用湿漉漉的鼻子蹭了蹭莫格里的手，莫格里回过神来，指着阿克拉那满是伤痕的尸体，说：“阿克拉死了！”

“狩猎快乐！”法奥郑重地向着阿克拉说，就好像阿克拉还活着。然后，他转头嗷叫了一声：“丛林里有一只真正的狼牺牲了！”

那些时常吹嘘所有丛林都属于他们的红毛狗，那些炫耀自己无人能敌的红毛狗，那些来丛林掠夺食物的两百只红毛狗，没有一只能够活着回到德干高原，并将这个不幸的消息告诉他们的同伴。

朗恩的歌

一场精彩的战斗结束了，鹞鹰朗恩唱着歌飞了下来，落在河床上面。朗恩虽然是所有兽民的好朋友，但他的内心却非常冷酷，因为他知道，几乎丛林里的每位朋友，最终都会成为他的腹中物。

我的同伴在苍茫的夜色中打猎——
（你们是在为朗恩侦察！）
现在我吹着口哨飞来，宣告着战斗要结束。
（你们是在为朗恩搏杀！）
他们告诉我，新的狩猎准备开始，
我告诉他们，野鹿还在原野上奔跑。
所有的一切已经结束——他们不必再说话！

狩猎的呼唤早已响起——他们在奔跑，急如闪电。
（你们是在为朗恩侦察！）
就在黑鹿转身的一瞬间——他们将其扑倒，
（你们是在为朗恩搏杀！）
鹿群在逃跑之前，已被夹在中间，
他们钢铁般的利爪已将猎物制服了。
所有的一切都结束了——他们不必再追踪。

我的同伴们都死了，真可惜呀！
（你们是在为朗恩侦察！）

他们过去曾经是多么威风！
（你们是在为朗恩搏杀！）
遍体鳞伤，嘴角淌血，眼眶深陷。
尸体堆积在荒原上，一片凄凉。
所有的一切都结束了——我的肚子已经填饱了。

成长启示

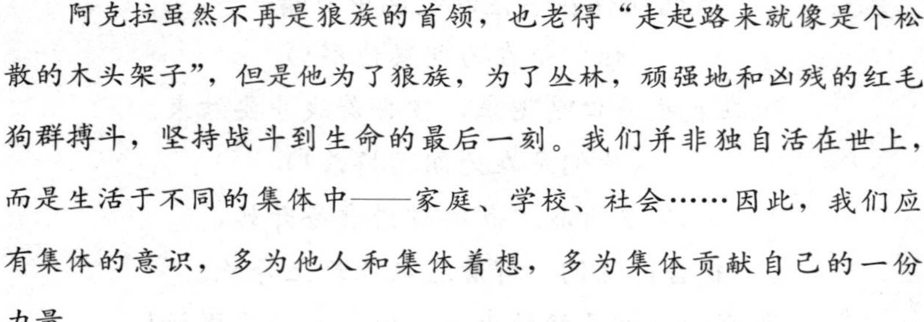

阿克拉虽然不再是狼族的首领，也老得“走起路来就像是个松散的木头架子”，但是他为了狼族，为了丛林，顽强地和凶残的红毛狗群搏斗，坚持战斗到生命的最后一刻。我们并非独自活在世上，而是生活于不同的集体中——家庭、学校、社会……因此，我们应有集体的意识，多为他人和集体着想，多为集体贡献自己的一份力量。

要点思考

1. 莫格里是用什么方法击退红毛狗的？
2. 温陀拉为什么坚持要找红毛狗复仇？

写作积累

● 运筹帷幄　知恩图报　日复一日　毛骨悚然　血肉模糊
身强力壮　横行无忌　热血沸腾　放眼望去　凝神细听
铺天盖地　气势汹汹　纵横交错　惟妙惟肖　一跃而起
电光石火　八面威风　期待已久　穷追不舍　不顾一切

密不透风　虎视眈眈　神出鬼没　一言不发　蓄势待发

拼尽全力　体无完肤　无人能敌

●四个狼兄弟顿时不再打闹，背上的毛竖立起来，喉咙里发出阵阵低沉的吼叫。莫格里感到血液在沸腾，他紧皱着眉头，用手摸着刀。

●卡阿逆着河流向前游去，河水被他分成两半，阵阵水花溅到莫格里的脖子上，他的双腿也被两侧卷起的波浪冲得来回晃荡。

●莫格里的小脑袋这时便在星空下冒了出来，紧接着，空中传来“嗖”的一声，莫格里果断敏捷地从悬崖上跳下，落到水里。

●这些宽肩细腿的红毛狗此时都站在莫格里前面，他们低垂着尾巴，咧着嘴，伸出来的血红舌头不停地晃来晃去。

●此时，莫格里逮住了这个等待已久的机会，他的手如同树蛇的脑袋一样，在电光石火间出击，揪住了野狗首领后颈的毛皮。随着重量的增加，树枝“咔”的一声猛地沉了沉，差点儿就把莫格里甩了下去。但莫格里缓了缓，始终没有松手，还慢慢地把他拎到了树枝上。

第八章 丛林的春天

导读

丛林迎来又一个春天，所有丛林兽民都在忘我地歌唱、狩猎，没有谁搭理生病的莫格里。莫格里孤独地跑着，跑出了丛林，穿过了沼泽，最后竟然来到米苏亚的小屋前！米苏亚悉心的照料让莫格里萌生出回到人类世界的念头。这天，他来到议事岩，和他的丛林好友们告别……

丛林在呐喊，人要回到人类的世界去！
将要离开的人啊，曾是我们的兄弟。
听见了吗？丛林的兽民们，他要离开了。
谁能把他留下，谁又能让他回来？
他在丛林中抽泣，人要回到人类的世界去！
将要心碎的人啊，曾是我们的兄弟！
人要回到人类的世界了！（所有丛林兽民都爱他！）
今后他要走的路，我们再也不能同行！

距离阿克拉在红毛狗之战中牺牲，已经过去了整整一年。丛林的生活习惯让莫格里看上去根本不像一个普通的少年——每天都进行捕猎、游泳等高强度的锻炼，再加上营养丰富的食物，他的体格和力量都远远超过了同龄人。现在的莫格里，可以单手挂在树枝上来回荡半个小时，也能轻松将飞奔的年轻公鹿拦下，就连北边沼泽里力大无比的大蓝野猪也不是他的对手……如今丛林兽民们不仅敬畏他的智慧，还敬畏他那可怕的力量。即使他轻声走过丛林，兽民们都会为他让路，热闹的林间也立刻变得非常安静。

这日，莫格里和巴希拉躺在瓦因良加河边高高的山坡上，俯瞰着山下河水奔腾的美景。清晨的雾气笼罩在绿色的草原上，绿白相间，仿佛一条彩带。随着太阳不断上升，晨曦把迷雾变成了金色的海洋。光芒越来越耀眼，雾色消退，阳光斜照在草地上，就如一道道金印。寒冬刚过，树木的新衣还没穿上，枝叶枯黄而黯淡，一阵风吹过，发出“沙沙”的声音，干枯的树叶被寒风狂乱地吹打着，在空中打着转。

“冬去春来，丛林又开始了新的一轮生长。”巴希拉贪婪地嗅着清晨的空气，侧着耳朵，“那片颤动着的叶子告诉我们——丛林的春天就要来了。”

“是吗?”莫格里伸了个懒腰，揪起了一小撮草，“可是草还是干的，花也还没有开呢!”

巴希拉仰着面，爪子朝天地躺在草地上，懒洋洋地晒太阳。

“嘿，巴希拉!”莫格里叫道，“一只黑豹像树猫一样四脚朝天，爪子胡舞，这样太不像样了吧，简直是丢丛林之王的脸！丢你和我的脸!”

“噢，是的。我们是丛林之王！”巴希拉一骨碌爬了起来，抖了抖沾在参差不齐的皮毛上的尘土——现在正是脱毛的季节，巴希拉要换掉他冬天的大衣，“整个丛林里，谁能像莫格里那么聪明，那么强大呢——”黑豹拖长了音调说。

莫格里转过头去：“你是在取笑我吗？”

“难道我说错了吗？我们毫无疑问是丛林之王，看来我还不知道小人儿早就不想躺在地上了，他是想飞，是吗？”

莫格里没有说话，他两手搭在膝盖上坐着，若有所思地望着山谷对面的晨光。

这时，丛林间传来一阵鸟儿的歌声——虽然这报春的声音很细微，但还是被巴希拉那灵敏的耳朵听见了。

“听听，春天真的到来了吧。”巴希拉晃着尾巴说。

“我也听见了。”莫格里答。

“这鸟儿叫菲拉奥，是一只猩红色的啄木鸟。”巴希拉说，“好了，现在我也要来回想一下我的歌，啊呜——”他喉咙咕噜咕噜地颤动着，低声地哼唱起来，可是巴希拉每次听了自己的演唱，都不满意。

“你怎么唱起歌来了，附近没有猎物的气味啊！”莫格里说。

“小兄弟，难道你听不出来吗？这歌声是我为春天准备的，和狩猎无关！”

“噢，我忘记了。我该意识到春天要来了，你们又要丢下我，跑得远远的去捕猎了。”莫格里委屈道。

“可是，确实，小兄弟，”巴希拉急忙辩解，“我们……”

“不是我们，是你们！”莫格里说，他生气地用手指着黑豹的鼻子，“你们——你们都丢下我，让我独自在丛林里游荡。还记得上个季节的事吗？我派你去给哈迪送信，让他去人类的庄稼地里采些甘蔗给我。可是呢，他一直都没出现。”

“嗯，他是两个夜晚之后才来的，”巴希拉抖动着身体，低声说，“但是他给你带来了起码一个雨季都吃不完的甜草啊。这可不是我的错。”

“可我需要他的那天晚上，他没出现呀。而且整个山谷里全是他的脚印，看着就像一群大象在那儿走过，而且他不躲在丛林里，还在明亮的月光下面对着人类的房子跳舞呢。我就看着他，但他也不走过来。我想，他肯定是忘记了我是丛林之王了。”莫格里很生气地说。

“我记得那时也正好是春天，”黑豹恭敬地说，“或许，小兄弟，你那次一定是忘了用丛林密令了。听听，啄木鸟菲拉奥动听的歌声，高兴点吧。”

莫格里的情绪慢慢地缓和下来，他闭着眼睛，枕着胳膊躺着。“我们忘记这件事吧，我也不会在意了。”睡意蒙眬的莫格里说，“休息一下，巴希拉，我想把头枕在你的身子上，这样我会舒服一点儿。”

巴希拉放松地呼出一口气，换了个姿势让莫格里枕在上面。丛林里，菲拉奥仍然在反复练习自己的歌声，为即将到来的春天做准备。

印度的丛林可不像表面看起来那样，只有雨季和旱季。如果你仔细观察滂沱的大雨和灼热的沙土，你也能从中发现四季的转变。春季无疑是最美妙的，因为她不会在冬天留下的荒凉枯萎的杂草上面覆盖上绿叶鲜花，而是将它们都掩埋进泥土里，然后让整片沉闷、萧瑟的大地重新焕发生机。她就是用这种魔法，使丛林的春天成为世界上最美丽的春天。

从这一天开始，冬天中万物萧条的感觉，所有让人沉重窒息的空气，都会在突然间神奇地一扫而空。虽然眼睛还没看出什么变化，但所有的气息都让人神清气爽，为之振奋，丛林里的兽民们一个个都探出头来，颤动着鼻子，嗅着这清新的味道，积蓄了一整个冬天的长毛一撮撮地从身上脱下。接着，或许会下一场小雨，它会让所有的树木、竹子、青草和鲜花都从沉睡中醒来，破土而出，它们就用这种方式为春天献上动听的声音——这是一种微妙的歌声，它像蜜蜂拍动翅膀的声音，像山间水流的声音，还像风吹动树梢的声音，为世界谱写了一曲快乐、温暖的交响乐。

丛林里季节的变幻最让莫格里开心了。

“春天的眼睛”零星点缀在草丛中，他最先看见的是天边卷起的彩色云朵。不管是那鲜花盛开的地方，还是树叶上的第一颗露水，都能寻觅到云彩的身影。莫格里和所有兽民一样，春天到来，就会在丛林里四处游荡。而每当这个时候，丛林兽民们都是很忙的——他们都遵从各自的天性哼唱着，尖叫着，连平常陪伴莫格里的四位狼兄弟也跑去和别的狼一起歌唱……莫格里常常独自沐浴着晨光在丛林里跑步，一口气跑三四十英里，有时甚至五十英里。当晚星升起时，他就边笑边喘着粗气，跑回山洞。他非常享受这种单纯的快乐。

正像莫格里对巴希拉所说的那样，今年春天给他的感觉跟以往的都不同。当竹笋嫩绿色的外衣被染上了棕色的斑点时，他就开始盼望这个春季的早晨，渴望着那不一样的气息。

这一刻很快到来了。当晨雾还没有散尽，孔雀莫奥便展开他那金光闪闪的尾巴，昂首阔步地走在丛林间的小道上，愉快地歌唱着春天。莫格里也像以往一样，张开嘴准备呐喊一声，可这时，从心头涌起的一股哀伤却让他即将出口的言语瞬间凝固在齿间（以愉快的孔雀莫奥，反衬出悲伤的莫格里）。鸟民已经将春之赞歌传遍了丛林的每一个角落，甚至从瓦因良加河边的崖岸上，也传来了巴希拉低沉暗哑的吼叫声。连猴民们也活跃起来，在树枝上尖叫着，打闹着。而莫格里一动不动地站在原地，他的胸膛不断地起伏着，努力想与孔雀莫奥合唱，可是哀伤吞噬了他，除了阵阵的喘息，他什么声音也喊不出来。

莫奥扭动着美丽的身躯跳起了舞，他看见站在不远处的莫格里，愉快地说："狩猎快乐，小兄弟！"莫格里看着莫奥，可一句话也说不出来。

鹞鹰朗恩正和他的伴侣在空中盘旋，看见莫格里，他们俯冲下来，从莫格里的鼻子下方掠过，留下一声——"小兄弟，狩猎快乐！"然后又飞回空中。

此刻，整个丛林都接受着细细的春雨的洗礼，枝头的绿叶在雨水的冲刷下，不住地点着头。一阵轻微的雷声过后，天边挂上了两道彩虹……所有的丛林兽民都加入了合唱，除了莫格里。

"为什么会这样呢？"莫格里自言自语，"我吃得好好的，河里的水也是干净无比，喉咙丁点儿问题也没有。我居然莫名地愤怒，还对巴希拉和其他伙伴恶言相向，所有丛林兽民都是我的朋友啊！我的身体时而发热，时而又冷得发抖，时而却冷暖不知……嗯，看来打猎对我来说已经太轻松了，我该去跑步了，没错，要来一场春天的长跑，从这里跑到北边的沼泽，然后再跑回来！我还要拉上四个兄弟，他们已经肥得像白色的虫子了！"

他一次一次地呼唤他们的名字，可是听不见任何一声回答。他们在离他很远的地方，和氏族里的狼一起反复高唱着那首春之歌——月亮和黑鹿之歌，谁也听不见他的呼唤。在春天，丛林兽民日夜都会活动。莫格里发出一声刺耳的尖叫，但只有那浑身斑点的，在树枝间穿梭搜寻鸟巢的小树猫“喵喵”地叫着回应他。莫格里顿时气得浑身发抖，差点儿拔出刀来，冲上去给树猫一个教训。他不再理会树猫，故意摆出一副傲慢的样子，翘着嘴，皱着眉，阔步走下山坡。可是，他的丛林朋友们没有一个注意到他，因为他们忙着自己手头上的事。

“是的，”莫格里咕哝着，虽然他心里知道丛林兽民们并没有错，“让红毛狗从德干高原来吧，或者就让红花在竹林里跳舞，到时候所有丛林兽民都会跑来求莫格里，求他大发慈悲，拯救他们，还恭敬地哭喊他的名字。可是现在，就因为春天来了，莫奥就非得跳什么春天的舞蹈！丛林兽民都像塔巴吉一样疯了！……凭着赎买我的公牛起誓！我到底还是不是丛林之王？你们在这究竟想干什么？停下来！”

两只年轻的小狼正沿着一条小路跑过，想找一片开阔的空地决斗。（你们或许还记得，丛林法律是不允许在氏族看得见的地方决斗。）两只狼颈部那竖起来的鬃毛像钢丝一样笔直，他们愤怒地嗷叫着，压低着身子，前掌露出利爪，后脚早已做好蹬地之势，随时准备扑向对方。以前的春天，莫格里从不会干涉氏族里的狼的决斗，可这次不知是什么原因，他竟立刻跃了上去，一手抓住其中一只狼的脖子，准备像他平常打猎时或者和狼群游戏时一样，把狼扔回去。但两只狼对莫格里全然不顾，往前一跃，把他顶开了，然后紧紧地扭打在一起。

莫格里一个踉跄差点儿摔倒，站稳脚后，他抽出刀，像狼一样龇着牙发出闷吼。他恨不得把他俩都撕碎了，因为他只希望他们这个时候能安静下来，而不是决斗。莫格里躬下身体，抖动着双手，在他们的四周心急地蹦跳着，他想着在他们第一轮搏斗结束后，立刻给他们一顿狠狠的教训。可是，就在莫格里等待的时候，他身体的力量好像流水般慢慢流走了，刀尖也垂了下去，他无力地把刀收入鞘，站在原地呆看着。

“我肯定是吃了毒药了，”最后他叹息，“自从我在议事岩用红花解散了会议，自从我杀死了谢尔汗，氏族里从来没有狼能够把我甩到一边，而且他俩不过是氏族里的小狼——毫无经验的猎手而已！我全身都快没有力气了，我可能快要死了。噢，莫格里啊，你为什么不把他们杀了呢？”

决斗结束了，其中一只狼灰溜溜地逃走了。莫格里独自留在爪痕交错、血迹斑斑的空地上，看了看自己的刀，又看了看自己的腿和胳膊，心里一种难以名状的悲伤包围着他，就像一根毫无依靠的木头被洪水吞没了。

晚上，莫格里很早就抓到了一头猎物，但他只吃了一点点，好让身体在这次奔跑中处于最佳状态。他孤独地享用着食物，因为所有丛林兽民似乎都在唱歌或决斗。从早上到现在，植物疯狂地生长着，看上去仿佛已经长了一个多月。一天前还挂着黄叶的枝条，这时割开却淌出了新鲜的汁液。苔藓又厚又暖，盘绕在他的脚上，新草的边儿也长得宽大，不再是尖尖的了。此时，丛林里所有的声音都在哼唱着，仿佛是深沉的竖琴在演奏。春季的月光倾泻在岩石上、水塘上，从树干和蔓藤之间滑落下来，透过无数片叶子的缝隙洒向大地。

在奔跑中，莫格里忘记了自己的悲伤，他一边跑一边大声唱，满心喜悦。丛林中，有一条笔直的长下坡路，可从丛林的心脏地带径直延伸至北边沼泽，莫格里最喜欢在那儿跑了，因为这样能使跑步的感觉更像飞翔。在这隐隐约约的月光下，经过多年锻炼的莫格里轻松地蹦跳着，仿佛他不过是一片羽毛。当烂木头或隐藏的石头在前面阻挡时，莫格里总是毫不费力、不假思索地就越了过去，甚至都不用减速。有时候，他觉得在地上跑没意思了，就会像猴子一样，抓住树枝上的藤蔓，在树林中荡起秋千来。

莫格里就这样跑着，不时高声地喊叫，不时又唱起歌来。那天晚上，丛林里没有谁比他更快乐了。不知不觉，他已经接近沼泽，花的气味在提醒他，此处离他的猎场边界已经很远很远了。

这时，他想起了在瓦因艮加河边与红毛狗的激战，不由得兴奋地大声喊叫起来。芦苇丛中，一只野母水牛猛地跪直身体，用鼻子哼了一声："人!"

"哞!"野水牛米萨在泥坑里翻了个身，说："那不是人，是西奥尼狼族里那只没毛的狼。这样的晚上，他总是跑来跑去。"

"哞!"母牛说，低下头接着吃草，"我以为是人呢。"

"我说了，不是。莫格里，会有危险吗?"米萨说。

"莫格里，会有危险吗?"莫格里故意模仿他的腔调，"米萨只关心这个——有危险吗?但莫格里晚上要在丛林里跑来跑去，你们管得着吗?"

“他发出的声音真吵！难听！”母牛说。

“他们都是这么叫的，”米萨不屑地回答，“他们把草根都拔出来，却不知道怎么吃。”

“今天看来，我身上中的毒越来越严重了，米萨曾经也冒犯过我，不过那已经是上个雨季的事了。”莫格里哀叹道，“我那时拿着刀把他赶出了泥坑，还用缰绳拴住了他，骑在他身上走出了沼泽。”

他伸出手，打算折一段羽毛般的芦苇，却叹了口气，把手缩了回来。米萨不紧不慢地咀嚼着口中的食物，母牛也依旧吃着长长的草。“我可不想死在这儿，”莫格里有些愤怒地说，“这样会被米萨笑话的。还是到沼泽外面吧，看看会有怎样的事情发生。现在我又冷又热，以前在春天里长跑的时候也没有过这样的感觉！起来，莫格里！”

莫格里再也压抑不住心底的冲动，他静悄悄地穿过芦苇丛，用刀尖儿刺了米萨一下。浑身淌着水的大公牛从泥坑里一跃而起，仿佛一颗炮弹爆炸了。莫格里大笑好一阵，才坐了下来。

“快承认吧，米萨！我这只西奥尼氏狼族里没毛的狼曾经放牧过你，不是吗？”他喊道。

“狼？你也算是狼？”牛猛踩着泥浆吼道，“整个丛林的兽民都知道你当年不过是一个只懂得照看耕牛的放牛娃——就像那边庄稼地里满身泥土、大吵大闹的小毛孩一样。你也敢说自己属于丛林，还敢说自己是狼！丛林里没有猎手会像蛇一样在水蛭中间爬行，就为了溅我一身泥浆——只有卑贱的豺狼才会玩这种恶作剧——还让我在自己的母牛面前丢脸！到干地上去，我要……我要把你顶上天！”米萨几乎是丛林里脾气最坏的一个，此时他嘴角冒着白沫，怒不可遏地喷着鼻息，急促地蹬着腿。

莫格里依旧眼神平静地看着他。等米萨踩踏泥浆的声音稍微轻些时，莫格里便问："有人类在沼泽附近筑窝吗，米萨？这一带我很陌生。"

"往北走，那里有人的红花。"愤怒的水牛吼道，因为莫格里刚才那一刺可不轻，"只有光身子的放牛娃才会开这种玩笑，快去向村里人炫耀吧，他们就住在沼泽尽头。"

"人类不喜欢听丛林故事，米萨，而且我认为，你的皮上划那么一下也不值得他们关注。但我还是会去看看这个村子的，我一定会去。好了，别生气了。可不是每个晚上都能荣幸地被丛林之王放牧啊，你该高兴点儿。"

他颤巍巍地走到泥沼边的地上，一边跑，一边回想着米萨生气的样子，不禁哈哈大笑。

"我还有些力气，"莫格里说，"估计毒药还没渗进骨头里。那里不是闪着一颗星吗？"他伸着手，透过指缝看远处的一点闪烁的亮光，"凭着赎买我的公牛起誓，那一定是红花——我曾经躺在它的旁边——那时我还没加入以前那个西奥尼狼族呢！我要去看看红花，把那儿当作我长跑的终点。"

那是一片开阔的平原，一盏灯在黑夜中闪烁着。莫格里已经很久没跟人类打交道了，当然他也不想和他们打交道，可是，今晚红花的光焰却深深地驱使他向前。

"我得过去看看，"他说，"就像从前我做过的那样，我要去看看人类有多大的变化。"

莫格里在丛林里已是无所顾忌地行动，但现在他似乎忘记了这里不是丛林，依旧是毫不在意地走在布满露水的草丛间。当他快靠近透出灯光的那间小屋时，三四只狗立刻叫了起来——他已经来到村子的边上了。

“唬！”莫格里像狼一样低沉地吼了一声，那些狗就悻悻地坐了下来，不敢再吱声了，“该发生的自然会发生，莫格里，你为何还要来到人类的窝呀?”他抚了抚嘴巴，突然想起了多年前人类赶他出来时，许多石头向他击来的情景。

小屋的门打开了一点儿缝隙，一个女人站在门边，透过门缝朝黑暗中看。小孩听到狗吠哭了起来，女人回头温柔地哄道：“睡吧，没事，只不过是一只豺狼把狗惊醒了。一会儿天就亮了。”

躲在草丛中的莫格里哆嗦起来，这声音他太熟悉了，他轻声地叫唤着：“米苏亚！米苏亚!”——莫格里很惊讶，人类的语言居然还能流利地喊出来。

“谁呀，谁叫我?”女人说，声音因为害怕显得有些颤抖。

“是我，你忘记我了吗?”莫格里激动地说。他说话时喉咙有点儿哽咽，眼眶也开始湿润了。

“难道是你？你回来了，等等……你说说我给你起的什么名字？说啊!”她把门关小了点儿，手紧紧地抓着自己的胸膛。

“纳图！我是纳图啊!”莫格里说。他清楚地记得，当米苏亚第一次见到他的时候，就是这样叫他的。

“快过来，我的孩子。”她喊道。莫格里走进了光亮中，凝视着米苏亚，这个曾经待自己如儿子般的女人，自己曾经从人类手里救过她一命的女人。米苏亚老了不少，当初黝黑的头发已变得灰白，但眼睛和声音却没有变。和天下的母亲一样，米苏亚总是盼望着能再次看到莫格里。她从头到脚打量着莫格里，她有点不相信自己的眼睛。

“我的孩子啊，”她瘫在莫格里的脚下，嗫嚅着说，“可你已经不再是我的儿子了，你现在是森林里的小神啊！”

莫格里站在油灯的红光下，高大威武，长长的黑发披垂在肩上，脖子边的刀晃动着，闪出幽幽的白光，看起来的确像丛林传说中的某位神祇（zhī）。睡意蒙眬的孩子看见了他，吓得坐了起来，惊恐地叫喊着。米苏亚连忙转身去安抚他，莫格里就安静地站着，望着屋里那些埋藏在自己记忆中的东西：水罐、铁锅、粮箱，还有其他人类用的器物。

“你要吃点什么，或者喝点什么吗？”米苏亚喃喃地说，“这些都是你的，我们的命也是你给的。可是，我该称呼你叫纳图，还是小神啊？”

“我是纳图，”莫格里说，“我看见这火光，走了很远的路才来到这儿的。但我没想到你会在这儿。”

“你还记得这事吗？我们到卡阿尼瓦拉之后，”米苏亚依然有些胆怯地说，“英国人本来可以帮我们控告那些想烧死我们的村民。”

“嗯，我还记得。”

“可是等官司准备好后，我们回去找村里的那些坏人，却发现整个村子都不见了。”

“这事我也记得。”莫格里微微动了动鼻子，说。

“后来，我的丈夫就开始替别人在地里干活——毕竟，他身体还算结实，然后我们就在这儿买了一小块地。虽然这里的土地没以前村子里的肥沃，但我们已经很满足了——反正就两个人。”

“那个男人呢，他去哪了？我记得那天晚上，他吓得想往土里钻。”

“一年前，他就去世了。”

“他是谁?”莫格里看着小孩问。

“他是我的儿子，两个雨季前生的。如果你是小神，请你把丛林的祝福赐给他吧，好让他能在你——你的兽民手中不受伤害，就像我们那天晚上一样的安全。”

莫格里轻轻地把孩子抱起来。孩子也不再害怕了，伸出手去玩弄挂在莫格里胸前的刀。莫格里小心翼翼地逗着他的小手指。

“如果你是那老虎叼走的纳图，”米苏亚哽咽地说，“那他就是你的小弟弟。像哥哥一样祝福他吧。”

“哈哈！我不明白祝福是什么意思。我既不是小神，也不是他的哥哥，再说——妈妈，妈妈，我感觉我的心很沉重，像铅一样沉。”他放下孩子，浑身又哆嗦起来。

“你病了，看起来是这样，”米苏亚一边说，一边在那些锅里找着什么，“这都怪你晚上在沼泽里到处跑呀。你肯定是发烧了，而且病得不轻了。”莫格里笑了笑，他以为米苏亚是觉得他被丛林里什么东西伤害了。

“我给你生一堆火，你喝点儿热牛奶。”米苏亚示意莫格里坐下。

莫格里坐在床边，手捂着脸，低声地咕哝着什么。从未经历过的种种奇怪感觉贯穿了他的身体，好像他真的吃了毒药一样。现在莫格里头昏眼花，还觉得些许的恶心。他大口地喝着牛奶，米苏亚不时拍一下他的肩膀。她并不确定眼前的他究竟是儿子纳图，还是丛林里某位奇妙的神，但她很安心地感受着他的血肉之躯。

“儿子，”她眼里充满了骄傲，说，“有没有人告诉过你，你比所有男人都英俊？”

“啊？”莫格里感到莫名其妙，丛林中他自然没听过这样的称赞。米苏亚温柔而快乐地笑着，他脸上惊讶的表情足以让她十分高兴了。

“那我就是第一个？虽然做妈妈的很少会称赞自己儿子的相貌，但无可否认，你长得很好看，我从来没见过这样的男人。”

莫格里扭着脖子，想看清自己那宽实的肩膀后面是长什么样的，似乎这样就能看清自己的样子了。米苏亚又笑了起来，莫格里看着笑了很久的米苏亚，也不由自主地跟着笑起来，那个孩子在他们之间跑来跑去，也在不停地笑。

“你可不能这样嘲笑哥哥，”米苏亚一边说，一边把他搂在胸前，“等你有哥哥一半英俊了，我们就让你娶一位国王的小女儿，到时候你就会骑在高头大象上了。”

这些话莫格里连三分之一都没听懂。他跑了这么远，热牛奶开始发挥作用了，他蜷起身子，不消一分钟的时间，他就睡得沉沉的。米苏亚幸福地撩起他眼角的头发，给他盖上一条被单。他就像在丛林里一样，一睡就是一天一夜。最后，因为身上的被单让他梦到了陷阱，结果他猛地惊醒了，还激动地向上一跃，让整个屋子都晃动了起来。他很谨慎地站在那儿，转动的眼睛依旧带着睡意，但他还是用手按着刀，做好了战斗的准备。

米苏亚笑了起来，把今天的晚饭——几块在火上烘烤的粗饼、一些米饭和一堆酸酸的罗望子干递给了莫格里。莫格里知道，在今晚他打到猎物之前，这些食物足够他充饥了。

附近沼泽里散发出的露水气味儿让他感到焦躁不安，肚子便觉得更加饿了。

那个小孩子非要坐在莫格里的怀里，而米苏亚一定要给他梳理那黑色的长头发。她一边梳着头发，一边唱着梦呓（梦话。呓，yì）般的摇篮曲——“莫格里是我的儿子”“莫格里把丛林的法力赐一点儿给你的弟弟吧”……

虽然小屋的门是锁着的，但这时莫格里还是听到了屋外传来的一种熟悉的声音，米苏亚也看见了一只灰色的大爪子从门缝里伸了进来。灰兄弟的哀鸣声在小屋里回荡着，莫格里听得出来，灰兄弟现在有点焦虑，也有点恐惧，同时有点悔恨。

“出去等着！没有我的命令，不许进来！”莫格里头也没有转一下，用狼语说道。于是，灰兄弟立刻退了出去。

“不要……不要把你……你的仆人带进来吧。”米苏亚说，“我……我们……难道不是一直和平相处的吗？”

“是和平相处，”莫格里站了起来，说，“回忆一下那天晚上去卡阿尼瓦拉的经历吧，要知道，在你的附近可跟着几十只狼呢。现在我知道了，即使是春天，丛林兽民们还是会记得一些事情的。所以，妈妈，我要走了。”

米苏亚谦卑地退到了一旁，心里暗想：“这是丛林之神啊！”而当莫格里的手放在门把上的时候，作为一个母亲的她已忘却了恐惧，上前搂住了莫格里的脖子。她在莫格里的耳旁低声说道：“你一定要回来啊！我不管你究竟是不是我的儿子，你都要回来啊！我爱你！你看，他也不想你离开……”小孩在一旁伤心地哭着，因为他也意识到这个挂着亮闪闪的刀的人就要走了。

“一定要回来!”米苏亚大声重复着,“不论是白天或者黑夜,这扇门永远都为你敞开!”

莫格里的喉咙好像被什么东西卡住了,过了好一会儿,他才低声答道:“我一定会回来的!”然后,他打开门,走了出去。

“现在,”莫格里望着可怜地趴在门槛的灰兄弟,说,“我对你很有意见呢,灰兄弟。很久以前我呼唤你们,为什么你们不来?”

“很久以前?不就是前天晚上吗?我……我们当时正在丛林里唱新歌呢,现在是春天啊,你忘记了吗?”

“是呀,是呀。”莫格里独自跑在前面。灰兄弟连忙解释:“歌一唱完,我就马上离开狼族,一路寻着你的脚印赶来了。不过,小兄弟,究竟发生了什么事情?为什么你又和人类同吃同住了呢?”

莫格里越跑越快,说道:“如果我叫你们的时候,你们就过来的话,现在就不会发生这么多事情了。”

“那现在要怎么办?”灰兄弟问。

莫格里叹了一口气,说:“现在我也不知道该怎么办了。为什么我呼唤你们的时候,你们不来呢?”

“我们跟着你……我们跟着你,”灰兄弟舔着莫格里的脚后跟,咕噜道,“除了新雨季,我们都会永远跟着你!”

“那你们会跟着我去和人类一起生活吗?”莫格里低声问道。

“当然了!以前狼族驱逐你的时候,我不是跟随着你一起走了吗?是谁,把躺在庄稼地里睡觉的你叫醒的?”

“我记得,但现在你们还愿意继续跟着我吗?”

“今晚我不就已经跟着你了吗?”

“是这样没错，那如果我还要再回去很多次呢，灰兄弟?”

灰兄弟沉默了，过了好一会儿，他才低声说：“那个黑家伙说得果然没错。”

“他说什么了?”

“人终究会回去和人类一起生活的。而且，我们的妈妈拉克莎也说……”

“我们击退红毛狗的那天晚上，阿克拉临死前也是这么和我说的。”莫格里突然接话。

“丛林里最聪明的卡阿也是这么说的。”

“那你是怎么想的，灰兄弟?”

“曾经，他们把你赶了出来，用那么恶毒的话辱骂你，还用石头把你砸伤。他们派布尔迪奥来杀你，还想把你扔进红花。你，不是我，说过他们又坏又不讲道理。而且，也是你带领着我们，让丛林把他们的村子吞没了。你还唱了那么多歌来诅咒他们，甚至比我们曾经骂红毛狗的话还要可怕，这都是你做的，不是我。”

“我是要问你，你是怎么想的?”莫格里继续追问。

他们边跑边说，灰兄弟慢跑了好一段路，才回答说：“小人儿，你是丛林之王，是拉克莎的儿子，也是我同穴的兄弟——虽然我在春天时会忘记，但是，你要走的路也就是我的路，你的窝也就是我的窝，你要猎杀的猎物也就是我的猎物，而你的生死之战也绝对是我的生死之战。其余三位兄弟也会这样说！那么现在，你要怎么向丛林解释这件事呢?”

“谢谢你，灰兄弟！你想得太周全了。既然决定了就马上行动吧，猎物是不会主动上门的。你先回去，把大家召集到议事岩，我要把我的决定告诉所有人。不过，在这个春天里，他们或许已经把我忘记了。”

“难道你什么事情都不会忘记吗?”灰兄弟反问道。然后，他便朝着丛林飞奔而去。莫格里心事重重地跟在他的后面。

若在其他季节，丛林兽民听了这个消息后，一定会惊讶得颈上的毛都竖起来，然后匆忙地聚集到议事岩。可是，现在这个令人振奋的季节里，所有丛林兽民都在忙着狩猎、决斗、歌唱，灰兄弟只能一个接一个地传话，并大声地喊道："丛林之王要回人类世界了！赶快去议事岩吧!”

可是，处于快乐和兴奋状态的丛林兽民们只会回答说："雨季把他赶到人类那边去了，炎热的夏天一到，他就会回来了！和我们一起欢歌曼舞吧，灰兄弟!”

“丛林之王要回到人类中间去了!”灰兄弟只好重复着。

“啊哈？春季多么的美妙快乐啊！难道我们要为此而扫兴吗?”他们这样回答。

于是，当莫格里怀着沉重的心情，穿过那些熟悉的石堆，来到曾在此接受狼群检阅的议事岩时，他只看到了区区几位兽民：四个狼兄弟、老得几乎就要看不见路的巴鲁和在阿克拉那个空荡荡的位置上盘着身子的岩蟒卡阿。

“在这片丛林里的路，小兄弟，你真的已经走到头了吗?”卡阿第一个问道。

听到这句话，莫格里猛地一下瘫在地上，用手紧紧地捂着脸。

“尽情地哭吧！你和我，我们流着同样的血!”

莫格里痛哭起来，抽搐着说："为什么我不死在红毛狗手下呢？我的力量逐渐离开我了，你们知道吗？不管是白天还是晚上，我总是听到在我身后有两个人的脚步声，只要我一回头，他们就像藏了起来，一个影儿都看不到。我到树后或者别的什么地方找，他们都不在那儿。我大声地呼喊，没有人回答我，可我总是感觉到有人在听我说话，却丝毫不理我呀！我躺下来，但怎么也休息不好。我像以前一样去长跑，却再也不能平静下来。就算我去洗澡，也无法感到丁点儿凉快。我厌恶杀戮，可我一旦开始战斗，就会产生杀戮的冲动。我觉得自己的身体里又热又冷——而且——我不知道我为什么会这样啊！”

“这是必然的事情啊，”巴鲁转过头，看着坐在地上的莫格里，缓缓地说道，“阿克拉在河边时早就说过，莫格里会被莫格里赶回人类那儿。我也曾说过这样的话，可是，现在有谁还会听巴鲁的话呢？巴希拉？今晚不知道巴希拉跑哪儿去了，他肯定也会这样说，因为这就是丛林法律。”

“当我们在冷穴相遇时，小人儿，我就知道会有这么一天出现。”卡阿摇动着尾巴，说，“人终究都会回到人类中去，即使丛林并没有赶他走！”

四兄弟没有说话，茫然地互相望了望，最后一齐望向莫格里，他们无条件地服从他的安排。

莫格里低声地喃喃说道：“那么，丛林不会赶我走吗？”

四个狼兄弟不约而同地怒吼道：“只要我们一天活着，没有谁敢……”但巴鲁打断了他们要说的话。

“我教会了你丛林法律，现在应该由我来发言了。”巴鲁说，“虽然我已看不见眼前的石头，但是我总能看见遥远的未来。小青蛙，走自己想要走的路吧，和你的同类一起筑巢，他们和你才是血脉相连的氏族啊。不过，当你需要丛林中的任何一双利爪、一副尖齿、一对锐眼，甚至要在夜里火速传话时，你要记住，你是丛林之王，整个丛林都随时为你效命，不会有半点违抗。”

“丛林随时恭候你的命令。”卡阿补充，“我这是代表大块头兽民说的。”

“我的兄弟们！”莫格里大喊着，他用胳膊抱着头，不停地在抽泣，“我不知道应该怎么办好！我不想离开你们，可是我的脚却不由自主地前行。你们说我该怎么办？我怎么能抛弃丛林里这么美丽的夜晚呢？”

“抬起头吧，小兄弟！”巴鲁说，“这根本不是什么好羞耻的事！要知道，当蜂蜜吃完了，就该把空蜂巢扔掉。”

“就像蜕下来的旧皮，就无法再穿上了。”卡阿说道，“这就是丛林法律。”

“听好了，我最亲爱的小人儿，”巴鲁说，“在丛林里，不会有谁的话，也不会有谁的意志能够阻拦你，抬起头来吧！谁敢质疑我们的丛林之王呢？当年，我看见在狼群检阅仪式上玩着鹅卵石的小青蛙，还有用一头公牛作为赎金的巴希拉，也看见你这个光溜溜的小人儿。可是，你的狼妈妈和狼爸爸已经去世了，原来的狼族也不复存在。谢尔汗死了，就连阿克拉也都死了。而且，要不是依靠你的智慧和力量，第二个西奥尼狼族也早就灭亡了。现在丛林里只剩下一堆老骨头，用不着小人儿来请求离开这片丛林啊！要知道，是丛林之王来决定改变自己命运的道路，没有谁能够质疑和反对！”

“可是，巴希拉和赎买我的那头公牛呢？”莫格里说，“我不会……”

突然，山下的吼叫声和一些树枝被折断的声音打断了莫格里的话，巴希拉威风凛凛地从灌木丛后跳到了他的面前。黑豹巴希拉还是和以前一样强壮。

他将一头公牛尸体丢到了莫格里面前，然后舒展着沾满猎物鲜血的右掌说道："对不起，我来晚了。这次狩猎花掉我太长的时间，但是，这头公牛已经能够再次赎买你的自由了，我的小兄弟。好了，所有的债都两清了，你自由了！"

莫格里再次痛哭起来，巴希拉舔着他的脚。"记住！巴希拉爱你！"巴希拉吼道，"祝你在新的人生路上狩猎快乐，丛林之王，巴希拉永远爱你！"

"一切都结束了，"巴鲁低声地说，"好了，走吧……但是，先到我这儿来，聪明的小青蛙，到我这儿来！"

莫格里跑上前搂住巴鲁，用胳膊紧紧搭在他的脖子上，止不住地抽泣着。

"蜕皮是一件艰难的事情啊！"卡阿感叹道。

"星空开始消逝，"灰兄弟嗅着黎明的清风，说，"从今天起，我们要走一段新的旅程了。那么，我们该去哪里筑窝呢？"

这就是最后一则关于莫格里的故事。

离别之歌

莫格里离开丛林，再次来到米苏亚的门前时，他听见丛林里响起了这首歌，那是巴鲁、卡阿和巴希拉送给他的告别曲。

巴鲁

小人儿，丛林里聪明的小青蛙，

听失明的老巴鲁的话——

学会遵守人类制定的法律，
并始终不渝地遵循它，
就如追捕猎物踪迹那般执着。
不论白天还是黑夜，
不论雨水还是干旱，
都要不偏不倚地恪守法律
就当是，为了爱你胜过一切的老巴鲁。
如果人类对你恶言相加，
你就说："发疯的塔巴吉又唱歌了。"
如果人类对你万般刁难，
你就说："又是一个谢尔汗！"
如果人类对你拔刀相向，
那就遵从法律，走好自己的路。
果实与蜂蜜啊，棕榈与花朵，
丛林的一切会保护着你！
森林与河流啊，狂风与大树，
丛林的祝福会一直陪伴着你！

卡阿

恐惧会孵化出愤怒，
只有理智的目光才能识破真相。
眼镜蛇的毒液可不像水蛭那般简单，
所有甜言蜜语不过是诱你到他的嘴里。
始终与力量相伴的是谦恭，
不要逞强，不必勉强，
有多大的胃口，就吃多大的公鹿或山羊，

填饱肚子后别忘了好好休息。
巢穴要藏得足够隐蔽，
否则不经意间敌人会乘虚而入。
走南闯北的小人儿，
保持整洁，少讲空话。
岩坑与石缝，蓝色的池水，
丛林的一切会惦念着你！
森林与河流啊，狂风与大树，
丛林的祝福会一直陪伴着你！

巴希拉

自我在兽笼诞生的那一刻，
就对人类的诡计了然于胸。
凭着那把被我砸碎的锁发誓：
小人儿，对人类保持警惕！
无论是露水盈盈，还是星光闪闪，
凡有树猫混乱足迹的路往往藏着陷阱。
无论狩猎还是休息，抑或举行会议，
都要与豺狼般的人类据理力争。
当他们劝诱你安逸地生活时，
你就以沉默来回应。
当他们怂恿你欺凌弱者时，
你就以沉默来回应。
别学那些只会吹嘘技艺的猴子，
而要将和平建立在杀戮之上。
嘈杂的声音和无尽的假象呀，

你都要一一分辨清楚。
迷蒙的朝雾，清朗的黄昏，
丛林的一切会为你服务！
森林与河流啊，风与树，
丛林的祝福会一直陪伴着你！

合唱

你注定要一往无前，
抵达让我们恐惧的彼岸，
那里，红花盛开。
穿过丛林的黑夜，
冲破丛林的枷锁，
听我们的话，我们最爱的小兄弟，走吧！
拂晓时分梦已醒，
我们注定天各一方，
丛林将永远活在你的心中：
森林与河流啊，狂风与大树，
智慧与力量啊，虚心与谦恭，
丛林的祝福会一直陪伴着你！

成长启示

与米苏亚重遇的莫格里萌生了回到人类世界的念头，但他对丛林、对丛林朋友们充满了不舍。就在莫格里踌躇不前的时候，巴希拉、巴鲁和卡阿纷纷来安慰他，鼓励他，鞭策他到人类世界开始新的生活，而四个狼兄弟则决定永远跟随他。人生中，因为拥有一份友谊，我们才能在人生的航行中不迷失方向，才能笑迎每一天的风浪。真正的友谊弥足珍贵，请珍惜我们的朋友。

要点思考

1. 为什么在春天的时候,没有兽民理睬莫格里?

2. 莫格里为什么想回到人类世界?

写作积累

●参差不齐　无所顾忌　欢歌曼舞　威风凛凛

●清晨的雾气笼罩在绿色的草原上，绿白相间，仿佛一条彩带。随着太阳不断上升，晨曦把迷雾变成了金色的海洋。光芒越来越耀眼，雾色消退，阳光斜照在草地上，就如一道道金印。

延伸阅读

★本书名言记忆

◆ 懊悔永远不能推迟惩罚。

——第二章　卡阿的狩猎

◆ 到了傍晚，渐渐传来放牛娃的吆喝声，平原上的牛儿们便迟钝地聚在一起，一个挨着一个穿过灰暗的牧场，回到村子的牛棚里……

——第三章　老虎！老虎！

◆ 瞪着眼的牛群喷着粗气往下冲，就像山洪暴发时滚动的巨石。隆隆的牛蹄声震耳欲聋，仿佛就要山崩地裂——再威武的老虎，也不可能活着走出这个河谷。

——第三章　老虎！老虎！

◆ 丛林法律就像藤蔓一样，生活在丛林的所有兽民都被藤蔓缠绕着，不可能松脱。

——第四章　恐惧来袭

◆ 围墙不断开裂，最后轰然倒下，看着村庄在瞬间变成了一片废墟，化成了一片污泥，村民们都吓得说不出话来，他们拔腿便跑，不一会儿就消失在了山谷的拐角处……

——第五章　陷入丛林之中

◆ 借着透进来的月光，莫格里看见地板上堆积的金币银币足足有五六英尺深，它们撑破了原本装着它们的麻袋，滚落在地上，经过千秋万代，金属就像沙砾一样，紧紧地积压在一起，形成了一个小沙丘。

——第六章　国王的象叉

◆ 悬崖边，密密麻麻的黑蜜蜂包裹着什么东西如铅锤般往下掉，不过未等这东西触及水面，小居民们又散开往上飞去，将另一只闯入他们领地的野狗包围了起来。

——第七章　红毛狗

◆ 一言不发的温陀拉和野狗一起玩着这个可怕的游戏，浑身颤抖的野狗们也不敢吭声了，只是盯着岸上那双冒火的眼睛不断地向前游去。

——第七章　红毛狗

◆ 在这片丛林里的路，小兄弟，你真的已经走到头了吗？

——第八章　丛林的春天

相关名言链接

◇ 友情在我过去的生活里就像一盏明灯，照彻了我的灵魂，使我的生存有了一点点光彩。

——巴金

◇ 人世间的一切荣华富贵不及一个好朋友。

——伏尔泰

◇ 友谊是人生的调味品，也是人生的止痛药。

——爱默生

◇ 勇敢里面有天才、力量和魔法。

——歌德

◇ 最困难的时候，也就是离成功不远的时候。

——拿破仑

◇ 没有智慧的头脑，就像没有蜡烛的灯笼。

——托尔斯泰

◇ 乌云后面依然是灿烂的晴天。

——朗弗罗

◇ 最可怕的敌人，就是没有坚强的信念。

——罗曼·罗兰

◇ 勇敢是处于逆境时的光芒。

——茨威格

◇ 我们曾经为欢乐而斗争，我们将要为欢乐而死。因此，悲哀永远不要同我们的名字连在一起。

——伏契克

作者名片

鲁德亚德·吉卜林（1865—1936），是二十世纪英国最重要的作家之一。他的人生经历十分丰富，童年和少年时期在英国的儿童寄养所和寄宿学校度过，中学毕业后回到印度，在一家报社担任副编辑，结婚后迁往美国，二十世纪初隐居于英国乡村，逝世后被隆重地安葬在威斯敏斯特教堂的诗人角，英国作家狄更斯的墓地旁边。

吉卜林的主要作品有诗集《营房歌谣》《七海》，短篇小说《生命的阻力》《丛林故事》和长篇小说《基姆》。他的作品带有浓厚的浪漫主义色彩，文笔自然清新，深受读者喜爱。1907 年，他因“作品以观察入微、想象独特、气概雄浑和叙事卓越见长”而被授予诺贝尔文学奖，是英国第一个获得该奖项的作家，也是至今最年轻的诺贝尔文学奖获得者。

人物名片

◎ 莫格里

外貌特征：棕色皮肤，体格强壮，黑色长头发，目光锐利

一个被狼群收养、在丛林长大的人类小孩。他聪明好学，对丛林无所不知，懂得各种兽族的丛林密令，是很多兽民的好朋友。丛林生活也令他比普通人要强壮勇敢，后来他战胜了老虎谢尔汗，还与狼群共同阻击了红毛狗的入侵。他热爱丛林的一切，但最后回到了人类世界生活。

评价：聪明、顽皮、好学、勇敢、敢于挑战。

◎ 巴鲁

外貌特征：棕色皮毛，大个头，笨重

憨厚博学的棕熊，是教授西奥尼狼族丛林法律的老师。他教会了莫格里丛林法律、丛林密令和各种丛林生存的本领。巴鲁十分喜欢莫格里这个学生，处处护着莫格里。当莫格里被猴民掳走时，他奋不顾身地前去营救。

评价：憨厚、博学、善良。

◎ 巴希拉

外貌特征：浑身漆黑，皮毛柔软

威武精明的黑豹，在狼群大会上用一头公牛赎买了莫格里，是莫格里的好朋友，也是莫格里的狩猎老师。巴希拉出生在人类的笼子里，熟悉人类的计谋，是丛林中伟大的猎手。巴希拉十分疼爱莫格里，每当他遇到困难时，巴希拉总会指导他，帮助他渡过难关。

评价：威武、精明、严格。

◎ **卡阿**

外貌特征：棕黄斑点相间的表皮，三十英尺长

巨大的年长的岩蟒，猴民的天敌，在冷穴拯救了莫格里。卡阿时常和莫格里玩游戏，借此锻炼莫格里的体能。红毛狗入侵丛林时，他启发了莫格里将红毛狗引至黑蜂岩，帮助莫格里击退了红毛狗。

评价：足智多谋、孔武有力。

◎ **阿克拉**

外貌特征：灰色皮毛，强壮

西奥尼狼族的首领，在他主持的议事会上，莫格里被狼族接纳。他曾在莫格里与谢尔汗的决战中，帮助莫格里驱赶水牛群；在红毛狗袭击丛林时，年老衰弱的他顽强地与红毛狗进行搏斗，最后倒在莫格里的身边。莫格里十分尊敬他，视他为："既是我的父亲又是我的母亲。"

评价：勇猛、开明、正直。

◎ **谢尔汗**

外貌特征：瘸腿，皮毛曾被烧焦

凶残狡猾的瘸腿老虎，不遵守丛林法律，爱吃耕牛和人类。他当年把还是幼儿的莫格里捉进丛林，但因狼群的保护未能吃掉莫格里。谢尔汗曾拉拢一帮年轻的狼，企图制造狼族叛乱，借机杀掉莫格里，可惜被莫格里用火赶跑。后来一心要报复的他埋伏在村庄附近，结果被机智的莫格里借水牛群踩死了。

评价：凶残、狡猾、自负。

主题思想

作者吉卜林通过描写“狼孩”与丛林动物的一个个冒险故事，极力赞扬了勇气、奋斗、忠诚、尽责、互助等可贵品质，也深情地歌颂了友谊的珍贵和动人。同时，本书也启示我们，每个人都要充分发挥自己的智慧，鼓足勇气，坚强乐观地面对困境，不屈不挠地克服困难，顽强地和邪恶势力、不公正的现象进行斗争。

名家点评

我了解吉卜林的书……它们对于我从来不会变得苍白，它们保持着缤纷的色彩，它们永远是新鲜的。

——马克·吐温

这位世界名作家的作品以观察入微、想象独特、气概雄浑、叙事卓越见长。

——诺贝尔文学奖颁奖词

丛林的法则，也就是宇宙的法则。如果我们要问这些法则的主旨是什么，就会得到以下简洁的回答：“奋斗、尽责和服从。”所以吉卜林鼓吹的是勇气、自我牺牲和忠诚，他最恨的是缺乏丈夫气概和自我克制力。

——C. D. 威尔森

读后感例文

《丛林故事》读后感

这个寒假，我读了英国作家吉卜林的小说——《丛林故事》。读着这本书，我仿佛跟随着作者走进了位于印度的神秘丛林，走进了壮阔的动物世界，走进了“狼孩”莫格里的丛林冒险。

《丛林故事》就是以莫格里的成长经历为线索，讲述了八个既独立又相互联系的故事。在这些故事中，莫格里和棕熊巴鲁、黑豹巴希拉，还有岩蟒卡阿等朋友一起，战胜了狡猾的老虎谢尔汗，赶跑了恶毒的人类村民，击退了凶残的红毛狗群。灵动的文字，惊心动魄的情节，让我体验了一场奇幻而又真实的“丛林旅行”。旅行中，我仿佛遇见了那个机智勇敢的少年莫格里，遇见了笨重而慈祥的巴鲁、高傲而善良的巴希拉、可怕而温柔的卡阿……

是的，吉卜林笔下的这个丛林，就像是一个温馨友爱的大家庭，虽然有一些兽民从中捣蛋，但更多的是善良团结的丛林兽民，他们一起照顾和教育着这个不谙世事的人类小孩莫格里。最后，在丛林兽民的陪伴下，莫格里成了一个机智勇敢的少年，和他的丛林朋友一起无忧无虑地生活。

相反，莫格里来到人类的村庄，却发现那里是一片“乌烟瘴气”：总爱听神怪故事的迷信村民，听了老猎人布尔迪奥的谎言后，便想要杀死莫格里，而他们因为嫉妒米苏亚和她丈夫的财富，又陷害他们是收养“狼孩”的巫师，要用火烧死他们。这些凶残的、愚昧无知的人类，不仅令莫格里讨厌，也让每位读者憎恨！相比之下，人类的村庄并不文明，而动物的丛林却不原始，这是多么辛辣的讽刺啊！我相信，作者正是要借这样的对比，来揭示社会的丑恶，告诫我们要成为一个乐观善良、勇敢正义的人，并敢于对社会的不良现象说“不”！

《丛林故事》这本书，不仅带给我们精彩刺激的冒险故事，让我们认识到动物间纯真的友情，还通过这些故事带给我们成长的启示，教会我们如何培养美好高贵的品质。读读《丛林故事》吧，让我们一起领略丛林世界的奥秘！

读《丛林故事》有感

《丛林故事》出自诺贝尔文学奖得主——鲁德亚德·吉卜林之手。这本书共八个章节，讲述了在丛林生活的人类少年莫格里，与丛林动物们相处的故事。

在作者的刻画下，不仅人类莫格里，就连丛林里的各种动物也写得惟妙惟肖。即使读完合上书，这些丛林动物也依然像一个个鲜活的灵魂活在我的脑海中，让我无时无刻不想起他们与莫格里展开的有趣离奇的历险旅程。究竟，作者要用怎样奇特的想象力，要经过怎样仔细的观察，才能写出这个让人叹为观止的丛林世界呢？

不过，本书最令我印象深刻的，是作者创造的“丛林法律”：每天要保持整洁，按照生活规律来捕猎和休息；母兽和幼兽必须受到保护；兽民不能吃人，这样才能避免人类报复，也能保护自己；在严重的旱灾时，当河床的和平岩露出后，就要进入缺水停战状态……这部“法律”，任何丛林兽民都要遵守，而不遵守的兽民，就会被鄙视，甚至不能被称为丛林兽民。例如那些卑劣无礼的猴子，他们无视“丛林法律”，结果丛林兽民都不愿意和他们来往，就连谈论他们，都会觉得可耻。相反，因为莫格里掌握并时刻遵守着“丛林法律”，结果他能作为一个人类而在丛林立足，被丛林兽民接纳。

我读完后思考，如果没有这部“丛林法律”，那这个丛林也只会像现实的丛林——充斥着弱肉强食、抢夺和杀戮。但正因为有了“丛林法律”，作者笔下的丛林才显得如此温暖、如此美好。

常说“无规矩不成方圆”，“丛林法律”其实就是要告诉我们一个重要的道理：做任何事都要有规矩，并且人人都该懂规矩，还要自觉守规矩。而那些不遵守规矩，甚至无视规矩的人，就该接受惩罚！我作为一个学生，不论学习还是生活，也都是离不开规矩的，所以，我们都应认真掌握和严格遵守这些规矩，成为文明社会的好公民，为建立一个和谐、美好的社会贡献自己的一份力量。

知识考点

一、填空题

1.《丛林故事》是二十世纪初英国著名作家________的代表作。

2. 狼族大会上，莫格里用________赶跑了谢尔汗。

3. 莫格里被猴民掳走时，他请________给巴鲁和巴希拉传话。

4. 猴民的天敌是________。

5. 在________和________的帮助下，莫格里战胜了谢尔汗。

6. 象叉的顶部是一个很圆很通透的________。

7. 红毛狗是从________向北迁徙的。

二、判断题

1. 塔巴吉诡计多端，喜欢四处搬弄是非，大家都瞧不起他。（　　）

2. 兽民们觉得：人类是最软弱、最缺乏自卫能力的物种，捕杀人类有违丛林里的公平原则。（　　）

3. 冷穴是藏在丛林深处一个被人类废弃的古代城市，丛林兽民经常来这里。（　　）

4. 白色眼镜蛇说象叉会带来死亡。（　　）

5. 温陀拉刚开始的时候就认为莫格里能打败红毛狗。（　　）

三、选择题

1. 塔巴吉容易犯疯病“狄沃尼”，这种病我们叫它（　　）。

A. 禽流感　　B. 狂犬病　　C. 羊癫风

2. 狼爸狼妈给莫格里起名为莫格里，是因为他长得像一只（　　）。

A. 小青蛙　　B. 小鸭子　　C. 小猴子

3. （　　）教会莫格里丛林法律。

A. 巴鲁　　B. 狼妈妈　　C. 巴希拉

4. 莫格里被猴民抓走后，（　　）第一个赶到冷穴来救莫格里。

A. 卡阿　　B. 巴希拉　　C. 巴鲁

5. 莫格里割下了红毛狗首领的（　　）。

A. 耳朵　　B. 前腿　　C. 尾巴

四、简答题

1. 莫格里击退红毛狗的计划是什么？请简述这个过程。

2. 丛林里有很多丛林兽民，你印象最深刻的是谁？请说说你的理由。

3. 莫格里应不应该回到人类世界？

参考答案

一、填空题

1. 鲁德亚德·吉卜林
2. 火/红花
3. 鹞鹰朗恩
4. 岩蟒卡阿
5. 阿克拉、灰兄弟
6. 红宝石
7. 德干高原

二、判断题

1. √
2. √
3. ×
4. √
5. ×

三、选择题

1. B
2. A
3. A
4. B
5. C

四、简答题

1. 莫格里先故意激怒红毛狗，不让他们在日落前进入丛林；等到天暗了下来，他就引红毛狗到黑蜜蜂岩；接着由卡阿背着他游到下游的浅滩；最后莫格里和埋伏在那里的西奥尼狼族一起截击红毛狗。

2. 印象最深刻的是巴希拉。因为巴希拉是一只威武勇猛的黑豹，十分精明，能看穿人类、谢尔汗的计谋，是丛林中数一数二的伟大猎手。而且巴希拉也有温柔的一面，他一直把莫格里当成小兄弟，总是在莫格里身边指导着他成长。（言之有理即可）

3. 略。

无障碍阅读·彩插励志版

第一辑

《童年》
《西游记》
《红楼梦》
《水浒传》
《昆虫记》
《名人传》
《稻草人》
《格林童话》
《伊索寓言》
《城南旧事》
《爱的教育》
《三国演义》
《骆驼祥子》
《繁星·春水》
《安徒生童话》
《海底两万里》
《鲁滨逊漂流记》
《最后一头战象》
《朝花夕拾》
《钢铁是怎样炼成的》
《假如给我三天光明》
《汤姆·索亚历险记》

第二辑

《格列佛游记》
《绿山墙的安妮》
《雷锋的故事》
《唐诗三百首》
《成语故事》
《简·爱》
《中国古代寓言故事》
《中外民间故事》
《中外神话传说》
《中外历史故事》
《绿野仙踪》
《木偶奇遇记》
《寄小读者》
《小王子》
《老人与海》
《八十天环游地球》
《小橘灯》
《呼兰河传》
《论语》
《千字文》
《克雷洛夫寓言》
《小鹿斑比》
《中外名人故事》
《吹牛大王历险记》
《中华上下五千年》

第三辑

《荒野的呼唤》
《泰戈尔诗选》
《宝葫芦的秘密》
《小老鼠皮克历险记》
《小学生必背古诗词 75+80 首》
《小战马》
《红脖子》
《水孩子》
《安妮日记》
《列那狐的故事》
《柳林风声》
《人类的故事》
《欧也妮·葛朗台》
《小飞侠彼得·潘》
《汤姆叔叔的小屋》
《爱丽丝漫游仙境》
《地心游记》
《名人名言精读》
《尼尔斯骑鹅旅行记》
《神秘岛》

《森林报·春》
《森林报·夏》
《森林报·秋》
《森林报·冬》
《福尔摩斯探案集》
《莫泊桑短篇小说精选》
《四大名著知识点一本全》

第四辑

《欧·亨利短篇小说精选》
《细菌世界历险记》
《爷爷的爷爷哪里来》
《长腿叔叔》
《海蒂》
《朱自清散文精选》
《契诃夫短篇小说精选》

第五辑

《大林和小林》
《父与子》
《王子与贫儿》
《哈克贝利·费恩历险记》
《猎人笔记》
《居里夫人自传》
《格兰特船长的儿女》
《秘密花园》
《青鸟》
《人类群星闪耀时》
《寂静的春天》
《西顿野生动物故事集》
《飞向太空港》
《镜花缘》
《草原上的小木屋》
《会飞的教室》
《丛林故事》
《小巴掌童话》
《给青年的十二封信》
《白洋淀纪事》
《湘行散记》
《梦天新集：星星离我们有多远》

第六辑

《世说新语》
《聊斋志异》
《儒林外史》
《我是猫》
《了不起的盖茨比》
《少年维特的烦恼》
《神笔马良》
《拉封丹寓言》
《希腊神话故事》
《山海经》
《地球的故事》
《十万个为什么》
《中国民间故事》
《中国古代神话》
《非洲民间故事》
《森林报》
《一千零一夜》

第七辑

《小英雄雨来》
《闪闪的红星》
《赤色小子》
《刘胡兰传》
《两个小八路》
《小游击队员》
《铁道游击队》
《李四光随笔：穿过地平线》
《中国传统节日故事》
《世界经典神话与传说故事》
《欧洲民间故事：聪明的牧羊人》
《捣蛋鬼日记》
《胡桃夹子》
《兔子坡》
《带刺的朋友》
《今年你七岁》
《第七条猎狗》
《萤火虫的季节》
《雁翎队的故事》
《谁是最可爱的人》